Verwunschen

in

Knipsel

Ein erlösender Roman
von
Renate Pöhls

© Text und Umschlagentwurf
  Renate Pöhls
  Februar 2015

Herstellung und Verlag
BoD – Books on Demand,
Norderstedt

ISBN
9783734761140

VERBUNDENHEIT

Die Grenze jedoch ist nicht nur Umriß und Rahmen,
nicht nur das, wobei etwas aufhört.
Grenze meint jenes,
wodurch etwas in sein Eigenes versammelt ist,
um daraus in aller Fülle zu erscheinen,
in die Anwesenheit hervorzukommen.

Martin Heidegger
Denkerfahrungen
Vittorio Klostermann GmbH
Frankfurt a. M. 1983

Die anarchische Freiheit, radikal genommen,
erlöst nicht, sondern macht den Menschen
zum mißratenen Geschöpf, zum Sein ohne Sinn.

Joseph Ratzinger – Benedikt XVI
Glaube – Wahrheit – Toleranz
Verlag Herder
Freiburg i. Br. 2003

In dankbarer Verbundenheit
zur Münchner Rhythmenlehre
von Wolfgang Döbereiner
und als herzliche Ermutigung
für seine Frau Petra Döbereiner.

Schnell noch
ein ordentlicher Überblick ...

<>	ZUR EINSTIMMUNG Die Verwunschenen	7
<>	ERSTER TEIL Wunschlos verwunschen	12
<>	ZWEITER TEIL Wunschlisten	64
<>	DRITTER TEIL Unerwünschtes	144
<>	VIERTER TEIL Wünschelgänger	190
<>	FÜNFTER TEIL Wundersam	230
<>	NACHWORT	248

... bevor es bunt durcheinandergeht!

ZUR EINSTIMMUNG

Ein verwunschener Ort

<> **KNIPSEL** – etymologisch ein Ort zwischen Knirps und Schnipsel, geographisch zwischen Vierecktal und Kullerstadt gelegen – hat nur den Rang eines Appendix. Einzig Burg Hohenknipselstein, genannt Knipsel Castle, ragt heraus aus Landschaft und Kultur. – Aber welche Menschen man zur Zeit in Knipsel antrifft, das kann schon überraschen. Deshalb eine kleine Vorstellung der handelnd eingreifenden oder vertrauensvoll abwartenden Personen ...

Unvorbereitete Helden ...

<> **LORBAS ZACKE**
Was macht ein Mann wie Lorbas Zacke in einem Ort wie Knipsel? Er, ein pensionierter, selbständiger Verleger – spezialisiert auf Nachdruck von Vergriffenem ... –
hat der sich in seinem Ruhesitz vergriffen?!
Irgendwie schon und auch wieder nicht ...
Lorbas Zacke hat geerbt ... vor gut zehn Jahren von einer nie gekannten Tante ein kleines Grundstück samt Häuschen in Knipsel. Erst wollte er das Erbe ausschlagen – man soll sich von Bedingungen nicht zwingen lassen – dann wollte er es verkaufen, aber niemand fand sich dafür – und letztlich ist er selbst geblieben.
Lorbas Zacke ein Wahrhaftiger, der sich dessen nicht bewußt ist, lebt an einem vielleicht verwunschenen Ort. Aber Lorbas kommt der Erlösung schon recht nahe, er könnte also aufatmen, was ihm aber schwerfällt, bei all den verzwickten Ereignissen, die ihn mitreißen.
Aber die meisten anderen Knipsler sind noch viel weiter von ihrem Dasein entfernt ... – So bleibt die Geschichte das Drama der Verwunschenen.

<> **MARRÁ**
VON FLAUSEN-TULPENSCHEITEL
Alter Adel – und auch selbst gealtert. Aber es treibt sie, verschiedene Dinge zu klären – doch selbst diese Couragierte hätte sich manches nicht so verworren vorgestellt.

Staatsdiener in der Provinz ...

<> **PORTUS TÜPFELHUND**
ist gern der Gemeinderatsvorsitzende von Viereckltal und Kullerstadt, weil man mit denen Start machen kann – nur mit Knipsel weiß er eigentlich nichts anzufangen ...
<> **PETTAR LASCHER**
Assistent von Portus Tüpfelhund, mit durchaus eigenen Ideen ...
<> **ARMICA KLEMME**,
Mittvierzigerin, alteingesessene Sekretärin mit Bobhaarschnitt, immer auf dem Sprung

Standhaft im Flüchten und Organisieren:

<> **RIA**
Organisatorin bei 'Klartext-Asylanten' jung, dynamisch, mit allen Wassern gewaschen ...
<> **ARIB, CLIP** und **KAFI**:
aus Pieselwesien stammend und von dort geflüchtet

Immer unter Strom am Trafokasten ...

Alkoholabhängige Obdachlose in Knipsel (– nein, wir nennen diese Menschen nicht einfach ‚Spritis' ...):
<> **RABAUTZE,** Sixty plus
<> **BIKER-SCHORSCH**
<> **BRESCH, DER DÜRRE ZAUSEL**

Für die vielfältige Einfalt der Presse zeichnen verantwortlich:

<> **GUTHARDT KRUMPEL**
Herausgeber des ‚Knipsler Schnipsel',
die Postille erscheint vierzehntäglich
<> **ZIPPA LINDWUST und DRUKS EGEL**
von ‚Kullereck-TV' – ein Regionalsender

Haben die Haare schön verschnitten ...

<> **SANNA KLEIN**
sie betreibt – am Anfang noch eigenständig –
ihren Friseursalon ‚Haar-Klein'; hat auch eine
Urlaubsbekanntschaft gemacht;
ihre Kundinnen sind unter anderen:
<> **FRAU SCHRUM**
<> **RESA WETZEL**
<> **TRUDE WINSER**
<> **GRITTI** ist im ‚Haar-Klein' Friseur-Azubi

Amtlich und ehrenamtlich ...

<> **WOBEL HUPENHORN**
Kustos auf Knipsel Castle –
sonntags aber am liebsten in seinem Garten
<> **TOBEL SCHLEUDERLAUS**
Polizeiposten in Kullerstadt
<> **FRAU HASENSCHNUT**
Aufwarte von Lorbas Zacke
<> **NIKTA PRITZ**
Leiterin des neu geschaffenen
‚Amt zur Vorbeugung gegen Kulturelle
Zumutungen für Ausländer und Menschen mit
Migrationshintergrund',
kurz – oder doch eher lang: AVoKuZuAuMi
<>**TROPS**, ein junger Securitymann

Zum geistlichen Beistand berufen sind ...

- **BELIESA GLAUSACK**
  in Knipsel Pfarrerin –
  und schon dadurch entschieden evangelisch
- **PATER BURKARD**
  Katholisches Pendant zu Beliesa
  Kein Witz: mitten in Knipsel steht die
  katholische Kirche Sankt Witzel

Kulinarisch sind wir gut ‚aufgestellt' in diesem Roman, denn für das leibliche Wohl in Knipsel sorgen:

- **IGOR-INDI-ITALO**
  hat eine Curry-Pizza-Station am Bahnhof
- **GUNDI GRUNDLOS**
  übergewichtige Alt-68erin,
  betreibt einen Tante-Emma-Laden in Knipsel
- **BAUER HARFE** mit seiner **Frau HEGELTRAUT**
  haben einen Bauernhof mit Hofladen
- **FRANZ STULLENSEGEN**
  gehört der Weingarten ‚Knipsler Hicks'
- **HOBERT WATSCHE**
  ist der Wirt der ‚Knipsler Schwarte'

Den Faulen die Fitness näherbringen, das möchten ...

- **YUBI und SCHRINTI**
  Entwickler der mentalen Purzelbaumentspannung:
  ‚Kobolz-Relax'; das bieten sie – noch mit mäßigem
  Erfolg – in ihrem ‚Keep-Cool-Spa' in Kullerstadt an

Psychologische Betreuung ...

- **DR. BROMMEL DOSENDRAUS**
  hat nicht viel zu melden

Werbe- und PR-Tüftler ...

<> **PUGIBALD DRALL und KURTI STUMPEL**
beide haben eine wunderbare Recycling-Idee,
die aber nicht bei allen Leuten gut ankommt ...

Royalen Glanz und Krönung verpaßt der Geschichte ...

<> **GERTRULDE KÖNIGIN VON FERHÖKERLANDE**
sie interessiert sich in ihrer knappen Freizeit für
antike Möbel

Im Hintergrund ...

<> **MÖRK**
Pieselwesischer Geist des Zerfalls,
der auch mal selbst nachhilft
<> **DER ERZÄHLER**
einmal als Wasserkipper,
dann als lila Redner –
Wer ist er wirklich ...?

Erster Teil

WUNSCHLOS VERWUNSCHEN

Empörung   **13**

Nachhilfe beim Aufwarten   **17**

*Wenn man
ein idyllisches Kaff sucht …*   **21**

Geduckte Könige   **27**

Besuchen sie Knipsel   **32**

Volle Führung   **44**

Unannehmlichkeiten   **56**

Der Stand der Dinge   **61**

Empörung

„Jetzt haben Sie meine letzte Locke geköpft!" Lorbas Zacke schaut entsetzt und empört in den Spiegel des Friseursalons ‚Haar-Klein'.
Sanna Klein, schicke, dreißigjährige Chefin des einzigen Haarsalons in Knipsel, begegnet verwundert und etwas zerstreut Zackes Blick im Wandspiegel. Sie sieht natürlich, daß die Frontlocke über Zackes Stirn mit ihrem letzten unbedachten Schnipp-Schnapp stiften gegangen ist. Ihr ist auch klar, daß der über siebzigjährige Kunde nicht mehr so viel üppigen Haarwuchs hat, daß er auf so eine Locke mal locker verzichten könnte ... –
Aber Sanna weiß auch aus Erfahrung: wenn sie jetzt ‚uncool' reagiert und in das ‚Achherrjemine' des Kunden mit einsteigt, werden ihm aus Empörung viel mehr Haare zu Berge stehen, als er überhaupt noch auf dem Haupt hat!
Also gilt es, den Verlust eher abzuwiegeln, herunterzuspielen ... ja, am besten in einen Vorteil ummünzen ... – falls das bei einem so sturen Bock wie Zacke überhaupt machbar ist ...
„Den ganzen blöden Schmonzes muß ich mir anhören," lamentiert Zacke da schon weiter „von Ihren mit dem Klammerbeutel gepuderten Fönweibern! Ich schweige extra, nur damit ich hier schnell einen Haarschnitt bekomme ... nur *‚Nachschneiden'*, das kürzen, was zuviel herausgewachsen ist, was fransig ist begradigen – mehr soll's nicht sein! – Ja, ja: ruckzuck könnte das gehen! Aber erst muß ich ewig warten, weil Sie drüben im Dauerwellbereich ständig mit Haube-Auf-und-Abstülpen beschäftigt sind ... dann komm' ich dran – Gott sei Dank hier im Herrenbereich – aber nein, nein: anstatt konzentriert meine Haare zu bearbeiten, müssen Sie ständig zu den Haubenlerchen rüberzwitschern und die piepen zurück – Haubenlerchengeschnatter! Schon seit Minuten waren Sie im Geiste nicht mehr bei mir und meinem Haar, haben aber munter mit der Schere draufgehalten ..."

„Herr Zacke ..." Sanna kommt gar nicht dazu auch nur irgendeinen Hebel ihrer angedachten Strategie anzusetzen.

„... und warum?" Zacke meint es selbst am besten zu wissen „Weil irgendein König einen Vogel abgeschossen hat ..."

„Einen Elefanten ..., er hat einen Elefanten geschossen, auf einer Safari, zu der ihn seine Freundin und nicht seine Ehefrau begleitet hat ..." mischt sich jetzt angepiekt, ob Zackes verdrehter Berichterstattung, Frau Schrum ein. Sie ist um die Sechzig und hat momentan drüben im Dauerwellbereich die Haare auf dem Kopf mit kleinkalibrigen Wicklern gespickt. „Das sind doch lausige Verhältnisse im Royalen – und Sie klagen über den Verlust einer Locke!" fügt sie ergriffen von Zackes Unsensibilität hinzu.

„Weltbewegend!" ätzt Zacke sich weiter echauffierend. „Immer hatten Könige Mätressen – mag sein, man hat sich früher zum Amüsement etwas anderes als Elefantentotschießen einfallen lassen – etwas, was beim Schwatzen einem einfachen Mann aus dem Volk nicht die Haarpracht kostet!" zischt der Empörte, den seine verlorene Locke immer noch mehr bewegt, als die Fremdgehkrise an einem europäischen Königshofs.

„Immerhin: bei dem hochgeflatterten Röckchen von Prinzessin Rhinea, wo nicht mal zu erkennen war, ob sie überhaupt was drunter hat, da haben Sie aber ganz schön den Hals gereckt ..." behauptet jetzt die noch naturblonde Kundin Resa Wetzel. Sie streckt für Fingernagelgemälde seit einer gefühlten Stunde dem Azubi Gritti die Hand hin, während sie um den Kopf eine löchrige Gummimatte mit durchgezupften Strähnen trägt. Dieser Putz, so findet Lorbas Zacke, wippt bei jeder Bewegung wie zu heiß gefönter Pfau!

Lorbas, will sich gegen die Attacke, ein Lüstling zu sein, zur Wehr setzen: „Das mußte ja kommen! Sobald eine Rotte etwas nicht begreifen will, haut sie unter die Gürtellinie: ich sei der Lüstling zur verluderten Ghinea von Wappelreich! Wer läßt eigentlich zu, daß Klatschplunder, wie Sie, bei Arzt, Friseur und Fitnessstudio in solchen Gift-und-Galle-Gazetten jede Woche Königs in die Schlüpfer und Buxe glotzen dürfen?!"

„**Rhinea**! Die Prinzessin von **Wabelreich** heißt Rhinea, nicht Ghinea!" korrigiert Frau Schrum nun auch entsprechend empört.

Zacke hat es jetzt satt! Er merkt selbst, daß er sich in seiner Lockenbeschwerde verheddert hat. So erhebt er sich aus dem Frisierstuhl und versucht sich die Fesseln aus Halskrause, Umhang und Handtuchlappen entschlossen abzureißen, stranguliert sich aber fast damit, weil – in einem Griff angepackt – sich alles nur noch fester um ihn würgt. Dazu passend läuft er noch röter an, als er es durch seine Aufregung eh schon ist.

Salonchefin Sanna, sonst nicht auf den Mund gefallen, ist sehr erstaunt über die aufmüpfig-selbstbewußte Zurechtweisung gegen Zacke durch ihre Stammkundinnen. – Also stimmt es doch: der regelmäßige Klatsch, mit dem ihre Kundinnen hier im Salon durch die ausliegenden Zeitschriften versorgt werden, der ist schon was wert – so wie es alle auf die Palme bringt, wenn ein Outsider wie Zacke das in die Tonne treten will.

Hat doch Sanna selbst neulich überlegt, das Klatschzeitungs-Abo drastisch einzuschränken – auch damit sie selbst nicht mehr dauernd auf dem Laufenden sein muß, was im Showbizz und vor allem auch im Royalen am Brodeln ist. Mag Zackes Locke ab sein und dieser Kunde in den Wind schießen, das Zeitungs-Abo der bunten Blätter – auch einfarbig ‚Yellowpress' genannt, vielleicht wegen Gift und Galle... – das wird sie eher noch aufstocken müssen, dafür ist dieser Vorfall allemal nützlich.

„Vielleicht helfen Sie mir mal aus diesem Pranger heraus!" röchelt Lorbas Zacke, seinen zusehends aussichtslosen Kampf mit den inzwischen völlig festgezurrten Friseurumhangschichten im Spiegel verfolgend und gleichzeitig das abwesend

nachdenkliche Gesicht Sanna Kleins registrierend, das ihn dahinter hervorlugend, unbeteiligt anstarrt.
„Wahrscheinlich sind Sie nur neidisch, daß sich von Ihnen kein Elefant totschießen läßt, weil sie ja kein König sind! – Der eine hat's eben, der andere nich'! Sie sind ein uninteressierter Mensch – also um Ihre krause Locke ist's nicht schade!" Mit diesem Satz aus dem Munde von Trude Winser – einer ganz alten Kundin, die mit irgendwie eingeschäumten Haaren geduldig in ihrem Stuhl auf die nächste Aktion in diesem Tempel der Haarschönheit wartet – fühlt sich Zacke zum zweiten Mal innerhalb von fünf Minuten geköpft, auch wenn er nun doch mit Sannas Hilfe japsend die Friseurpelerinen losgeworden ist. Er nestelt ungeschickt einen zwanzig Euroschein aus der Börse – sonst heißt's noch, er habe die Rechnung geprellt!
„Sie sind einfach ein farbloser Mensch, ohne Tiefgang!" resümiert Trude Winser und dann fällt ihr noch was vermeintlich Witziges ein, was sie kichernd in die Runde wirft: „Vielleicht sind Sie weniger wegen des Elefanten neidisch, als vielmehr weil mit Ihnen eben keine Schlampe auf Safari geht!"
Das reicht, um die Stimmung im Damen-Dauerwellbereich ins frohgemute Giggeln zu kippen. Alle greifen kicher-feixend zum Sektgläschen, was stets parat steht, und prosten sich zu ... – Ja, der Service mit dem Hicks-Wässerchen gehört selbst in dem hinter-pommeranzigen Ort Knipsel nun schon zum Standard und da darf sich Sanna Klein auch nicht lumpen lassen – alles andere wäre farblos und ohne Tiefgang ...
Sanna ist plötzlich aus den Überlegungen von Zeitungs-Abos und Sekt-Offerte wieder ganz bei sich und spurtet hinüber von der Trockenschnittecke in die Dauerwellabteilung, wo die Damen sitzen: „Farblos ... Tiefgang ... – ach, du Schreck, Frau Winser ... Ihre Farbe ... wir wollten ja nur einen Schimmer ‚Black Beauty' überfärben ... – ich hoffe, wir haben Sie nicht zum Rappen gemacht!"

Was der hinausstürmende Lorbas Zacke zuviel an puterrot im Gesicht ist, gleicht Sanna Klein durch plötzliche fahle Schreck-Blässe über die zu dunkel gefärbte Frau Winser wieder aus. –
So ist das: der eine hat's gar nicht drauf und die andere hat's zu dick drauf!

Nachhilfe beim Aufwarten

„Waren Sie beim Friseur?"
Zacke ist das peinlich.
Frau Hasenschnut, seine gemütliche Aufwarte inspiziert fragend seine Frisur. Wie dazu passend den Staubsauger in der Hand, als wolle sie ihm bei Nichtgefallen gleich noch die letzten Haarfusseln vom Kopfe saugen. – Schon die Frage: ‚Waren Sie beim Friseur?' zeigt Lorbas bereits an: ‚Falls ja, dann ist das aber nicht gelungen!'
Es ist keine gute Veränderung zu sehen, aber eine schnittige, das fällt selbst seiner putzenden Frau Hasenschnut auf. Sie selbst ist noch mit üppigem, sechzigjährigem Haar gesegnet.
„Haben Sie sich Ihre Vorderlocke abschneiden lassen?" fragt sie und wechselt dabei dem Staubsauger die Vorderdüse aus.
„Die Friseuse hat gepatzt ..." grummelt Lorbas kleinlaut, als wäre es seine Schuld. Er will niemanden beschuldigen und sein empörter Auftritt im Friseursalon einige Tage zuvor, ist **ihm** peinlich – obwohl es doch **den anderen** peinlich sein sollte – schließlich war der scharfe Schnitt nicht sein Fehler.
„Ach, war Klein-Sanna wieder mit Rundumschwatzen beschäftigt? Das passiert ihr öfter! Je nach Thema schnippelt sie geniale Frisuren oder verpeilt es!" erklärt Frau Hasenschnut.
„'Verpeilt' ... – kann sie nicht richtig sehen?" Lorbas ist verwirrt.
Frau Hasenschnut nun auch irritiert, hält kurz in der Sauger-Montage inne. „Die kann schon richtig gucken, nur schaut sie munter beim Quasseln nicht

hin, wo sie schneidet – also da haben Sie noch Glück gehabt: Ohrläppchen, Nase, ... Nuschel, ist ja bei Ihnen alles noch dran!" Frau Hasenschnut muß kichern, offensichtlich wegen all dessen, was ‚Nuschel' so sein könnte, bei einem älteren Herrn wie Zacke.
Zacke rückt seine zornig gefalteten Brauen noch mehr zusammen, errötet leicht und rutscht unruhig auf seinem Stuhl herum. Er will nichts haben, was man als ‚Nuschel' bezeichnen könnte.
Frau Hasenschnut ist aber gleich wieder zurück beim Thema: „Und das, wo wenn man nicht bei der Sache ist oder bei der falschen Sache zu mittenmang, dann nennt die Jugend das heute ‚verpeilt'! Wir hätten früher vielleicht ‚luschig' oder ‚larifari' gesagt! – Sie sind da nicht so cool drauf in dem, wie man jetzt so schnackt, Herr Zacke?!"
„Muß ich auch nicht mit einer Locke weniger!" bockt Zacke kleinlaut zurück.
Kurzes Schweigen.
Nun fällt aber Frau Hasenschnut – jetzt mit der frisch aufgesetzten, breiten Saugerdüse, wie Gewehr bei Fuß, dem am Eßzimmertisch sitzenden Zacke über die Schulter schauend – noch eine zweite Sache auf, die sie überrascht.
„Scheint, Sie sind heut' auch verpeilt!" stellt sie fest und stupst dabei mit der kleinen, abgenommenen Düse auf die Tischfläche vor Lorbas.
Dort liegt der Stapel Klatschzeitungen, den Frau Hasenschnut frisch erworben immer mit dabei hat, wenn sie zu Zacke aufwarten kommt. Die Gazetten sind für die Damen auf ihren nächsten Putzstellen, die ihr regelmäßig Auftrag geben, diese Zeitschriften einzukaufen. – Aufwarte umfaßt heute eben mehr als bißchen Staubwischen ...
Aufwartefrauen sind scheußlich, denkt sich Zacke, dem immer noch sein ‚Verpeiltsein' zu schaffen macht und so raffen seine Stirnfalten, die sich gerade entspannen wollten, die Brauen fast wieder über der Nase zusammen.

„Seit wann interessiert Sie meine Klatschblatt-Batterie?" Frau Hasenschnut findet das wirklich witzig, ihre rundliche Figur in der Kittelschürze wippt beim Kichern.
„Dafür habe ich meine Locke gelassen! Jetzt will ich auch wissen, was es damit auf sich hat!" versucht Lorbas entschieden zu klingen, um nicht wieder zu den ‚Verpeilten' einsortiert zu werden.
„Ach, hat sich die ganze Frisier-Bagage über die Adelsbraut ausgelassen, die nicht schwanger wird?" Frau Hasenschnut legt den Mutter-Sauger weg, und behält nur das kleine, lose Runddüsenkind in der Hand, dann zieht sie sich einen der Eßtischstühle neben Zacke heran und setzt sich ohne Umstände – eben ganz unverpeilt – neben denjenigen, der sie für diese Zeit zum Putzen engagiert hat und bezahlen wird, alle Unterschiede von Putzfrau zu Haushaltsvorstand beiseite lassend. Eine gute Aufwarte hat eben auch den Rundblick und nimmt wahr, wo außer aktueller blinder Flecken grundsätzlich etwas aufpoliert werden muß ...
Zacke nimmt den leichten Plumps von Frau Hasenschnut auf seinen Nebenstuhl in diesem Moment nicht als Egalisierung der Stände wahr. Vielmehr ist er schon bei der Sache, die ihn seit neulich beschäftigt: „Weshalb Frauen von der Krone träumen, während sie unter der Haube sitzen, ist mir nicht klar!" erklärt er seine Verwunderung.
„Die wollen am liebsten selbst Königinnen werden!" klärt ihn Frau Hasenschnut auf.
„Ja, und dann merken sie: ein bißchen Frisur richten, das reicht da nicht!"
„Ich würd' mal sagen, die lästern einfach auch gern ... und klar, sie wüßten selbst natürlich am besten, wie's besser geht, aber wirklich machen will's wohl keine, denn wenn alle Untertanen ihnen auf den Bauch starren, wann sie mal langsam schwanger werden, wäre das wohl den meisten Menschen selbst in hohem Rang recht lästig ..."
„So etwas gibt es also auch ..." Zacke schüttelt ungläubig den Kopf. „Aber neulich ging es wohl

darum, daß ein verheirateter König mit seiner Freundin zur Safari fuhr ... und die Freundin hatte wohl nichts drunter an ... – kann das sein?" Zacke schaut jetzt Frau Hasenschnut an.
Weil er das wirklich mal wissen will, ist sie für ihn jetzt von der Aufwarte zur Klatschblatt-Expertin geworden.
„Das mit dem hochgewehten Rock, mit ohne Schlüpper drunter ..., das war was anderes als der König, der mit seiner Geliebten Elefanten totgeschossen hat ..." informiert Frau Hasenschnut erst einmal nebenbei.
„Ist das nicht schon anstrengend, sich so viel unwichtiges Zeugs über andere Leute zu merken und auseinander zu halten?" ist Zacke jetzt verwundert.
„Ach, was, die, die das lesen, die sind doch wie die Schwämme, die nehmen das alles sofort auf, behalten es und geben ihren Senf dazu. Da können sie die alte Frau Hitz, die, die hinten am Ortsausgang wohnt, fragen, die kann ihnen zu jedem europäischen Königsstrang was erzählen und das stimmt dann auch – nur ob sie nach dem Mittag den Herd ausgestellt hat, darauf achtet sie nicht immer – das wird aber auch erst brenzlig, wenn's streng stinkt! Und dann muß sie im Wohnzimmersessel mal kurz von der Klatschblattlektüre aufstehen, um wenigstens den Herd abzudrehen und den Topf beiseite zu stellen. Den Topf, den ich dann wieder blitzblank ausscheuern soll!"
„Na gut, alte Frauen, die nichts anderes zu tun haben ... aber so jemand wie die Friseuse, die Frau Klein, daß die sich auch für so etwas so ereifern kann, daß sie mir meine Locke abschneidet ...!"
„Aber ja, die muß das schon von Berufs wegen wissen. Über was soll sie sich denn mit ihren Kundinnen unterhalten? Wem fliegt in unserem Knipsel schon der Rock hoch und er hätte nichts drunter an Schlüpper?" Frau Hasenschnut sinniert kurz die weiteren Konsequenzen. „Und vor allem: wer würde das sehen wollen, was da unbeschlüppert wäre?! – Mal ehrlich, fällt Ihnen da irgendeiner ein, Herr Zacke?"

„Ganz ehrlich und unverpeilt, Frau Hasenschnut, ich möchte da noch nicht mal in Gedanken alle Knipsler durchgehen!" erwidert Lorbas wirklich ernst.
„Sehen Sie mal!" sagt Frau Hasenschnut. In ihrer Meinung bestätigt, trumpft sie mit der Kleindüse auf eine der Klatschzeitungen vor Zacke. „Die Gazette hab' ich über, die laß ich Ihnen mal da – tröstet Sie vielleicht nicht über ihre abgeschnippte Locke hinweg, aber wenn wer nachvollziehen kann, warum ein anderer verpeilt ist, dann grollt's nicht mehr so in einem selbst ..."
Lorbas schaut seine Aufwarte verwundert über den tieferen Sinn dieses Nachsatzes an.
„... hat neulich so ein Seelenmanager geschrieben, auch in so einem Blatt ...„ setzt Frau Hasenschnut hinzu „...ich glaub' das war im ‚Show-Blitz'. Tja, neben Klatsch haben die da auch ganz seriöse Psychologen, die zu allen Sachen was erklären können! – Ich sag ja: wird Ihnen gefallen! – Ich düse mal jetzt weiter Ihren Teppich durch ..." damit tauscht Frau Hasenschnut nochmals die Düsen am Staubsauger aus.

Wenn man ein idyllisches Kaff sucht ...

... dann ist man in Knipsel genau richtig – vorerst ...
So etwas wie Knipsel – ein Kaff zwischen ‚Knirps' und ‚Schnipsel' – liegt immer mal irgendwo dazwischen, zwischen Baum und Borke, als Appendix größerer Gemeinden oder Landkreise, die eigentlich nicht recht wissen: ‚Was anfangen mit diesem Flecken? – Haben tut er nichts, produzieren tut er nichts – verlängert nur wie Kaugummi die Durchfahrt von Kullerstadt nach Vierecktal!'
Aber halt!
Daß man Knipsel gemeindetechnisch und flurbereinigend noch nicht ausgelöscht hat, liegt einzig an ‚Hohenknipselstein'! –
Ja, Knipsel hat eine Burg auf einem Berg!

Es ist ein eher kleines Ding, was da auf dem steilen Felsen thront, dazu noch karg – Schlößchenart sähe gefälliger aus! Während also Burg Hohenknipselstein so gar nichts Prächtiges hat, ist sie aber für eingeweihte Historiker wohl deshalb immer mal wieder interessant, weil sie auch in Vorzeiten schon als hintertupfiger Rückzugsort genutzt wurde und nun überlappen sich hier mehrere Epochen, die recht gut erhalten sind. Weil aber Hohenknipselstein noch nie wichtig genug war, um vernichtet zu werden – was ja ein echter Vorteil ist über die Jahrhunderte betrachtet – hat es jetzt mitunter historische Bedeutung, was spezielle geschichtliche Nischen betrifft. Aber diese wunderbare Eigenschaft ist noch viel zu wenig bekannt – also im doppelten Sinne das, was man ein ‚Allein-Stellungsmerkmal' nennen könnte!

So wie manche Adelslinien es nie zum Regieren gebracht haben, aber lebhaft überall mit Freude einverheiratet wurden, so ist auch Knipsel durch seine Burg quasi eine Moos- oder Schneckenart, die durch ihre Unwichtigkeit famos am Leben blieb und unüberzüchtet auch so etwas wie Widerstandskraft gegen Anfeindungen jeglicher Art entwickeln konnte. Während anderes immer auf irgend jemanden bedrohlich wirkte und nieder gemacht wurde, blieb Hohenknipselstein – oder ‚Knipsel Castle', wie es landläufig genannt wird – als plumpes, häßliches Hascherl immer auf dem Quivive.

Auch heute noch hat es einen verschlafenen Touch: es kann nur Mittwoch, Freitag und Sonntag zwischen zehn und sechzehn Uhr besichtigt werden. Führungen nur Freitag und Sonntag ab zehn Uhr dreißig bis elf Uhr fünfzehn und Sonntagnachmittag noch von fünfzehn Uhr bis fünfzehn Uhr fünfundvierzig. Der Sonntagnachmittagstermin findet nur statt, wenn sich eine Gruppe ab fünf Personen aufwärts dazu einfindet … – Also da braucht man mehr Zettel, um sich die Öffnungszeit-Modalitäten aufzuschreiben, als die Führung dann an Notizen hergibt.

Aber immerhin – oder auch nicht – auf Knipsel Castle muß man sich nichts ins Ohr stöpseln, sondern wird

vom Kustos selbst geführt. Deshalb auch die eingeschränkten Zeiten.
Wobel Hupenhorn, der alte Kustos, will nämlich den Sonntagnachmittag auch lieber in seinem Gärtchen – auf halber Höhe zu Knipsel Castle gelegen – ausgestreckt im Liegestuhl verbringen oder beim Tee im Wintergarten, je nachdem, was das Wetter hergibt.
Werbe- und tourismustechnisch könnte man da natürlich mehr herausholen, aber Moos- und Schneckenarten hatten wohl nie PR-Beratung in Anspruch genommen ... – Sollte man da einmal Überlegungen anstellen, ob gerade **dieser** Verzicht sie immer so gut hat durchkommen lassen ...?! –
Vielmehr stellt sich für uns die nächste Frage: Was macht nun ein Mann wie Lorbas Zacke in Knipsel, zumal als pensionierter, selbständiger Verleger – spezialisiert auf Nachdruck von Vergriffenem ... – hat der sich in seinem Ruhesitz vergriffen?!
Irgendwie schon und auch wieder nicht ...
Lorbas Zacke hat geerbt ... vor gut zehn Jahren von einer nie gekannten Tante ein kleines Grundstück samt Häuschen in Knipsel. Erst wollte er das Erbe ausschlagen – man soll sich von Bedingungen nicht zwingen lassen – dann wollte er es verkaufen, aber niemand fand sich dafür – und letztlich ist er selbst geblieben.
So greift alles ineinander: ein Wahrhaftiger, der sich dessen nicht bewußt ist, lebt an einem vielleicht verwunschenen Ort.
Hier schneidet man ihm die Locke ab, die er behalten möchte – so Außenseiter wie er nach zehn Jahren noch ist ... Aber Knipsel bewahrt ihm dadurch auch den Blick des Außenseiters – auch wenn ihm das gar nicht so bewußt ist ...

Heute sitzt er im Weingarten ‚Knipsler Hicks' und ist mit Guthardt Krumpel verabredet. Krumpel, ein gemütlicher Mittfünfziger, gibt den ‚Knipsler Schnipsel' heraus. Das ist die Knipsler Postille, die vierzehntäglich erscheint und damit wieder mal

zwischen allen Stühlen sitzt, weil sie weder Wochen- noch Monatszeitung ist.
Später will noch Pater Burkard – nach dem Patron Burkard von Beinwil – dazukommen, der katholische Pfarrer von Knipsel. Die drei Herren überlegen immer zusammen, was für den gemeinen Knipsler lesenswert sein könnte – und was man nicht im ‚Knipsler Schnipsel' unterbringen kann, das kommt dann in den Pfarrbrief. Diesem so lange unbeachtet- unbeschadet durchgekommenen Kaff und seinen Bewohnern durch Artikulation das Gemüt zu reinigen, sollte von irgendwem wahrgenommen werden ...
Ausgerechnet im – gemeindetechnisch – verkniffenen Knipsel lebt der Pfarrer der vier oder fünf zusammengeschlossenen Gemeinden. Ja, wer in Kullerstadt oder Vierecktal lebt, der muß tatsächlich zur sonntäglichen Messe in das hintergemeinige Knipsel kommen, um von Gottes offizieller Stärkung und seinem Zuspruch etwas Offizielles abzubekommen. Immerhin: die barocke, katholische Kirche Stankt Witzel – auch wieder nach so einem Außenseiter-Heiligen benannt – ist hoch und schon von weitem zu erkennen. Nicht umsonst heißt es etwas spöttisch im Volksmund:

Knipsels Burg und Knipsels ‚Dom'
machen jeden from!

Selbst als frömmster Katholik kommt man bei solchen Verhältnissen ins Grübeln, was denn der Herrgott an diesem verwunschenen Kaff findet, daß er es mit so ein paar guten Pfründen gesegnet hat, die auch das Weltliche irgendwie nicht ignorieren kann ...
Nun sitzen Guthardt Krumpel und Lorbas Zacke noch allein bei schönem Ausklangssommerwetter im Weingarten vom ‚Hicksler'.
Guthardt Krumpel ist gerade angekommen und hat sich hingesetzt, als ihm etwas auffällt: „Warum hast Du Dir denn die Locke abgeschnitten? – Beim Nasenhaarstutzen die falsche Brille aufgehabt?!" – Guthardt findet seinen Witz recht humorvoll. Er weiß

noch nicht, wie es immer noch in Lorbas Zacke brodelt wegen der verschnittenen Locke ...
„Werde ich hier nur noch auf meine Stirnlocke reduziert?" fragt Zacke barsch.
Guthardt zieht in gespielter Verprelltheit die Mundwinkel nach unten und reckt den Kopf in den Nacken, als müsse er einem Ballwurf ausweichen. Bevor er noch nachfragen oder einen nächsten eigenen, witzigen Erklärungsversuch vom Stapel lassen kann, grummelt Zacke knapp die Ereignisse bei ‚Haar-Klein' heraus. „... und darüber möchte ich jetzt nichts mehr hören oder sagen müssen!"
„Schade, darüber hätte man eine so schöne Glosse im ‚Schnipsel' bringen können!" grinst Guthardt.
„Es gibt bessere Glossen, als die abgeschnittene Locke eines hier nie eingelebten Mitbürgers!" versetzt Lorbas etwas verbittert, denn er weiß, daß er einer von denen ist, die bei Katastrophen nie und nimmer auf einen Sitzplatz im Rettungsboot eingeladen würden ...
„Also bitte, wer sich nicht einlebt, muß die Schuld nicht immer bei den anderen suchen!" hakelt Guthardt gutmütig zurück.
„Schnurz!" schnauft Zacke und nimmt von seinem freien Nebensitz ein paar vorbereitete, eng beschriebene Seiten auf, die er Krumpel direkt neben sein Bier legt, noch bevor dieser eine neue Lockenfrotzelei starten kann.
„Was das?" fragt Guthardt überrascht.
„Warum man rabiat wird, wenn man hinter den falschen Königen hinterherhechelt!" erklärt Lorbas in unverrückbarem Ton.
„Ach, hast Du versucht, Deinen Lockenverlust zu verarbeiten?!" Guthardts Süffisanz ist nicht zu überhören. „Ausgerechnet Du, der der Psychoanalyse nicht von hier bis zum Ortsausgang traut ..."
Der ‚Knipsler Hicks', so muß man wissen, liegt einen schlecht gespuckten Weitwurf vom Knipsler Ortsausgang nach Vierecktal entfernt.
„Man schneidet mir die Locke ab – was sollte ich denn da ver*arbeiten*? – ‚Arbeiten' müßten ja wohl andere –

aber so bekomme ich die Locke ja auch nicht mehr dran. Nebenbei: schon daß man in der Psychoanalyse ‚arbeiten' muß, sollte doch viel mehr Leute stutzig machen ... Da stellt sich einer in Wien eine Couch ins Arbeitszimmer, auf der jeder herumlamentieren kann und schon ist das schick und alle kommen ins ‚Ver*arbeiten*' ..."

„Wie so oft wirfst Du Pappel und Appel in einen Topf ..." will Guthardt einwenden und weiter ausführen.

„Egal ...!" schneidet Lorbas ihm das Wort ab. „Woran liegt es wirklich, daß man mir einfach eine Locke abgeschnitten hat, während die ganzen Lockenwicklerweiber sich über Klatsch hermachten? – Na, na, woran?"

Guthardt Krumpel ist einen Augenblick sprachlos.

„Weil die ganzen Fönpfauen-Weiber den falschen Königen und den falschen Königinnen nachjagen! – Sie könnten keinen echten König mehr erkennen, selbst wenn der vor ihnen stände. Statt dessen sitzen Sie im Abseits und ziehen, zerren, nesteln an allem Unwichtigen herum, was einen König ausmachen könnte. So ..." Lorbas sucht nach Worten, nichts besseres fällt ihm ein „... so *verpeilt* sind die! Und das habe ich mal aufgeschrieben, als Artikel für den ‚Schnipsel'!"

„Ist nicht Dein Ernst!" entfährt es Guthardt jetzt zum ersten Mal ernstlich besorgt um das Niveau des ‚Knipsler Schnipsel', seinen eigenen Redakteursruf und ... ja, auch besorgt um Lorbas Zacke mitten in der Krise seines anscheinend schlecht verarbeiteten Lockenverlusts. „Also das hat man ja schon öfter mal vernommen in so alten Sagen, daß einer seiner Haarpracht beraubt, auch nicht mehr das Zepter schwingen konnte – aber daß einer mit einer Locke weniger sich gerade dann zum König aufschwingt ... - echt, Lorbas, das macht Dir so schnell keiner nach!"

„König kann es auch nur einen geben!" entfährt es Zacke zu seiner eigenen Überraschung, der diese Ambition gar nicht in sich finden kann.

Geduckte Könige

„'GEDRUCKTES VON GEDUCKTEN KÖNIGEN
Wenn man irgendwo warten muß, sei es beim Arzt oder beim Friseur, dann sitzen da vor allem Leute, die sich nicht selbst beschäftigen können. Junge Leute stöpseln sich die Ohren zu oder schmieren ihre Finger über kleine Plastikplatten. Ältere Menschen – vor allem ältere Frauen – die greifen zu ausliegenden Zeitschriften, wo bunt aufbereitet Nichtigkeiten stehen, die sie gar nichts angehen – aber genau deshalb ist das nun furchtbar interessant für sie!
Ja, ich meine die Klatschblätter!
*Dieser Fledderkram berichtet von Leuten, die in simpel Inszeniertem sich aufspielen, die nur den oberflächlichen Typus abgeben, der schon immer in ihnen steckte. Diese Plattheit kommt unterhaltend an, nur weil die Leserinnen bei Arzt oder Friseur ‚Ih!' oder ‚Ah!' sagen können, bevor sie sich den Blutdruck messen, den Zahn bohren oder die Haare verschneiden lassen. – Wie simpel gestrickt muß man da sein – als Leser **von** und als Abgedruckter **in** den Klatschpostillen?!*
Bei Schauspielern und Spaßmachern könnte man noch sagen: ‚Na, ja, die brauchen das, die leben davon, dass man sie kennt, irgendwie mag oder eben nicht ausstehen kann ...!' – aber wie können Adlige und sogar Könige zulassen, so hergenommen und verbraucht zu werden?
Ich – als Nicht-Leser dieser Hefte – habe auch erst jetzt mitbekommen, dass man diese Leute vorher noch nicht einmal danach fragt, ob sie heute etwas zu verkünden hätten, was auf die Menschen in ihrem Einflußbereich orientierend wirken könnte. – Das ist wohl schon lange vorbei, habe ich erfahren! Statt dessen knipst man ihnen heute unter die Röcke, um etwas Schlüpfriges drucken zu können – so oder so!
Und damit haben sich die Könige und die Königinnen bei uns in Europa abgefunden! – Wie konnten sie nur! Welchem Monarchen kann man es verübeln, dass er aus dem ererbten Erfahrungsschatz seit der

Französischen Revolution sich duckt und den Nacken einzieht, was – ganz ehrlich – nicht wirklich hilft, weder gegen Fallbeil noch gegen Kameraobjektive.
Aber die Schlussfolgerung aus dieser Angst kann doch nicht sein, Presseberater einzustellen, die mich als König und vor allem als Königin für das Volk passend hinstriegeln. Wie kann ich mich als Monarchen so überbügeln lassen, dass ich auf dem scharfen Meinungsgrad der ungnädigen Untertanen gerade schick und oh lala genug aussehe, um gegen andere Könige modisch ins Feld ziehen zu können, aber ja nicht so etwas Prächtiges anlege, was den ranzigen Neid vor allem des weiblichen Pöbels beim Friseur und im Arztwartezimmer hochschwulgen läßt?
– Dafür gehörten die derzeitigen Monarchen doch wirklich ... abgemahnt!
Wenn das so ist und ich – wenn ich König wäre – mich dafür hergäbe, dann hätte ich doch wirklich den Beratern, den Knipsern, den Drögen im Volk mein Zepter schon längst übergeben ...
‚Das kann man heute nicht mehr anders machen! Wir leben in einer Medienwelt!' so höre ich schon die Einwände. Es käme vielleicht auf einen Versuch an, ich kann nicht glauben, dass wir in einem Land leben, in dem die Macht der übel entarteten Narren die Herrschaft schon übernommen hat.
Mag sein, man merkt die wirklich großen Einflüsse in so einem Flecken wie Knipsel erst sehr spät, aber vielleicht wäre gerade das die Möglichkeit, in der hiesigen, überschaubaren, von niemandem fotoverquälten Welt noch königlich leben zu können. Und wenn ein Völkchen königlich lebt, vielleicht findet sich dann auch ein wirklicher König an. – Ich hoffe, wir haben hier in Knipsel nichts verpaßt, das uns aus der Freiheit der Unnützlichkeit für andere noch so eine Unbeschwertheit übrig gelassen hat und haben unsere Pfründe nicht schon zu lange brach liegen lassen."'

Pater Burkard endet mit seinem Vorlesen und schaut nun auf vom neuesten ‚Knipsler Schnipsel', in dem Lorbas' Artikel nun tatsächlich abgedruckt ist. Es ist vierzehn Tage her, seit Lorbas seinen Artikel an Guthardt übergeben hat und nun sitzen die drei Männer wieder im Weingarten ‚Hicks' und haben arg zu diskutieren über Lorbas' Geschreibsel ...
„Das ist doch alles ganz schön ..." sagt der Pater von Knipsel und nickt anerkennend mit dem Kopf, auf dem die schon etwas grauen Haare mitschwingen.
„Gar nichts ist schön!" fällt ihm Guthardt Krumpel fast ins Wort. „Lies das auch gleich noch vor ..." damit gibt er Pater Burkard direkt am schweigenden Lorbas vorbei einen kleinen Stapel unregelmäßiger Blätter.
Pater Burkard orientiert sich kurz und liest dann die zum Teil in Handschrift beschriebenen Blätter vor: „'Ich muß Ihnen mal sagen, bisher habe ich Ihren ‚Schnipsel' ja gern gelesen und sogar abon...' – nee, das heißt wirklich *‚abonnemiert'* – ‚... aber nach diesem Artikel werde ich mir das überlegen! Wem wollen Sie eigentlich die Freude an ein bißchen Glitzerwelt verderben, dass Sie so eine gemeine Meinung für wert halten abzudrucken?! – Mit geneigten Grüßen Ihre Trude Winser." Pater Burkard dreht den Brief ein wenig: „'P.S.: Ich weiß auch genau, wer der gemeine Mensch ist, der das verfaßt hat ...' – Oho!" Pater Burkard lächelt zu Lorbas hinüber, der brütend über seinem Glas vom besten ‚Murkelhänger Hohenlob' sitzt, das er im Moment so gar nicht genießen kann.
„Die blöde Ziege!" raunzt Lorbas.
„Es ist vielleicht etwas überintensiv artikuliert," wendet der Pater ein „vielleicht liegt das an den pechschwarzen Haaren, die Trudchen gerade hat – irritierte mich letzten Sonntag in der Messe ... – Aber ..." fällt ihm gleich noch lachend ein „man lobt immerhin **Deinen** ‚Schnipsel', Guthardt – ist das nichts?!"
Aber Guthardt und Lorbas sind für diese witzigen Feinheiten in Trudchen Winsers Leserpost momentan gar nicht zu haben.

„Das ist der dunkle Schaumerguß ‚Black Beauty', den sie ihr bei ‚Haar-Klein' zu lange ins Haar geschmiert haben, der sie so ranzig macht. Wahrscheinlich ist sie deshalb so sauer ..." überlegt Lorbas.

„Lies weiter!" fordert Guthardt ungerührt Pater Burkard auf.

Der legt Trude Winsers Leserbrief beiseite und schaut sich das nächste Blatt an. „'Sehr geehrte Redaktion des ‚Knipsler Schnipsel', das ist ja eigentlich ein kosmopolitisches Kleinod, was Sie da herausgeben, ich lese es gern, lege es gern bei mir im Geschäft aus und bisher habe ich auch gern meine Werbung bei Ihnen geschaltet, weil ich Ihre Leser für nette, aufgeschlossene Leute halte. Ihre neueste Schreibkraft für die Rubrik ‚Was Knipsel bewegt', gehört aber scheint's nicht zu diesen Menschen. Wer solche verbiesterten, antiquierten Ansichten vom Stapel läßt, sollte nicht in einer modernen, weltoffenen Regionalzeitung das Wort führen dürfen. Da sollten Sie vielleicht zukünftig mal drauf achten. MfG Sanna Klein, Salon ‚Haar-Klein'.'"

Pater Burkard schaut zu den beiden anderen, wieder sagt er: „Oho!", zieht dabei aber lächelnd die Augenbrauen hoch. „Da war schon ein Wink mit dem Zaunpfahl drin – aber so etwas wirst Du natürlich ignorieren. Wo kommen wir denn da hin, wenn jeder gleich eingeschnappt seine Anzeigen zurückzieht, nur weil ihm eine andere Meinung als die eigene nicht paßt!"

„Mal *eine* andere Meinung ... – das mag ja schön und gut sein, aber so viel Leserpost habe ich nicht mehr bekommen, seit ... seit ..." Guthardt Krumpel will nicht lügen – nicht bei Kleinigkeiten – „ ... würd' mal sagen, seit dem Tod von Prinzessin Diana nicht mehr – damals waren's wohl zwanzig Leserbriefe und heute, nach Lorbas' Artikel sind es neun Stück!"

„Noch nicht mal fünfzig Prozent von der Höchstmarke ..." beruhigt Pater Burkard. „Ich nehme aber an, was Dich besorgt macht, ist die Tendenz der Briefe: waren es beim Tod der ‚Prinzessin der Herzen' Beileidsbekundungen mit dem Tenor ‚Laßt uns alle enger zusammenrücken, indem wir lesen möchten, wie uns dieser Verlust bis hinein nach Knipsel trifft ...', so ist heute doch ein klein wenig kritischeres Engagement herauszulesen ..."

„Du hast gut reden! Du kannst Wasser predigen und Wein trinken und wirst nicht nach der Auflage bezahlt, nicht nach der Belegung der Kirchenbänke am Sonntag ..." platzt Guthardt der Kragen.

„Langsam, langsam, lieber Guthardt, jeder hat seine Vorgaben, meine als Priester sind etwas anders als die Deinen als Redakteur – mein Verein wird im großen Stil angegriffen, das muß ich bedenken, wenn ich etwas tue – nicht nur öffentlich, sondern bis ins Private hinein. Aber bei so einer frischen, mal anderen Ansicht, wie sie Lorbas in seinem Artikel geschrieben hat, solltest Du so ein Kettengerassel – oder Scherengeschnippe – wie im Brief unserer geschätzten Mitbürgerin Sanna Klein – mal aushalten können. Zeigt es doch, daß die Knipsler vielleicht ein wenig verwöhnt sind, wie eine Prinzessin auf der Erbse ... – Deshalb solltest auch Du, Lorbas, nicht so verkantet sein: Du bist der frische Hauch, der mal aus einer anderen Richtung weht. Vielleicht fehlt das sogar: mal ordentlich was schwungvoll Neues!"

Der Pater weiß noch gar nicht, was er da vorausahnend heraufbeschwört. Guthardt und Lorbas reißt das allerdings – jeder in seine Bedrücktheit verstrickt – wenig mit, deshalb will Pater Burkard das ganze von der geerdeten Seite auflockern, wenn's von der himmlischen schon schwer zu versöhnen ist: „Ich lad' Euch noch zu einer Runde ein – Guthardt, für Dich noch ein Hopfenhell und Lorbas, noch einen Murkelhänger?"

„Hm, gern, aber ein großes ..." brummt Guthardt.

„Na, gut, noch einen Murkel," gibt Lorbas nach „aber dann muß ich nach Hause, denn morgen kommt Besuch ..."

„Oho!" lächelt Pater Burkard.

Besuchen Sie Knipsel

Lorbas Zacke zieht den Schlüssel aus dem Zündschloß seines Kleinwagens, den er eben vor dem Bahnhof geparkt hat.
Seit er sich in Knipsel zur Ruhe gesetzt hat, muß er nicht mehr oft fahren, nur alle zehn Tage mal in eine größere Stadt wenn dort Markt ist oder zwischendurch – was er haßt – in einen der Supermärkte, nach Vierecktal oder Kullerstadt. Hier in Knipsel gibt es zwar noch zwei Tante Emmaläden, die eigentlich alles anbieten, was man so braucht, aber Lorbas muß doch öfter mal raus, damit er keinen Knipsel-Koller bekommt. So recht befriedigend sind die ‚Einkaufsmeilen' von Kullerstadt und Vierecktal allerdings dafür auch nicht.
Also die beiden Mini-Geschäfte, die Knipsel noch hat, werden von Einheimischen betrieben: Bauer Harfe – ja, Harfe, nicht Harke – bietet an, was auf seinem Hof wächst, seine Frau verkauft es in dem Lädchen am Hof. In schickeren Städten nennt man das dann ‚Hofladen' … – aber wir sind ja hier in Knipsel …
Den zweiten Emmaladen betreibt Gundi Grundlos. Sie ist so etwas wie eine fossile Alt-68erin, die sich beizeiten in Knipsel niedergelassen hat, weil sie schon ahnte, daß sie, leicht zu Übergewicht neigend, als ‚radfahrende Kommunen-Schlampe' keine Chance hat dauerhaft in Talkshows eingeladen zu werden, um da den Wirsing von vor vierzig Jahren ewig aufzuwärmen. So bietet sie lieber den reel-real in ihrem Kleingarten angebauten Wirsing und andere Gemüsesorten in der Ladenstube – dem Wintergarten ihres Häuschens an. Gundi hat aber einen größeren Wagen, so etwas hinten mit Ladeklappe, wo nicht nur ihre vier oder fünf Hunde Platz haben, sondern auch mal bestellte Sachen, die sie in den größeren Städten rundum besorgt. Wenn wer aus Knipsel keine Lust hat, sich in Shopping-Paradiese zu stürzen, nur weil er mal einen Schreibblock, ein spezielles Buch oder einen Turnschuh in Größe vierzig braucht … Das alles besorgt Gundi, die sich ganz gern ab und zu von der

Großstadt – also was man aus Knipsel-Perspektive für Großstadt hält – einatmen, aber genauso gern nach Knipsel hin wieder ausatmen läßt.
Bauernhof Harfe und Gundi Grundlos können gut nebeneinander existieren. Was der eine nicht hat, hat der andere: Gundi kauft ihr Quittengelee bei Harfes und Bäuerin Harfe hat gerade neulich ein Kleid in Größe 46 bei Gundi ‚bestellt'. Etwas mit Blümchen sollte es sein, was man getrost sonntags in der Kirche tragen kann, aber das auch angemessen wäre, um Mittwochabend bei den ‚Knipsler Krähen' mitzusingen, dem dörflichen Singverein, mit neun gemischten Stimmen. Man singt regelmäßig auf dem Sommerfest von Vierecktal, zum Frühlingsfest in Kullerstadt und als Höhepunkt beim Knipsler Herbstfest – dafür übt man in der Zwischenzeit.
Zwischenzeit ... –
Holla, jetzt müssen wir uns aber sputen ...
Lorbas hat schon sein Auto abgeschlossen und ist auf dem Weg zum Bahnsteig. Wie alles andere in Knipsel, so ist auch der Bahnhof überschaubar gestaltet. Eine zweiflüglige Eingangstür führt in einen runden Vorraum, in dem es ein Zeitungslädchen gibt – auch mit bescheidenem Rauchwarenangebot – und daneben die ‚Knipsler Curry-Pizza-Station'. Dieser Imbiß ist schon das Exotischste, was Knipsel zu bieten hat. Weiter hinten in der Dorfstraße, also gerade vor der Ausfahrt nach Kullerstadt gibt es die einzige Gaststätte, die ‚Knipsler Schwarte' – Einheimische Küche, da kann man zu Mittag und Abend essen – aber Achtung: zwischen 14 und 16 Uhr ist ‚Mittagsruhe', abends ab 22 Uhr Nachtruhe und montags ‚Ruhetag'.
Wie man sieht ist Knipsel von sich aus eher auf Ruhe eingestellt – sympathisch ‚parasympathisch' – was man aber nicht mit lax verwechseln muß ...
Heute haben wir Sonntag, es geht auf Nachmittag zu, also eine Zeit wo alles geschlossen hat. Ausgerechnet zu dieser Zeit kommt einer der wenigen Züge durch Knipsel – und hält sogar!

Lorbas Zacke schaut noch einmal zur Sicherheit auf den Brief seiner alten Brieffreundin Irmi Schrubel, die ihn gebeten hat, eine alte Bekannte von ihr vom Zug abzuholen und einen Nachmittag durch Knipsel zu begleiten.
Zacke hätte sich da gern drücken wollen, weil eigentlich schreibt er sich mit Irmi nur selten und oberflächlich und die avisierte Marrá von Flausen-Tulpenscheitel ist ihm erst recht nicht bekannt. Obendrein kommt diese Unbekannte mit einer ganz dezidierten Intention nach Knipsel: sie will nur eine Führung auf Hohenknipselstein mitmachen – also einmal Knipsel Castle sehen und – nein, nicht sterben ..., sondern gleich mit dem Abendzug, der um 17 Uhr 13 in Knipsel einfährt und um 17 Uhr 14 Knipsel wieder verläßt, also mit dem will sie dann wieder abdampfen. In der Zwischenzeit soll Lorbas sich um sie und ihr Anliegen kümmern, weil sich Marrá – was'n Name: als krächze ein Rabe – in Knipsel nicht auskennt.
Andererseits, schon klar, für jeden, der mal in Knipsel war: so klein das Knipsel-Kaff auch ist, die schmale, steile Auffahrt zur Burg muß man erst einmal finden und besser man hat ein Auto, denn so serpentiniert wie der Weg nach oben ist, braucht's zu Fuß bestimmt eine gute halbe Stunde – für einigermaßen Trainierte – andere schnaufen noch länger hoch ...
Anscheinend hat sich aber diese Frau – von Brausen- und-Stulpeneitel oder wie auch immer ... – die Führungszeiten von Knipsel Castle irgendwoher besorgt – Internet plaudert ja alles aus – und will zu 15 Uhr oben auf der Matte stehen, durchrauschen durch die Zimmer und um 17 Uhr 14 wieder entschwinden. Zwei Stunden Zeit für die Freundin einer Freundin, das sollte eigentlich drin sein, wenn man zur Ruhe gesetzter Pensionär in Knipsel ist! – Aber trotzdem: Lorbas fühlt sich ... – in therapeutisch-neudeutsch ausgedrückt – ‚instrumentalisiert'!
Man gibt ihm nicht einmal die Chance, der Fremden ‚sein' Knipsel zu zeigen. So gesehen ist es dann doch ‚seine' Heimat, ‚sein' Knipsel, auch wenn man ihm

hier seine Locke geköpft hat und ein einziges Mal seiner Ansicht Luft gemacht in einem Zeitungsartikel, gleich ein Sturm im Wasserglas losbricht ...
Kommt so 'ne Schickse hier angerollt, verfügt zwei Stunden mit festgelegtem Protokoll über seine Zeit und dann ab durch die Mitte wieder weg – was soll man davon halten?!
Also er wird sich da nicht viel Mühe geben, nimmt sich Lorbas vor, der nun auf dem kleinen Bahnsteig steht und neugierig in die Richtung schaut, aus der der Zug auftauchen müßte. Vielleicht hat er Verspätung, denkt sich der Wartende: Länger als fünf Minuten warte ich nicht! – Oder ob die Nulpen-Tulpe etwa meine Adresse kennt, nicht daß sie mich hier aufspürt – wo in Knipsel könnte man sich schon verstecken ... – und dann womöglich zetert ...! – Also warte ich fünfzehn Minuten, falls der Zug nicht pünktlich eintrifft, nimmt sich Lorbas vor. Das Akademische Viertel, das muß auch für so eine ‚Von'-Adel reichen! Vielleicht kommt er gar nicht der Zug ... eigentlich wollten die zentralen Zug-Zuteiler Knipsel schon längst aus dem Zugprogramm genommen haben und gar nicht mehr anfahren ... das hätte heute deutliche Vorteile gehabt ... – Oh, nee ...!'
Ein kurzes aber deutliches Gepfeife kündigt nun doch an, daß auch Knipsel heute mit Zugverkehr beliefert wird ... und da ist er auch schon zu sehen. Es ist natürlich keiner der Hochgeschwindigkeitszüge, so einer darf hier gar nicht eingesetzt werden, denn einmal durchgesaust, hätte der sicher ganz Knipsel weggepustet. Vielmehr ist der Zug ein ganz altes Modell, was in jedem kleinen Kleckerdorf zum Verschnaufen halten darf, damit es nicht bei einer zu lang durchgehenden Strecke schlappmacht und auf der Strecke bleibt.
Laaaaangsam rollt das Ding ein und hält quietschend – eine Zugmaschine drei Wagons: mehr als übersichtlich ... Da kann man sich auch nicht verstecken, um später zu behaupten, man habe den Ankömmling doch glatt verpaßt – klappt alles nicht, lieber Lorbas!

Der Zugschaffner springt – als gäbe es auf dem freien Bahnsteig keinen anderen Ort – gerade vor Lorbas heraus aus einem Wagon, hebt seine Kelle und kreischt: „Kniiiipsel!" – Als müßte Spucke und Lautstärke für drei Dutzend Fahrgäste reichen und er ist noch nicht zuende: „Eingefahrener Zug fährt weiter nach Vierecktal! Bitte einsteigen!"
Lorbas ist so angeekelt fasziniert und beschäftigt das Schaffnermännchen böse anzuschauen, daß er sich heftig erschrickt, als ihm etwas auf die Schulter klopft.
„Herr Zacke? – Das sind Sie doch! – Hier spielt die Musik!"
Wie das manchmal so ist: eigentlich meint man nichts Spezielles erwartet zu haben, aber was man dann trifft, das hätte man dann auch nicht vermutet.
Vor Lorbas steht eine kräftige, hochgewachsene Frau, irgend etwas über Sechzig, eingehüllt in Alcantara Leder, was die Dame trotz ihrer Größe und voll widerspenstig-graulockiger Haare geschmeidig erscheinen läßt.
„Guten Tag, ich vermute, sie warten auf mich, ich bin Marrá von Flausen-Tulpenscheitel!"
Gerade will Lorbas doch eine Begrüßung sagen, da pfeift der Zugschaffner, auf dem Trittbrett des anrollenden Zuges stehend, quasi mitten in sein Ohr. Die Kelle, mit der er dem Zugführer Zeichen gibt, schwebt bedenklich nahe an Lorbas Kopf vorbei. Für solche Fälle zum Abpolstern, wäre eine Locke mehr auf dem Kopf sicher gut gewesen ... denkt sich Zacke.
„Kommen Sie mal, wir gehen etwas vom Bahnsteig weg, sonst bekommen Sie hier noch eine vor den Kopf, weil meinetwegen das Dampfroß in diesem Hinterhippeldorf anhalten mußte." Damit zieht Marrá von Flausen-Tulpenscheitel Lorbas in Richtung Bahnhofsausgang. „Hier findet man sich auch als Uneinheimische sofort zurecht – sehr überschaubar Ihr Dorf. Irmi hat mir das schon mitgeteilt."
Der Zug ist jetzt unter letztem Gequietsche abgefahren, auch Lorbas kommt nun nicht drum herum, mal etwas zu sagen: „Schönen, guten Tag, ich

bin Lorbas Zacke!" Erst einmal alles Unklare klarstellen – originell kann man ja später noch werden.

„Ja, Herr Zacke ... nach Irmis Beschreibung und der geringen Verwechslungsmöglichkeit hier am Bahnsteig haben Sie mich davon spielend überzeugt – angenehm, Sie kennenzulernen!" Marrá reicht Lorbas ihre samtbelederte Hand.

„Ja, ... ist mir auch angenehm ... gescheite Frau von Flusen-Stulpebeitel ..." Zacke neigt sonst nicht zum verhaspelnden Stammeln, aber so lang der Name seines Nachmittagsgastes, so stark der Auftritt der Dame – nicht unsympathisch, die Ausstrahlung bannt aber schon ohne langen Namen und ohne viele Worte.

„Machen wir's kurz," schlägt die Adlige ihrem Abholer vor, als hätte sie dessen Gedanken mitgelesen „ich will ja mit dem Abendzug wieder weg und bis dahin möglichst viel von Ihrer Burg anschauen. Darüber hat Irmi Sie informiert ... nett, daß Sie mich begleiten. Dann kommen Sie mal, ich nehme an, Sie haben Ihren Wagen auf dem Vorplatz geparkt, mit dem schaukeln wir gleich hoch, zum Laufen ist es zu weit! – Vorher will ich noch meinen Koffer und die Tasche in ein Schließfach tun – mitschleppen wäre lästig!"

Damit schiebt Marrá von Flau-Tus – wie Freunde sie nennen dürfen, was wir uns für diese Geschichte auch mitunter herausnehmen – Lorbas weiter zum Ausgang, fast so als wäre er *ihr* Gast und *sie* hätte die Regie. Sie zieht dann noch unangestrengt ihren Rollikoffer mit der oben aufgelegten Reisetasche hinter sich her – ihr das abzunehmen, wäre in dieser Generation sicher Lorbas Part gewesen.

Aber dem fällt jetzt immerhin was Gescheites ein, weshalb er abrupt stehenbleibt, sich mit dem Rest der Bewegung noch umdreht und Marrá dadurch fast auflaufen läßt: „Ich glaub' die haben gar keine Schließfächer hier bei uns im Bahnhof!"

„Na, sagen Sie bloß!" erwidert Marrá ungerührt. „Das war fast abzusehen oder?! In diesem Dorf zöge jede, jemals vorhandene Schließfächer-Spezies sicher

haarscharf den Schluß: niemand nutzt mich – niemand mag mich – also sterbe ich aus! Das ginge dann ein in die Psychologie als die ‚Knipsler-Schließfach-Depression' ...! – Hier ist ja schon Ihr Wagen, lassen Sie uns mein Gepäck verstauen und dann hoch zu Knipsel-Castle!"
Die Frau macht wirklich keine Umstände ...
Bei dem einzigen Auto, daß auf dem Parkplatz parkt, ist das sicher nicht zu kühn geschlossen, aber Lorbas ist schon wieder sprachlos, weil Ärger in ihm aufsteigt: braucht diese ledersanfte Domina eigentlich nichts weiter als einen Chauffeur? Wenn sie sich so gut auskennt und sie von Freundin Irmi schon alles weiß, hätte sie sich sicher auch ein Taxi bestellen können. Das wüßte sie dann sicher auch, daß es neben allem, was Knipsel *nicht* zu bieten hat, einen Taxidienst gibt – immerhin drei Fahrzeuge! Hätte sie sich doch von denen eins bestellt ... – oder ist die Tulpentante eben doch nicht so ausgeschlafen?!
Mit übertriebener Kraft wuchtet Lorbas Koffer und Tasche unter Aufsicht in das Autoheck, wobei er sich fast einen Fingernagel abbricht, wovon er sich aber nichts anmerken läßt.
Drei Minuten später nimmt er mit Marrá neben sich im Auto schweigend die erste Serpentine hoch zu Knipsel Castle.
Marrá von Flau-Tus ist recht zufrieden, so wie sie auf dem Beifahrersitz zu Burg Hohenknipselstein hinaufgefahren wird – ihr Fremdenführer funktioniert. Sicher: der wäre schon anstrengend auf die Dauer – aber für die paar Stunden bis zum Abendzug wird's wohl gehen ...
Sicher: sie hätte sich auch ein Taxi bestellen können!
– Dieses Kaff mit dem Ein-Minuten-Halt und ohne Schließfächer, leistet sich den opulenten Betrieb dreier Taxis, die sich sicher darum reißen jemand Fremden in die Umgebung, die nächste Stadt oder eben zu der einzigen Burg hochzuschaukeln, aber jemand von hier, der aus Gefälligkeit etwas tut, ist sicher besser auszuholen, wenn man das Flair der Gegend prüfen möchte ...

„Hier, auf diesem Plateau müssen wir den Wagen abstellen. Hier sind die Parkplätze, das kleine Burg-Café und da hinten die Burgwächterwohnung." Lorbas findet das sei eine umfassende Auskunft.
„Ich weiß!" erwidert Marrá.
Nach doch reichlich Minuten, die man bis hoch braucht – bei gemäßigter Fahrweise – sind die beiden ganz dicht an Knipsel Castle angelangt. Lorbas hat sich extra Zeit gelassen und jede Serpentine wohlgerundet ausgefahren, wollte seinen Gast aus Langeweile oder Unbehaglichkeit zum Reden bringen – aber nun ist ihm selbst fast unbehaglich geworden, weil ihm nichts Unterhaltendes zum Erzählen eingefallen ist.
Das hat Marrá aber gar nicht gestört, denn sie hing ihren eigenen Gedanken nach und ist sehr dankbar, nicht in den Austausch von Nettigkeiten hineingezogen worden zu sein – was sie sowieso nicht mitgemacht hätte …
„Ja, jetzt gibt es noch einen kleinen, steilen Fußmarsch und dann sind wir pünktlich zur Sonntagnachmittagsbesichtigung an der Schloßtür."
"Waren Sie schon mal hier, daß Sie sich so gut auskennen?" fragt nun Lorbas doch neugierig geworden, während seine Ärgerbereitschaft aber immer noch Gewehr bei Fuß steht: wenn sie's schon kennt, was läßt sie sich dann führen, die dumme Adelsschnalle?!
„Bis hierher können Sie alles per Internet und … wie nenn' die das heute … ‚Social Media' abrufen, Zug- und Öffnungszeiten, Lageplan und Beschaffenheit des Fußwegs, aber der persönliche Eindruck, der ist eben unersetzlich, Herr Zacke!" Marrá schaut Lorbas wie zufällig direkt in die Augen, als sie sich über ihren Sicherheitsgurt beugt, um ihn zu öffnen.
„Hm …" brummelt Lorbas „ich hab' die Burg auch schon länger nicht besucht – aber Adliges interessiert mich gerade – also schauen wir sie uns gemeinsam an!"
Der Parkplatz bietet Abstellmöglichkeiten für vier, na, wenn man günstig rangiert, für fünf Wagen und einen

Reisebus – der muß sich dann aber schon etwas klemmen ...

Das kleine Café ist doch eher ein Imbiß, mit seinen zwei Stehtischen und dem einen Sitztisch mit drei Klappstühlen, die wohl so zusammengeklappt wie sie am Tisch lehnen, den Sonntagnachmittag am liebsten unbesessen verschlafen würden. –

‚Selbstbedienung' steht in vorne breiten und hinten gequetschten, selbstgemalten Buchstaben auf einem Pappschild geschrieben, das hinter dem Fenster der zur Zeit geschlossenen Durchreiche klebt.

„Einladend sieht anders aus! – ... würde man heute sagen." Marrá resümiert es zu Lorbas, als beide zusammen auf den schmalen Fußweg zusteuernd am Café vorbeikommen.

Bei Lorbas kommt das als Tadel an, weshalb er seinen Gast belehrt: „Hier gibt es nicht so viel Personal wie in einer Stadt, vieles muß ehrenamtlich organisiert werden."

Ausgerechnet dieses Dorf, in dem er über all die Jahre selbst ein Fremder geblieben ist, will er nun in Schutz nehmen vor so unsensiblen Äußerungen einer Fremden, die in zwei Stunden schon wieder weg ist von hier ... – Ist ja seltsam, findet er!

„Es gibt der Sache so etwas borstig Verschlafenes – wer hat das schon?!" erwidert Marrá, die ja auch so etwas an sich hat, was man vielleicht nicht auf den ersten Blick ganz närrisch liebgewinnen mag ...

Den kleinen, steilen Fußpfad direkt zum Burgeingang muß man im Gänsemarsch absolvieren, unebene Steine sind als Stufen angelegt.

„Nicht gerade ‚barrierefrei'," überlegt Marrá „mit Kinderwagen kommt man hier auch nicht hoch ... welche Versicherung wird hier zahlen, wenn sich einer was vertritt?"

„Hören Sie mal," holt Lorbas jetzt aus und bleibt vor Marrá wie vorhin im Bahnhof abrupt stehen „das ist eine Burg – die sollte Jahrhunderte lang Feinde abhalten! Wäre das noch glaubwürdig, wenn hier jetzt jede Neumutter mit dem Buggy durchkommt?"

„So denken aber Mütter, Behinderte und Alte nicht, wenn sie auch mal eine Wehranlage von innen sehen wollen. Die meinen einfach: diese Zeiten sind vorbei und alles, was nicht direkt zur Ansicht ausgestellt wird, soll gefälligst so sein, daß es reibungslos gebrauchsfähig ist! – Sonst kann man ja gleich im Zug nach Kullerstadt sitzen bleiben – oder glauben Sie jemand möchte heute so etwas wie Knipsel-Dorf noch erobern?!" Marrá schaut zum unwirsch dreinblickenden Lorbas empor – empor nur deshalb, weil der auf dem steilen Weg schon zwei Treppchen höher steht – sie lächelt. „Ich will's Ihnen doch nicht verderben, ich mache mir nur so meine Gedanken!"
„Wozu? – Für solche Gedanken brauchen Sie doch nicht herzukommen – die hätten Sie sich auch beim Wegbleiben machen können!" Lorbas dreht sich bockig um und hüpft wirklich wie ein Gamsbock die letzten paar Treppchen hinauf – was ihn dann doch ein wenig ins Schnaufen bringt.
Hier oben ist noch ein eher kleiner, kiesbestreuter Platz, eingerahmt von undurchdringlichen Hecken, es gibt wirklich nur diesen kleinen Pfad hierher, um dornenlos bis zum Burgeingang zu kommen, der noch zwanzig Schritte entfernt liegt.
„Sieht aber sehr verschlossen aus. Müßte da nicht wenigstens ein Kartenverkäufer einladend aus dem Türfensterchen schauen?"
Diese Marrá, denkt Lorbas, die hat's immer noch nicht begriffen. „Knipsel Castle ist eben eine Burg, die nicht um Massentourismus buhlt!" sagt er mit ein wenig Stolz. „Andererseits ..." Lorbas fällt da gerade etwas ganz Vertracktes ein ... über das er am liebsten erst einmal allein nachdenken würde.
„Was andererseits?" fragt aber schon Marrá.
„Ich bin mir da nicht mehr ganz sicher ... früher war das so, daß die Sonntagsführung nur stattfand, wenn fünf Leute zusammenkamen, sonst ... sonst verzichtete man darauf ..."
„... und schickte die sich eingefundenen vier Besichtigungsfreudigen weg ...?!" ergänzt Marrá fragend.

„Na, ja, ich sag' doch: hier wird vieles ehrenamtlich ... gehandhabt ... – müßte aber sicher im Internet stehen, wenn's noch so ist ... " – auch Lorbas kann zickig sein ...
„Wie spät haben wir es denn – wann wird sich das heute entscheiden?" Marrá schaut auf ihre Uhr.
„Meine Uhr ist fünf vor drei! – Also wenigstens zum Durchzählen, daß wir zu wenige sind, müßte ja jemand kommen, dem man dann vielleicht eine kleine Extra-Zuwendung anbieten kann ..."
Oben gibt es ein Geräusch.
Lorbas und Marrá schauen an der geschlossenen Burgtür, an der sie gerade angekommen sind, nach oben zum Mauerwerk hinauf. Ihr Blick bleibt gleich im Fenster des ersten Stocks hängen. Es schwingt nämlich jetzt mit lautem Quietschen auf und ein wenig wie ein Kuckuck aus der Schwarzwalduhr erscheint oben ein Mannsgesicht, etwas hutschelig, schmal, vergrämt, aber sich der oberen Position durchaus bewußt: „Sind sie nur zu zweit?" fragt Wobel Hupenhorn, der da hauslugt. Er ist der altgediente, drahtige Kustos und Fremdenführer von Burg Hohenknipselstein.
Bevor Lorbas antworten kann, erklärt Marrá – jetzt wieder ganz das Dominante der von Flausen-Tulpenscheitel heraushängen lassend: „Sie sind der Kustos?! Dann kommen Sie und machen Sie mal auf, damit wir bezahlen können und die Führung pünktlich beginnen kann!"
Wobel stockt kurz – so als wolle er doch noch einmal genau durchzählen – verkündet dann aber souverän: „Führung nur ab fünf Männeken!" und will schon das Fenster wie verkündet und beschlossen wieder verschließen.
„Es kommen gleich noch welche – ihre Parkplätze da unten sind gewöhnungsbedürftig! – Außerdem ist es noch nicht drei Uhr! – Und was glauben Sie, wie der Gemeinderat in Kullerstadt sich freut, wenn sich mal ein paar mehr Männeken über den flapsigen Burghausmeister beschweren?!"

Wobel wollte schon bei den ersten zwei Ansagen das Fenster zuklappen, denn in der Regel streichen alle einzelnen Wanderer nach so einem Spruch von ihm die Segel, trollen sich und er hat seinen Sonntagnachmittag frei. Keiner hat bisher mit Beschwerde gedroht. Aber diese stämmige Frau, mit den vollen, grauen Haaren – könnte sein, daß mit der nicht zu spaßen ist, irgendwie ist ihm unbehaglich. Aber nicht gleich klein beigeben. „Schau'n wir mal, wo Ihre Truppe bleibt, ich komm' mal runter!"

„Das walte Hugo," murmelt Marrá, als Lorbas sie überrascht anschaut – er kennt Wobel Hupenhorn nur mal vom Sonntagsumtrunk im ‚Hicks' als wichtigtuerischen, aufgeblasenen Schon-immer-Rentner, der groß tut, weil er in der Kustoswohnung von Knipsel Castle – neben dem Café auf halber Höhe – wohnen darf und ächzt, wie viel er ehrenamtlich mit den Führungen zu tun hat. Aber da sonst kein Einheimischer sich durch seine eigene Burg führen läßt, fällt das vielleicht auch gar nicht auf, was Wobel da immer alles ausfallen läßt ...

Eine gute Minute später knarrt das Türschloß der Burg und Wobel – sowieso ein untersetztes Männchen – steckt mißtrauisch seinen kleinen Kopf auf dem mageren Hals zu ihnen heraus – als wäre die restliche Burg sein Schildkrötenpanzer.

Er schaut nach links und rechts – aber da hat sich niemand versteckt. Ohne weitere Überleitung zischt er: „Wenn Ihre Leute aber nicht pünktlich sind, wird das auch nichts mit der Führung ... Wir haben hier unsere Vorgaben, das ist alles ..." Wobel überlegt kurz, welches Wort ihn in die Freizeit bringen könnte „... getaktet! – Eine Führung, die verspätet anfängt, die überzieht ja hinten!"

„Tatsächlich?! – Ist das auch in Knipsel so?!" Marrá kann es nicht fassen, was ihr hier geboten wird. „Da gehört Knipsel im Dienstleistungsmanagement mal ordentlich durchgebürstet, so verflust und verfilzt, wie sich das hier darstellt!" Sie schaut zu Zacke, aber der zuckt nur leicht die Schultern, ihm mit seiner

verlustigen Locke muß man von Dienstleistungsbeschwerden nichts erzählen ...
Wobel Hupenhorn ist das jetzt doch alles herzlich schnurz: „Also nu ham wa sieben nach drei und Sie werden hier auch nicht mehr Figuren ... – also da müssen Sie wohl nächstes Mal pünktlicher und zu mehreren noch mal vorbeikommen ..."
"Glauben Sie, ich komme noch mal in diesen öden Flecken: aus dem Zug muß man während der Fahrt rausspringen, Schließfächer sind hier noch nicht erfunden, Straße und Querfeldeinweg kriegen Provision von Kfz-Werkstatt und Orthopäden und der Kustos schottet die Burg ab, als wär' er hier der König! – Wo bin ich denn?!"
Wobel lassen Marrás Einwände so was von kalt: „Das ist Knipsel, werte Dame ..." will er im Ton für Klippschüler ansetzen und Marrá zischt schon, ihm das Wort abzuwürgen ...
Da wackelt's plötzlich im Gebüsch, genau dort, wo der steile Weg vom Parkplatz herauskommt.

Volle Führung

Gleich darauf wackelt es nicht nur, nein, man hört auch Unterhaltung, die näher kommt ...
Marrá und Lorbas schauen sich verwundert an, das müssen Leute sein – und nicht zu knapp, nach der Lautstärke zu urteilen, die immer mehr zunimmt. Sehr verwunderlich, eben war auf dem Parkplatz noch nicht eine Menschen-Männeken-Seele zu sehen. Sollte doch noch eine Führung über die erfüllte Option der Besucheranzahl zustande kommen?
Wobel Hupenhorn ist gerade dabei, Kopf und Hals wieder in seine Burg zu ziehen und die Türe leise zu schließen – das merken die beiden vor ihm gar nicht, so interessiert, wie sie jetzt in Richtung Fußpfad schauen ... – meint Wobel.
Aber Lorbas kann ihn gerade noch am Hemdkragen packen: „Jetzt werden wir noch mehr als fünf ... Männekens!"

Nun zeigt sich auch zum ersten Mal, was da im Busche ist, als mehrere Menschen nach einander den kleinen Burgvorplatz erreichen und man sich gegenübersteht: die Dreiergruppe am Burgtor und die immer mehr werdenden Leute vom Parkplatzpfad.
„Das sind keine aus Knipsel!" stellt Wobel Hupenhorn scharfsinnig fest.
„Klar nicht – warum sollten die ihre eigene Burg besichtigen!" schüttelt Lorbas den Kopf.
„Das ist 'ne volle Fuhre Touris!" Wobel sagt es mit Entsetzen, ihm ist klar, daß sein freier Sonntagnachmittag zu straucheln droht.
Stimmt aber: die mindestens zwanzig Leute die sich bis jetzt am Heckensaum gesammelt haben, – durchweg jung, um die Mitte Zwanzig, Männer und Frauen lustig gemischt – sind in bunter Freizeitkleidung unterwegs – Jeans, bedruckte T-Shirts, Blusen, Turnschuhe ...
So bunt wie ihre Kleidung, so bunt ist auch ihre Haut – also eigentlich gerade nicht bunt, nicht farbig ... früher hätte man das ‚schwarz' genannt, im Kontrast zu ‚weiß' – aber so darf man ja jetzt nicht mehr dazu sagen ...
An den Gesichtszügen erkennt man auch, was Wobel Hupenhorn jetzt auf den Punkt bringt: „Das sind nicht nur keine Knipsler, das sind auch keine Hiesigen ..."
„Hi, we want Castle-Looking!" Ein großer Mann – also groß und schlank sind eigentlich alle der neu aufgetauchten Touris – aber dieser Mann hat ein markantes rotes Basecap auf, ist vielleicht der Fremdenführer ... so jedenfalls geht er auf die drei am Burgtor zu, schaut kurz in die Runde, wen er wohl am besten ansprechen kann für seinen Wunsch nach ‚Castle-Looking'.
„You zu spät!" kläfft Wobel schnell, dem die Felle wegschwimmen. Ausländer kommen hier ganz selten nach Knipsel Castle und wenn dann nicht in der Geballtheit von über zwanzig Leutchen, die vielleicht noch nicht mal Deutsch verstehen. – Hat nicht neulich ein Gemeinderatsmitglied in einer offenen Sitzung nachgefragt, ob er, Wobel, auch auf Englisch durch

die Burg führen könne: ‚...man müsse internationaler werden ...' – so diese übereifrige Dösbacke. Da hatte Wobel noch keck behauptet, sein Englisch warte noch darauf genutzt zu werden, weil ja selten wer Englisches sich nach Knipsel verlaufe ... – Bestimmt haben die deshalb die Tourigruppe geschickt, das Rudel soll sein Englisch testen! – Aber so schnell wird er sich nicht ins Bockshorn jagen lassen ... „Over six persons no Castle-Looking – you are too viel und too spät!"
"Shit happens! Are you crazy fool ...?!" – Nicht etwa der fremde Gruppenführer ist es, der das sagt, sondern Marrá von Flausen-Tulpenscheitel – denn was einheimischer Adel ist, der kann auch ganz international parlieren – selbst mit Burgwarten wie Wobel Hupenhorn. „Also nichts da: die Führung findet jetzt statt – wir sind mehr als fünf! Und wenn sie nur sechs auf einen Streich führen können, dann müssen sie eben zwei oder drei Durchgänge machen –" Marrá fällt noch etwas zum Zügelstraffziehen ein „... Englisch werden Sie ja wohl können, damit auch ausländische Touristen von der bewegenden Geschichte um Knipsel Castle hingerissen sind! – Auf uns ..." sie schaut Lorbas warnend an „brauchen Sie keine Rücksicht zu nehmen – bis Oxford-Englisch können wir locker mit!" Ohne eine Antwort abzuwarten, schiebt die Adlige nun Wobel-Männchen beiseite und verschafft sich Einlaß in die Burg – so erobert man heute Festungen!
„Come on everybody, he's pleasured to guide us!" ruft Marrá hinter sich.
Lorbas – ziemlich fasziniert von der dramatischen Entwicklung – läßt sich das nicht zweimal sagen, aber auch der Rotkäppi-Mann und seine Truppe sind begeistert. Ein wenig mehr euphorisiert als man vermuten sollte, ruft er seinen Leuten zu: „Great, let's enter!"
„Na, klasse, das klappt ja doch ganz reibungslos ... mit der Führung!"
Alle durch das Burgtor Strömende halten inne wie ein Fischschwarm, der vielleicht doch die Richtung

ändern will, denn von ganz hinten, an der Treppe zum Parkplatz, kommt dieser Ausruf. Eine junge, zierliche Frau mit rotgefärbten Haaren, ist da wie aus dem Nichts aufgetaucht und strebt jetzt zu der Gruppe am Burgtor.

„Hallo, ich bin Ria, die Reiseleiterin, mußte nur kurz den Bus unten rangieren und damit wir nicht zu spät sind, habe ich meine Reisegruppe schon mal vorgeschickt." Jetzt ist die Rothaarige bei den anderen angelangt und lächelt aufmunternd. „Dann kann's ja losgehen!"

Ausgerechnet Marrá, die gerade dabei war voran zu streben, wendet sich noch einmal um, so daß die Fischschwarm-Dynamik der Tourigruppe ein wenig ins Stocken gerät.

Marrá schaut die Rothaarige mißtrauisch an, so gut sie sie eben hinter den zwanzig ausländischen Besuchern erkennen kann. Dann wendet sie sich wieder der Eingangshalle der Burg zu, die sie schon halb betreten hat. Dabei streift ihr Blick den von Lorbas und sie murmelt ihm zu: „Seltsam, muß man im Auge behalten!"

Die Eingangshalle von Burg Hohenknipselstein ist fast quadratisch, karg, geräumig. Hinten an der einen Seite führt eine große Treppe in die oberen Räume, an der anderen Seite eröffnet sich ein Gang zu den unteren Zimmern. Diese Zimmer, auch geräumig, aber weniger karg, sondern voll mit alten Möbeln, liegen wie Perlen aneinander und sind durch einen ganz, ganz langen Gang miteinander verbunden.

Das machte es leicht, für Knipsel Castle ein Besichtigungskonzept umzusetzen: der lange Gang verbindet eben alle Zimmer. Ausgerollt mit einem – zugegeben gestückelten, aber strapazierfähigen – Läufer, über den man mittlerweile auch schon an einigen abgeschabten Stellen stolpern kann – befinden sich rechter Hand die Fenster und linker Hand sind die historischen Zimmer mit den Möbeln so drapiert, wie sie vermutlich von den früheren Bewohnern eingerichtet worden waren. Das alles

abgekordelt, so daß auch jedem Fremden klar ist: ‚Hier gehen und dorthin nur hinüberschauen!'
So muß ein Kustos wie Wobel Hupenhorn sich nur vor die Kordel stellen, die Besucher auf dem Läufer in einem Zimmer verteilen und kann nun über die Besonderheiten, die Aufgaben und die Histörchen dieses Raumes mehr oder weniger verbal ausholen. Die Gäste hören zu, schauen auf die abgesperrte Einrichtung hinter dem Kustos und lassen ihrer Phantasie im Rahmen des Erzählten freien Auslauf – falls sie noch diese vitale Phantasie mit ‚Ph' haben ...
Wir sind aber gerade erst in der Halle, in die nun die überraschend umfangreiche Sonntagnachmittag-Besichtigungsgruppe hineinströmt und sich vor der breiten Treppe aufstellt. Auf die hat sich Wobel bis zur fünften Stufe hinaufgeflüchtet, wo er sich jetzt am Geländer festhält. Als er eben die fünf Stufen erstieg, hatte Lorbas kurz das Empfinden, der Kustos würde gleich Gas geben, ins Obergeschoß sprinten, sich dort verschanzen, die Touris sich selbst überlassen und den Lieben Gott einen guten Mann sein lassen. Aber noch hält Hupenhorn sich tapfer ...
Was er nun schnarrend vom Stapel läßt, ist schlecht aufgesagt und durch das heutige Überrumpeltwordensein stockig und bockig dargeboten – natürlich ganz auf deutsch abgefaßt: „Ich darf Sie begrüßen, meine Herrschaften. Sie befinden sich hier auf Hohenknipselstein, der Burg- und Wallanlage unserer Ortschaft Knipsel. Die Burg in ihrem Kern wurde erbaut im Jahre ..."
Die Mitglieder der ausländischen Reisegruppe starren lächelnd zu Wobel hinauf, auch immer noch lächelnd als der erzählt, daß in der neueren Geschichte Knipsel Castle durch Bomben beschädigt wurde und zum Teil restauriert werden mußte ... bevor – was er nicht erwähnt – man die Burg seinen nun eher uninteressierten Ringsumbewohnern zurückgab, die dann duldeten, daß so ein fauler Kustos jedes Restinteresse von Besuchern erstickt, weil er Sonntagnachmittag eben lieber frei hat, statt Führungen zu leiten.

Marrá hat sich überraschend weit hinten in der Gruppe aufgestellt und Lorbas, mitlaufend, steht nun auch in der letzten Reihe. Beide hören noch einige Fetzen von Wobels heruntergerasselter Rede: „… jahrhundertlang gab es nichts Erwähnenswertes bis vielleicht auf ein lila Schloßgespenst, das mitunter hier aufgetaucht sein soll und Schabernack trieb … aber keine Angst …" schnurrt Wobel jetzt einen am Ton erkennbaren ewig abgeleierten Witz heraus „… unser lila Gespenst ist immer begeistert von Touristen, die nicht lange bleiben und erschreckt sie nicht!"
Aber die letzten werden die pfiffigsten sein …
„Kommen Sie, Herr Zacke wir verziehen uns mal," rempelt Marrá Lorbas an „… hätte gar nicht gedacht, daß das so einfach zu machen ist, aber bei all dem unübersichtlichen Volk hier, paßt es wunderbar!" Damit schiebt die Adlige Lorbas schon an der hinteren Seite entlang zu dem langen Gang, der durch die anschließenden Räume führt.
„Jetzt schauen Sie doch nicht so ertappt, sonst bekommt selbst unser verbockter Burgführer noch mit, daß wir uns absentieren," zischt Marrá Lorbas zu „hier entlang …" damit sind die beiden außer Sichtweite von Wobel und der Gruppe, hinter die erste Tür geschlüpft, die die Zimmer von der Halle trennt.
Lorbas hält sich dicht neben seinem Besuch, weil er völlig perplex nicht weiß, was das soll, sich aber auch nicht in eine offene Widerstandsdiskussion begeben will.
Aber Marrá versorgt ihn schon mit neuen Überlegungen. „Ungefähr in der Mitte der Zimmerreihe liegt eine Stiege nach oben ins Obergeschoß und zu den Turmzimmern. Wo genau ist das, zeigen Sie es mir!"
Lorbas ist überfordert: aus der Burgführung unbemerkt für alle anderen ausgegliedert, dann auf die Burgarchitektur examiniert zu werden … und überhaupt von der ganzen konspirativen Art, die die bisher so klar und vordergründig präsente Marrá von Flau und Gescheitel plötzlich an den Tag legt.

„Na, los, wir stehen hier ungünstig, das Langhalsmännchen wird sich nicht lange in der Vorhalle aufhalten – es will nichts mehr, als alle so schnell wie möglich wieder los werden. – Wo ist die Stiege?"

„Ich glaub' vier Zimmer weiter, an der einen Seite hinter einem Paravent, da geht's nach oben oder ..." Lorbas ist sich nicht sicher. Er erinnert sich jetzt an eine alte Stiege, die er bei der ersten Burgführung nach seinem Zuzug hierher mitgemacht hatte. Da hatte er die Burg noch voller Euphorie besichtigt. „Die Treppe ist aber nicht für die Öffentlichkeit ..." will er noch einwendend erläutern, als Marrá schon die Augen verrollt und ihn den langen Besichtigungsflur entlang zieht.

„Drittes Zimmer, viertes ... hier müßte es also sein ..." sie schaut sich um, vom Führungsmännchen ist noch nichts zu sehen.

„Es könnte auch im fünften Zimmer gewesen sein ..." ist Lorbas jetzt unsicher.

„Ja, ja ... oder im zweiten, sechsten, neunten ..." entgegnet Marrá, während sie schon die Wände dieses vierten – es ist so einer Art Kaminzimmer mit Sesseln, Sofa, Chaiselongue, Beistelltischchen – mit den Augen nach einer versteckten Stiege absucht.

„Oh, ja, es ist kein Paravent, es ist das Bücherbordtreppchen, dort ..." Marrá zeigt auf ein dreistufiges Podest, das anscheinend zum Anlegen an die hohe Regalwand und für das Heraussuchen der Bücher wie zufällig an der hinteren Wand bereitsteht.

„Stimmt, *das* war's! Hatte ich jetzt gar nicht mehr so in Erinnerung, hat uns der damalige Burgführer unter dem Siegel der Verschwiegenheit verraten, daß es da nach oben geht!" Lorbas fällt es nun auch wieder ein.

„Wenn's ersichtlich ist, wird Überraschung rasch zum Schwarzen Peter!" kommentiert Marrá.

„Sollten Sie nicht froh sein, daß ich überhaupt ..." setzt Lorbas an.

„Die treuesten Recken sind die, die ihre Dusseligkeit beiseite räumen zur rechten Zeit! – Da kann man sich

auf Sie verlassen!" Damit schiebt Marrá von Flausen-Tulpenscheitel die Absperrkordel zur Seite, tritt selbst in den abgesperrten Bereich, winkt Lorbas energisch, der eben noch einen Tick unentschlossen zu sein schien und nachdem auch er die Forbidden Area betreten hat, schiebt Marrá die Absperrung wieder an die ursprüngliche Stelle zurück. Sie strebt auf die Bücherbordtreppe zu, schiebt sie etwas zur Seite, so daß sie an die unauffällige Tapetentür zu stehen kommt, die man nur aus diesem nahen Blickwinkel als Tür erkennen kann. Und dann betritt die Adlige die ersten zwei Stufen des Podests, drückt auf ein kleines Brett, was als Abstelle für Nippes gedacht zu sein scheint und schon öffnet sich auf halber Höhe – genau da, wo die letzte Podeststufe endet – eine Tür, die übergangslos mit ihren Stufen an die des Podestes anschließt und hinter der Zimmerwand nach oben führt.
„Glaub' ich ja nicht," murmelt Zacke „das haben die uns damals gar nicht gezeigt!"
„Das zeigt man ja auch nicht – sollen ja nicht Kreti und Pleti wissen!" antwortet Marrá, die schon trotz ihrer Größe elegant hindurchgeschlüpft ist. „Los, los, kommen Sie schon, die werden nicht mehr lange brauchen, bis sie durch die ersten Zimmer durch sind. Unserem Grummelmännchen wird nicht mehr so viel einfallen bei seiner Unlust anderen ‚seine' Burg zu zeigen."
Lorbas schlüpft also auch durch die Tür. Nicht ohne vorsichtig zu testen, ob die Treppe dahinter auch wirklich stabil ist.
„Wenn Sie mich hält, hält sie auch Sie!" kommentiert Marrá, zieht ihren Begleiter am Arm schneller hindurch und hat schon die Geheimtür wieder geschlossen. „Ich hoffe unserem Fremdenführer fällt, so brastig wie er ist, nicht auf, daß das Treppchen draußen verschoben ist ... Aber er ist so sauer, daß sein Nachmittag geschmissen ist, da wird er's zumindest nicht gleich bemerken, hoffe ich."
„Sagen Sie mal, was wollen Sie hier eigentlich? Ein normaler kurzer Touristenbesuch sind Sie ja nicht!"

Lorbas möchte nun wirklich mal wissen, in was für eine außergewöhnliche Situation er hier innerhalb von etwas über einer Stunde hinein geraten ist.

„Kommen Sie erst einmal!" Nun ist es Marrá, die als Fremde den Einheimischen durch seine angestammte Burg nach oben auf die Zinnen führt.

Lorbas schnauft ordentlich, denn die Treppe entpuppt sich als steile Wendeltreppe, die erst scheinbar kurz vor dem Himmel einen Abzweig in eines der kleinen Turmzimmer bietet.

„Wer keine Kondition, Platzangst oder schnell den Triesel hat, sollte vielleicht nicht dauerhaft hierzulande eine Burg bewohnen!" Marrá ist auch etwas außer Atem, als die beiden Abgängigen sich im Turmzimmerchen auf das kleine Sofa fallen lassen, das dort gemütlich bereitsteht und auf sie gewartet zu haben scheint. Lorbas ist aber neben atem- auch sprach- und farblos, alles dreht sich um ihn – noch eine Stiege hätte er nicht geschafft. „Das merkt man gar nicht, wie's einen mitnimmt, wenn man wie in einer Schraube Treppen steigt ... und dann" er japst „so schmal, wo man nur schnell oben ins Licht kommen will ..."

„Gehen Sie zu Ihrem Trauma-Therapeuten, der wird Ihnen das sicher als zusätzliche Geburtserfahrung anrechnen!"

„Vorher halte ich mich mal an Sie ..." Lorbas hat's jetzt satt „welches Trauma reitet Sie denn, unwillig nach Knipsel zu kommen, aber unbedingt das Turmzimmer auf Knipsel Castle besuchen zu müssen? – Da will ich jetzt eine Antwort drauf, sonst lasse ich Sie ...." er überlegt, mit was kann man so jemandem wie dieser Tulpen-Klara drohen „... sonst sag' ich es der übrigen Gruppe, was Sie hier anstellen!" – Na, wenn das keine Drohung ist, denkt er sich!

Marrá ist wieder bei Atem und gleich gut gelaunt und amüsiert. „**Was** soll ich denn bisher angestellt haben? Und **wem**, Herr Zacke, wollen Sie das denn mit Effet verpetzen?" Sie schaut sich im Turmzimmer um und murmelt versonnen: „Der Bestand scheint doch noch

recht passabel zu sein, keine größeren Schäden, weder am Gemäuer noch an der Einrichtung. Das wollte ich nur überprüfen ..." Dann wendet sie sich wieder Lorbas zu: „Den Kustos wollen Sie doch nicht wirklich in seinem Unwirschsein noch zusätzlich mit was Ungelöstem belästigen! Und den zwanzig Fremden samt ihrer Reisebegleiterin ... wenn Sie denen damit kommen, ich hätte mich durch eine Geheimtreppe ins Turmzimmerchen verdrückt ... – Übrigens alles zusammen mit Ihnen und durch Ihre hilfreichen Informationen! – Wenn Sie denen das sagen, zucken die nur mit den Schultern – nicht nur weil diese Touristen es sprachlich nicht verstehen, sondern vielmehr, weil diese Clique dabei ist, ihr eigenes Süppchen zu kochen ... – was uns, fürchte ich, viel mehr Sorgen bereiten müßte, als meine Eskapaden hinein ins Turmzimmer, obwohl ich noch nicht riechen kann, was da vor sich geht ..."
Zacke will gerade ansetzen, wenn er schon mal Gelegenheit hat, etwas zu sagen. Allerdings würde er nur Undurchdachtes herausbringen, aber er kommt auch gar nicht dazu, denn von unten, aus dem Hof vor dem Burgtor dringt Geschrei herauf ... und wir sind hier schon recht oben – daß es uns erreicht.
Zacke will zum Fenster stürmen und es aufreißen – alles in der letzten Stunde beunruhigt ihn, die Absicht irgend etwas zu ordnen, gewinnt Überhand in ihm. Aber Marrá – wieder trotz Größe, Masse und scheinbarer Behäbigkeit – ist schneller am Fenster.
„Vorsicht! Verspielen Sie nicht unseren Vorteil, daß uns hoffentlich noch keiner hier oben vermutet! Ich nehme mal an, da unten wird gerade die Katze aus dem Sack gelassen! Wenn wir nur leise das Fenster öffnen und uns nicht gleich wie Rapunzel oder die Frührentner aus dem Rahmen hängen, kriegen wir wahrscheinlich mehr mit, um uns rauszuhalten aus dem, was uns nichts angeht oder ... um uns gar nicht erst in Gefahr zu bringen!"
„Gefahr ...?!" haucht Lorbas aus, der gerade eben körperlich wieder zu Puste gekommen, nun gleich wieder vor Schrecken sprachlos ist. Zwar hat er nicht

Marrás Gespür für Dinge, die einen beunruhigen sollten, aber er merkt, daß man diesem Gespür in dieser Frau trauen kann – auch wenn sie selbst abwegige Ideen zu haben scheint.
Unten wird der Lärm immer lauter, so daß das leise Knarren beim Öffnen des Turmfensters von den Personen unten auf dem Vorplatz sicher nicht wahrgenommen wird. Marrá klappt den einen Flügel ganz nach innen auf, wartet eine neue Schreiattacke ab und lugt dann vorsichtig über die Fensterbank hinaus, wohlweislich Lorbas mit einer Hand zurückhaltend.
Unten steht Wobel Hupenhorn mitten auf dem Vorplatz, er wird anscheinend von der fremden Touristengruppe, die sich vor dem Eingang aufgebaut hat, abgehalten wieder durchs Burgtor ins Burginnere zu gelangen, wo er aber aufgebracht hin möchte. Einige der Fremden zerren ihn bei jedem Versuch an Hemdärmel und Jackett zupfend vom Eingang weg.
„Das ist ja wohl die größte Unverschämtheit, die mir je untergekommen ist ..." zetert das Männchen jetzt, wobei sich seine Wut über die miese Entwicklung der ganzen letzten Stunde bahnbricht, noch mit dem Sahnetupferl des bisher sich Am-Riemen-gerissen-habens oben drauf.
„Lassen Sie mich sofort in meine Burg!" kreischt Wobel gerade.
Aber die Fremden halten ihn – durch ihre Überzahl ein leichtes – nur durch ständiges Zupfen, Irritieren und Kordonbildung davon ab. Sagen tun die Fremden wenig – wenig, was man hier in Knipsel verstehen könnte.
Wobel wird jetzt durch seine Hilflosigkeit noch wütender: „Ihr Schweinebacken ... laßt mich los ..."
„Boche ... Du boche ..." erwidern ein oder zwei aus dem Kreis um Wobel herum.
Eine Frau aus der Gruppe kreischt auf. Wobel hat sie durch sein wildes Um-sich-Schlagen im Gesicht getroffen.
„Ich bluten ..." kreischt sie. „Ich bluten ..."

„Du boche ..." schreit nun einer der Fremden neben Wobel und packt ihn etwas entschlossener am Kragen. Will er zuschlagen?
„Du Nazi ..." schreit ein anderer aus der Gruppe.
„Ihr Arschlöcher, Ihr Schweinepack, Ihr Kanackengesindel ..." kreischt Wobel hysterisch.
„Da links, in der kleinen Abstelle ist ein Eimer ..., schnell ..." Marrá, die das alles noch vorsichtig übers Fenstersims gebeugt mitbekommt, wendet sich an Lorbas, sieht aber, daß der so schnell nicht reagieren wird. Also gibt sie ihren Beobachtungsposten auf und eilt selbst die drei Schritte hinüber an die kleine Nische, die so gar nicht das Zubehör einer alten Burg birgt, sondern Plastikeimer und Waschbecken mit Leitungswasserhahn – auch hier oben muß anscheinend mal sauber gemacht werden. Schon hat Marrá den Eimer unter den Anschluß gestellt und den Hahn aufgedreht. „Knipsel hat eine Freiwillige Feuerwehr – rufen Sie da an – sagen Sie die Burg brennt! Sagen Sie es panisch – versuchen Sie nicht irgend etwas zu erklären! – Na, los!"
Marrà hat Lorbas richtig eingeschätzt: die Knipsler Feuerwehrnummer hat er im Handy – hätte ja auch mal für ihn nötig sein können ... – Er wählt sie und hätte nie gedacht, daß sich tatsächlich jemand freiwillig dort meldet. Natürlich will er gegen Marrás Anweisung sachlich schildern, was hier gerade geschieht, aber als er sieht, wie Marrá mit dem nun gefüllten Eimer zum Fenster eilt ... – unten ist es inzwischen noch lauter und pöbliger geworden – ... kreischt er ins Telefon „Knipsel Castle brennt! Kommen Sie um Gottes Willen schnell!"
Marrá sammelt sich kurz, als wäge sie nochmals im Schnelldurchgang alles ab, dann kippt sie mit Schwung das Wasser aus dem Eimer hinunter – ich tue meinen Teil dazu, so kommt unten eine ordentliche Fuhre an und dann ist alles erst einmal still ...

Unannehmlichkeiten

„Das darf ja wohl nicht wahr sein! – Einmal im Jahr gehe ich ins Theater, gestern, ins Vierecktaler Theaterschlößchen ‚Das Versehen – eine erotische Komödie' – da spricht mich schon im Foyer der Landwirt Frenzel grinsend an, was denn in Knipsel los sei – der Feuerwehrwagen wäre mit Tatütatrallala unterwegs ... in Knipsel! ‚Die haben doch gar nichts, was brennen kann ...' lachen wir beide – noch denke ich mir nichts dabei! – Kurz vor der Vorstellung klingelt mein Handy: Tobel Schleuderlaus, der Polizeiposten aus Kullerstadt ist dran. Er stehe gerade vor Knipsel Castle, eine Touristengruppe habe nach einem Streit den aufgebrachten Kustos ausgesperrt und sich verschanzt. Die Touris reagierten nicht auf Klopfen und Zuruf. Die Freiwillige Feuerwehr sei, anonym verständigt, angerückt und dann wieder abgezogen, nachdem nichts gebrannt habe, die Spritzenleute nur einen hysterischen Fremdenführer vorfanden, den sie vor Ort nicht beruhigen konnten. Da die Nachschulung für Feuerwehrleute zur Traumaopfer-Betreuung erst nächsten Monat stattfinden wird, improvisierten sie die Erstversorgung und nahmen den perplexen Kustos auf ein Bier in die ‚Knipsler Schwarte' mit. Zwei Journalisten seien auch noch vor Ort gewesen, sagten, man habe sie benachrichtigt – wer sei unklar. Es liefe wohl doch auf einen blöden Scherz hinaus, der sich von selbst erledigen würde – irgendwann müßten die Touris ja auch wieder rauskommen, er ziehe mal jetzt ab – und ob die Vorstellung schon begonnen habe, er sei nämlich auch gerade auf dem Weg zum Vierecktaler Theaterschlößchen ...
Wir lassen's also dabei, alles keine große Sache ... – Aber was lese ich heute in der Zeitung? – Los lesen Sie vor, Lascher!"
Portus Tüpfelhund, der grauhaarige Endfünfziger, mit schnell aufbrausendem Gemüt muß tatsächlich mal Luft holen in seiner aufgebrachten Schilderung.
Er ist Gemeinderatsvorsitzender. Sein Amtsbereich erstreckt sich von Vierecktal bis Kullerstadt, so daß

auch das kleine Knipsel dazwischen liegend nicht anders kann, als dazuzugehören ...
Tüpfelhund schmeißt also die frische Ausgabe des ‚Kullerstädter Kuriers' Pettar Lascher auf die gegenüberliegende Schreibtischseite. Seinen Assistenten und Gemeinderefenten hat er gleich früh morgens in sein Büro ins Rathaus von Kullerstadt zitiert.
Pettar Lascher: jung und fit auf Laufband und Rhetorik, bleibt ‚unemotionalisiert' – wie er das selbst ausdrücken würde. Für seinen Geschmack überreagiert sein Chef Tüpfelhund bei jeder kleinsten Krise – aber was will man verlangen bei jemandem so kurz vor Sechzig, der nie aus seinem Kuller-Viereck-Winkel rausgekommen ist und nur die eigenen Tüpfel beschnüffelt hat ...
„Also lesen wir mal, was der ‚Kuller' ins Rollen bringt," erwidert Lascher gelassen, greift sich die Zeitung und liest laut den Aufmacher vor. Die lokale ‚Unabhängige Tageszeitung für die Region Vierecktal', wie sich das dünnblättrige Blatt mit langem Untertitel nennt, schreibt heute:

„*'FLÜCHTLINGSDRAMA AUF KNIPSEL-CASTLE*
Ein verdrängtes Problem erreicht unsere Region

Gestern Nachmittag ereignete sich auf Burg Hohenknipselstein – in unserer Region kurz ‚Knipsel Castle' genannt – ein Zwischenfall, dessen Folgen noch nicht absehbar sind.
Wie sich selbst bis hierher in unsere politisch oft recht unsensibilisierte Gegend herumgesprochen hat, tobt in den Großstädten unseres Landes eine harte Debatte über den Umgang von Politikern und Bevölkerung mit dem europaweiten Flüchtlingsproblem. Gerade erst sind in der Hauptstadt verschiedene Einrichtungen wie Schulen, leerstehende Seniorenheime, bis hin zu öffentlichen Plätzen, die bisher von Flüchtlingen als Unterkunft oder Protestplatz genutzt wurden, zum Teil zwangsweise durch Polizei geräumt worden. Diese

Zuwanderer, die mit Aktionen auf ihre unzumutbare Situation zwischen Baum und Borke, zwischen Gesetz und Nächstenliebe, aufmerksam machen wollten, standen deshalb in den letzten Wochen auf der Straße oder wurden in unangemessenen Quartieren untergebracht.
Wohin also? Das fragten sich die Vertriebenen und ihre Unterstützer angesichts der Hilflosigkeit, der sie von heute auf morgen preisgegeben wurden.
So kam es gestern zu einer ganz ungewöhnlich kreativen Idee der Gruppe ‚Klartext-Asylanten'. Sie besetzten nämlich ‚Knipsel Castle'!
Angereist als Touristengruppe, wurden die etwa zwanzig Flüchtlinge zur Sonntagnachmittag-Besichtigung eingelassen. Nachdem sie während der Führung ihre Absicht, auf Burg Hohenknipselstein Obdach zu nehmen, erklärt hatten, rastete wohl der ohnehin überforderte Burgführer völlig überzogen aus und war auch durch angebotene Diskussionen nicht mehr zu beruhigen.
Ebenso völlig unkoordiniert erschien dann die Freiwillige Feuerwehr vor Ort, die anonym über einen Brand auf der Burg informiert worden war. Da sich weder Rauch noch Flammen zeigten, rückten die Brandmeister wenig interessiert an der übrigen Lage wieder ab.
Die Flüchtlinge erklärten in den Sozialen Netzwerken ‚Knipsel Castle' bis auf weiteres für besetzt und verwiesen für weitere Presseinformationen an die Flüchtlingsorganisation ‚Klartext-Asylanten'.
Dem ‚Kullerstädter Kurier' wurde auf Anfrage von der ‚Klartext-Asylanten'-Zentralein der Hauptstadt, die aber selbst über die Aktion wohl nicht informierte war, für die nächsten Tage eine Exklusivreportage zugesagt. Wir werden für unsere Leserschaft diese außergewöhnliche Zuwanderergruppe in ihrem selbst gewählten Flüchtlingsheim besuchen und exklusiv interviewen dürfen.
Wie nicht anders zu erwarten, war von den zuständigen Gemeindebehörden vor Ort gestern keine Stellungnahme zu erhalten. Es würde nicht

wundern, wenn sie von den neuen Herausforderungen, die auf unsere Gemeindestandorte zukommt, erst heute aus dem ‚Kullerstädter Kurier' erfahren würden. So wie auch der Burgführer mit der Situation noch völlig überfordert scheint und zu keiner kompetenten Stellungnahme über die Ereignisse gegenüber unserem Reporter fähig war. Vierecktal, Kullerstadt und vor allem das ewig verschlafene Knipsel müssen sich in nächster Zeit sicher auf einen frischen Wind einstellen, der auch ganz aktuelle Anliegen in die Region weht. Auch wenn gute Lösungen etwas dauern mögen – unsere Bevölkerung wird endlich bunter! Darauf freuen wir uns! – In diesem Sinne sagt der Kullerstädter Kurier allen Fremden ein herzliches Willkommen!'"

„'Unsere Bevölkerung wird bunter!'" echot Portus Tüpfelhund, kaum daß Pettar Lascher den letzten Satz vorgelesen hat. „Ich glaub's ja wohl nicht! – Und dann hat das Schmierblatt auch noch recht: wir erfahren das wirklich erst aus dem ‚Kuller-Käse-Druck'! Was ist da schiefgelaufen, Lascher? Erklären Sie mir das mal!"
Bevor Pettar Lascher irgend etwas Entwarnendes formulieren kann, etwas, was ihn aber in den Augen und Ohren seines Chefs lieber nicht als zu ‚cool' erscheinen läßt, geht schon nach einem zu kurz geratenen Anstandsklopfen die Bürotür auf.
„Was gibt's denn jetzt schon wieder, Klemme?" jault Portus Tüpfelhund, als er sieht, es ist seine alteingesessene Sekretärin Armica Klemme. Die schlanke Mittvierzigerin, Frau Klemme, mit dem stets irgendwie verwuschelten Bobhaarschnitt, hält unbeeindruckt vom harschen Ton des Chefs ein Handy in der Hand – sie weiß, wann was wichtig ist und Priorität hat.
„Knipsel wieder!" sagt sie fest, als melde sie den Störenfried der Klassengemeinschaft. „Jetzt ist es offiziell – Knipsel Castle ist besetzt von Asylanten!"

„Ja, wissen wir doch!" jammert Tüpfelhund gequält.
„Aber sie haben jetzt ein Spruchband rausgehängt!" triumphiert Armica mit ihrer frischesten Info. „Schauen Sie, das Bild habe ich eben von einer Freundin in Knipsel erhalten!" Ohne Umschweife und ohne Pettar Lascher zu beachten, saust Armica um den Schreibtisch herum zu ihrem Chef und hält ihm das Handy mit der Aufnahme hin, die Knipsel Castle zeigt. Schön breit, in Signalrot, gut auch von weitem erkennbar, hängt ein Spruchband quer über die ganze Länge der Burg gespannt. In sauberen Großbuchstaben, nirgendwo aus Platzmangel gedrängt, sondern wie gedruckt, liest Tüpfelhund nun laut vor, was da steht:

„WIR INTEGRIEREN EUCH IN UNSERE ZIELE!
ZUWANDERER SIND EURE ZUKUNFT!"

Frau Klemme verkündet in beklemmendem Ton: „Es ist dummerweise schon im Netz!"
„In welchem Netz ...?" Tüpfelhund, noch aus der ‚Prä-Social-Media'-Zeit preßt kurz die Lippen zusammen, dann fällt doch noch der Groschen mit dem Netz und er tobt los: „Blöde, bröckelnde Burg, die hätten wir schon längst platt machen sollen, Kack-Knipsel – Scheiß Auslän...!"
Der Gemeinderatsvorsitzende bricht ab und läuft lieber schweigend rot an, aus Wut über diese Entwicklung, aus Scham sich so gehenzulassen und aus Angst, seinen Blutdruck noch höher zu pushen.

Der Stand der Dinge

„Einen starken Kaffee für den Wasserkipper!" Marrá von Flausen-Tulpenscheitel gießt Lorbas Zacke zum zweiten Mal nach. Lorbas schweigt. Er ist noch ganz bedient – jetzt auch mit Kaffee.
Er sitzt mit Marrá in seinem Haus am Küchentisch zum Frühstück. Die Arbeitsteilung klappt ganz gut – als wären sie eine alte .... – wie sagt man da heute: Lebensabschnittsgemeinschaft! So wie gestern im Turmzimmer: Feuerwehr anrufen, Wasser aus dem Fenster kippen ... alles lief sehr gut! Die Streithammel im Burghof waren so platsch-perplex, als jeder wie ein irgendwie etwas begossener Pudel dastand, daß erst einmal Ruhe im Karton herrschte. Dann kam sogar recht schnell die Feuerwehr und die bekam auch noch eines ab, als drunten die Situation durch die inzwischen verschanzten aber laut hinter der Burgtür lamentierenden Fremden mit den aus der Sonntagsruhe gerissenen und dadurch knatschigen Feuerlöschern hoch kochte.
Auch die Feuerwehrleute schauten dann zwar alle verwundert nach oben, aber die beiden Wasserkipper zogen die Köpfe ein, niemand sah sie und dann hatten unten alle wieder genug zu tun, um sich im Streiten neu zu erhitzen. Die Feuerwehr rückte aber wieder ab, weil sie sich für ausgesperrte Fremdenführer und sich verschanzende Touris nicht zuständig fühlte. Den Kustos Wobel Hupenhorn nahmen sie mit, nachdem er darauf bestand, beim Polizeiposten in Kullerstadt Anzeige zu erstatten, wobei man aber alles erst einmal in lockerer Atmosphäre in der ‚Knipsler Schwarte' beim Bierchen erläutern wollte.
Polizeiposten Tobel und Kustos Wobel standen dann einige Zeit später wieder zusammen vor dem verschlossenen Eingang von Knipsel Castle, aber drinnen rührte sich nichts, keiner machte aufs Klopfen auf, Wobels Schlüssel paßte zwar, aber die Tür war von innen verbarrikadiert. So zogen Tobel und Wobel laut diskutierend wieder ab, wohl um bei einem

weiteren Glas Bier in der ‚Knipsler Schwarte' die Anzeige aufzunehmen und mit der Allgemeinheit schon mal die Gemeinheit einer besetzten Burg zu diskutierten.
Die Neuigkeiten verbreiteten sich dann beim ‚Schwarten'-Wirt Hobert Watsche und den zuerst wenigen Gästen recht schnell, als dann erstaunlich viele Bierchen-Freunde dieses Mal nicht durch die Speisengerüche, sondern durch die Neuigkeitsgerüchte angelockt, auftauchten. So war eine muntere Mischung aus Wissen, Gerücht und sich bildenden Meinungen schon mal unter die Leute gebracht – auch wenn man noch nicht recht wußte, worauf das nun alles hinauslaufen soll …
Bis in die Vorstellung ‚Das Versehen' des Vierecktaler Theaterschlößchen kamen die Einzelheiten so schnell natürlich nicht …
Marrá und Lorbas waren zu diesem Zeitpunkt schon bei Lorbas zu Hause. Dank Marrás Ortskenntnissen in der Burg – die Lorbas die ganze Zeit ‚hinterfragen' wollte, wovon er aber immer wieder ab kam – gelangten sie durch einen Hinterausgang, der noch auf der Hälfte der Turmtreppe abbog, und querfeldein zum Parkplatz führte, ungesehen von allen anderen zu ihrem Auto und machten sich davon.
Marrás Zug war allerdings schon durch Knipsel durch und weil in der Schwarte nur ein oder zwei Kemenaten zu vermieten sind – wirklich nur für Leute, die sich nach Knipsel mit Auto- oder Dachschaden verirren, bot Zacke der Adligen an, bei ihm zu übernachten. Marrá, für die Knipsel durch dieses Abenteuer doch etwas interessanter geworden war, nahm das Angebot an.

Für Lorbas hätte es diese Art von Außergewöhnlichkeit nicht sein müssen, immerhin laboriert er ja noch an seiner verschnittenen Locke – so viel Außergewöhnliches ist ihm zuwider.
„Sagen Sie …" Marrá dehnt die Worte etwas, als überlege sie, wie sie ein Anliegen formulieren soll „macht es Ihnen etwas aus, wenn ich ein paar Tage

bei Ihnen logiere – selbstverständlich gegen einen Ausgleich für Kost und Logis ..."
Lorbas, der noch nachdenklich in sich gekehrt ist, schaut hoch. Er lädt sich nie Freunde oder Verwandte ein, die gehen ihm meistens auf den Zünder, aber seltsamerweise könnte er sich an die unaufdringliche Gesellschaft von Marrá von Flausen-Tulpenscheitel ganz gut gewöhnen – für ein paar Tage ...
„Bleiben Sie, wenn Sie möchten – ich lade Sie ein! – Ich vermute es wird da ja noch etwas nachkommen von unserem gestrigen Abenteuer ..."
„Halten Sie das schon für ein Abenteuer?!" Marrá lächelt versonnen.

Zweiter Teil

WUNSCHLISTEN

Verordnung zum Nett-Finden	**65**
Wozu so'n alter Kasten?	**72**
Unternehmensgeist	**75**
Gürkchen-Malheur	**81**
Delegieren und Runterbrechen	**86**
Wie geht es bei den anderen zu?	**88**
Trafokasten-Randgruppe: **Immer unter Strom**	**92**
Wie der Kuller ins Vierecktal rollte	**95**
Investigativst	**99**
Schlaglichter – Schlagschatten	**109**
Das Herbstfest **wirft seine Blätter voraus**	**129**
Wir haben da noch einen Termin	**137**
Ruhiges Zwischenspiel **bei Gartenarbeit**	**140**

Verordnung zum Nett-Finden

In Knipsel ergeben sich nun an allen Ecken und Enden – dazu reichen sogar die wenigen, die es hat, allemal aus – Veränderungen und Kuriositäten, die sich am besten kaleidoskopartig beschreiben lassen. Erfrischtes Schwarz–Weiß dank buntem Durcheinander!
Sehr schnell sickert durch, daß die Besetzer von Knipsel Castle wirklich Asylsuchende sind, allerdings solche, die sich nicht abspeisen lassen mit ‚später' und ‚mal sehen'. Vielmehr wäre jeder Businesstrainer sehr zufrieden mit der Art von ‚Dranbleiben' und ‚Nachhaken', die diese Gruppe Asylsuchender praktiziert. Aber die ‚lebhafte Präsenz' und das ‚Unbequembleiben von Asylbewerbern', wie es die Presse schon bei verschiedenen Belagerungen in der Hauptstadt wohlwollend genannt hat, kommt auch hier, in Knipsel, nicht von ungefähr.
Vielmehr hat die Flüchtlingsorganisation ‚Klartext-Asylanten', die Vorerst-Fertig-Geflüchtete hier in Europa betreut, schon reichlich Erfahrungswerte, wie diese Gäste bei Nichtgefallen der Aufnahme und der dazugehörigen Rundumhätschelei dem Gastgeber gehörig auf den Zünder fallen können.
Es sind tatsächlich einige in der Knipsel-Castle-Besetzergruppe dabei, die bis vor kurzem in der Hauptstadt erst eine leerstehende Schule besetzt hatten, dann aus einem umfunktionierten Seniorenheim nicht raus wollten und als letztes einen öffentlichen Platz belagerten.
So einen Platz belagerten sie, den sich die meisten Touristen ansehen wollen. – Also dort trafen dann gerade die Leute, die ein Land besuchen, es anschauen und dann wieder nach Hause fahren wollen mit denen zusammen, die dort ebenfalls fremd sind, aber *nicht* wieder nach Hause fahren wollen. – Die heimfahrwilligen Besucher finden also – sagen wir es mal vereinfacht – nicht die ‚Original'-Einwohner des Landes mitten auf dem Paradeplatz der besuchten Stadt vor. Nicht einmal die die ‚original-originell'

hingelümmelten Bettler und Spritis, die vermutlich jedes Land zu bieten hat, hängen da ab, sondern die Touris finden Fremde, die in der Fremde auch fremd sind – fremd und obendrein sauer ... –
So einfach die dort verbockt Abhängenden nach dem Weg zum nächsten Museum zu fragen, wird daher aus verschiedenen Gründen schwierig. – Praktische Sache, könnte andererseits jemand sagen: was finden denn Touristen in fremden Museen? – Auch nur Zusammengeklautes, vielleicht sogar aus ihrem eigenen Heimatland! – Fährt man *deswegen* in den Urlaub?! – Da sind die, die bleiben wollen doch schon irgendwie schlauer – auch wenn sie erst einmal nicht ins Museum möchten ...
Wie hat die Hauptstadt nun reagiert?
Unterschiedlich: die, die die Hauptstadt regieren, wollten kein Aufsehen, aber auch keine Nahrungsverweigerung auf öffentlichen Plätzen – wo da an jeder Ecke Cafés und Imbißbuden sind – das fällt dann schon auf, als würde da nichts Schmackhaftes nichts Schmackhaftes angeboten! Schmecken ...
Der Bevölkerung schmeckt das alles im Durchschnitt auch nicht recht. Irgendwie stößt es der ansässigen Allgemeinheit sauer und wieder heruntergeschluckt auf, wenn da mitten im schicken Zentrum der Hauptstadt welche zum Rübersteigen herumsitzen, die zwar mit nichts ankamen, sich dann aber sehr schnell mit Bedingungen bewaffnen, zu denen sie hier zu bleiben wünschen.
So wollen sie das Recht haben, im ganzen Land herumzuziehen oder eben auch zu lagern, wo's ihnen beliebt.
Wer bisher einen Ort als Heimat empfand, an dem er täglich morgens und abends von oder zur Arbeit gehend vorbei kam, ihn nun aber belagert findet, mit Leuten von weit weg, die hier nicht die Wurzeln sondern die Blüten toll finden und gleich blühen wollen, ohne zu wurzeln ... – Ja, so einer hat vielleicht ein Problem damit, die Dinge ‚locker' zu sehen oder derart hingelagerte Zuzügler grundsätzlich ‚nett' zu

finden. Es gibt aber wie in der Schule Streber, Fleiß-Bienchen-Sammler und Rabattmarkenkleber, die wissen, wie der Staat sie haben möchte und die dürfen das dann auch ganz laut sagen, wie nett sie all diejenigen nett finden, die von ganz woanders mit anderen Sitten hier ankommen, aber zu ihren Bedingungen das übernehmen möchten, was sie hier für sich nützlich finden! –

Dieses Land neigt ja zum Sitzen – zuviel davon ist ungesund – aber in diesem Fall haben die ‚Verantwortlichen' genauso gehandelt wie die Asylanten: sie haben sich hingesetzt und nicht bewegt – ‚Aussitzen' nennt man das! – Bitte nicht mit ‚Durchstehen' verwechseln, da hält man eine Entwicklung durch – während ‚Aussitzen' nur die eigenen Pupse wieder neu aufwärmt …

Man sollte aber bedenken, daß auch Zuwanderer nichts mehr allein aussitzen. Vielmehr sitzen schon taktische Talente bereit, wenn Geflüchtete irgendwo ankommen. Das sind nicht nur die staatlichen Pläne, die ‚greifen', vielmehr haben sich auch Organisationen zusammengeklumpt, die es besser wissen, wie's gehen soll, daß Ungewurzeltes Blüten treibt, aber nicht in der Vase stehen muß! Vor allem haben diese Organisationen einen ‚Pool' von grundsätzlichen Nett-Findern … Daher dann auch diese Geschicklichkeit im ‚Dranbleiben' und ‚Nachhaken', was die gewünschten Forderungen angeht.

Wo genau nun die Anregung herkam, Knipsel Castle zu besetzen, wird sich vielleicht noch zeigen …

Man kann aber davon ausgehen, daß die Menschen, die zuwandernd in Knipsel gleich die Burg besetzt haben, sich die Burg nicht wegen der idyllisch-verwunschenen Aussicht ausgesucht haben …

Aber nachdem nun die Hauptstadtregierenden müde waren vom Abwiegeln und Aussitzen fremder Ansprüche, weil Asylanten dort nicht das einzige Problem von Dauer sind, ist es vielleicht eine abwegige, aber keine unattraktive Idee, den alten Herrensitz eines Kuhkaffs zu besetzen – zumal er von

den Einheimischen beinahe als lästig empfunden und dementsprechend lieblos behandelt wird ...
Ein Alleinstellungsmerkmal hat eine derartige Besetzungsaktion allemal!

Also bis zu diesem Punkt der Überlegungen ist der Gemeinderat unter Vorsitz von Portus Tüpfelhund auch schon gekommen, um dann aber elegant-fatal den falschen Schluß zu ziehen ...
Kustos Hupenhorn fällt nämlich bei seinem Bericht der Ereignisse ein, wie eine ältere Frau und ein älterer Mann die Vorhut der vermeintlichen Touristen bildeten. Den Mann kennt Wobel Hupenhorn vom Sehen – eine heiße Spur ... Anscheinend sollten die beiden also das Territorium sondieren. Erst als für sie die Luft rein schien, weil nur er – Hupenhorn allein ihnen nicht Paroli bieten konnte – sprangen die Fremden aus dem Busch und stürmten die Burg ... –
So neigen auch eingesessene Knipsler zu verrutschten Beobachtungen, die sich als scheinbar plausible Zeugenaussage niederschlagen.
Die zurückhaltende, rothaarige Reiseleiterin hat erst einmal niemand als verdächtig ‚auf dem Schirm', auch nicht die Frage, wo sie denn nach der Eskalation abgeblieben ist – eben genau auf Knipsel Castle.
So müssen vorerst nur Lorbas und Marrá polizeilich befragt Rede und Antwort stehen, was sie denn mit der Besetzung zu tun haben. Irgendwie scheint da aber Marrás ‚von' hilfreich zu sein, ohne daß Polizeimeister Tobel Schleuderlaus alle Zusammenhänge schon zusammenhängend überblickt.
Später ruft Tüpfelhund persönlich bei Lorbas an und verlangt Frau von Flausen-Tulpenscheitel zu sprechen. Er entschuldigt sich bei der Adligen für die Unannehmlichkeiten. Obendrein bietet er ihr eine Unterkunft im ersten Hotel von Kullerstadt an – was Marrá dankend ablehnt, sie sei bei Herrn Zacke hervorragend untergebracht und beabsichtige sowieso nicht lange zu bleiben.

So fragt nun aber auch niemand mehr nach, warum die beiden die Führung mit Kustos Hupenhorn verlassen und eigene Wege bis ins Turmzimmer eingeschlagen haben – da ja bis dahin mit einer Besetzung und Aussperrung noch gar nicht zu rechnen war. Die Wasserkübel-Aktion bleibt für alle ein Mysterium, da Lorbas und Marrá bestätigen, sich absentiert zu haben, bevor alles eskalierte. „Weil wir schon so ein dummes Gefühl hatten …" erklärt Marrá dem Polizeimeister Schleuderlaus vage.

Am nächsten Vormittag, also etwa achtzehn Stunden nach dem Beginn der Besetzung – ist ein Kontakt, geschweige denn ein Dialog mit den Fremden auf der Burg noch immer nicht zustande gekommen.
Nun ist eine Polizeistreife – bestehend aus Tobel Schleuderlaus und einem seiner Kollegen – zusammen mit dem von Tüpfelhund ausgeschickten Pettar Lascher bis auf den Vorplatz der Burg gelangt. Das hatte sich aber schon wieder verzögert, weil die beiden Polizisten ihre schußsicheren Westen nicht finden konnten. Verkramt im hintersten Dienstschrank ihrer Wache, ging erst einmal ein fieberhaftes Gesuche los … – bisher war diese Ausrüstung auch nur zur jährlichen Katastrophenübung notwendig gewesen und auch da blieb sie dann meist unangelegt, weil man ja wußte, es handele sich eben nur um eine ‚Übung': also wieso soll man da etwas abnutzen – nachher ist es im Ernstfall gar verschlissen! – Nö, dieser Sicherheitskram ist zu teuer nur mal für's Üben! – Daß man ihn dann niegelnagelneu und unbenutzt nicht finden kann und selbst wenn, nicht recht weiß, wie man ihn im Notfall anlegen soll, das mag ein neu zu überdenkender Aspekt sein …
Dann doch gefunden und schon halb losgefahren zur Burg, beseht aber auch Pettar Lascher, nach einem Telefonat mit seiner Freundin auf einer derartigen Schutzweste. So kehrt man um und durchforstet noch zwei andere Dienstschränke, bis man ein passendes Schutzteil für Lascher gefunden hat.

Derart gewappnet und auf der Fahrt zur Burg noch schnell die erinnerlichen Fetzen des letzten Deeskalationsseminars besprechend, stehen die drei Staatlichen ganz brav vor dem Burgtor und klopfen.
Als niemand sich rührt, rufen sie ... – nein, nicht, ob die Fremden in ihrem heimischen Märchenschatz auch so eine wie Rapunzel haben, die deeskalierend ihr frisch gewaschenes Spannkraft-Haar herunterlassen möge ... – nein, vielmehr bummert jeder abwechselnd an die Tür, man wolle nichts Böses, es gäbe nur ‚Redebedarf' ...
Zur gleichen Zeit, das ließ sich dann später nachvollziehen, schießt die Besetzergruppe – Gott sei Dank nur mit Handys bewaffnet – unbemerkt durch ein Seitenfenster der Burg einige Schnappschüsse von den drei ratlos gestikulierenden und deshalb wenig kompetent wirkenden Vermittlern vor dem Burgtor. Davon hat dann – ins Netz gestellt – die ganze vernetzte Welt mit ihrem Glotz-und-Gaff-Bedarf Joke and Fun ...
Nachdem niemand der Fremden das Burgtor öffnet, wie's scheint also drinnen weniger Redebedarf besteht als draußen, schlägt Pettar vor abzuziehen. Die Sache ist ihm auch ein wenig unheimlich und er hat keine Lust, sich verschleißen zu lassen – für was auch immer – aber für seinen faulen Chef Tüpfelhund nun schon gar nicht!
Als die drei gerade weiter unten auf dem Parkplatz ankommen und in ihren Wagen steigen wollen, hantiert eine junge, rothaarige Frau am Kofferraum eines PKWs und gerade will sie einen großen Einkaufskorb herausheben, kann ihre Absicht aber noch ohne Verdacht zu erregen abbrechen. Obwohl der Kofferraum noch vollgepackt ist, wie frisch vom Supermarkt-Wocheneinkauf, klappt Ria – die wir ja schon als Reiseleiterin kennen – die Heckklappe möglichst schnell wieder zu, als sie die drei Männer auf sich zukommen sieht.
Ria denkt sich – unschuldig lächelnd: das könnte jetzt blöd laufen ...! – Aber sie hat nicht mit der Naivität im Knipsler Land gerechnet.

„Guten Tag!" grüßt Tobel Schleuderlaus und fährt gleich informativ fort „Führung gibt es heute nicht auf Knipsel Castle, äh ... auf Burg Hohenknipselstein!"
„Ach," schaltet Ria gleich clever „wie schade – is' was passiert?"
Pettar Lascher – durch seinen Job in der Politik auf aushorchende Kniffe instinktiv gefaßt – will Schleuderlaus von weiteren Auskünften gegenüber der Fremden abhalten, hat aber keine Chance, denn Schleuderlaus hat zu den Zeiten auf Polizist gelernt, als diese Gattung noch ‚Schutzmann' hieß und ‚Dein Freund und Helfer' war ...
„Knipsel Castle ist besetzt!" sagt er fast ein bißchen stolz, als könne man endlich einmal etwas Interessantes aus dem alten Kasten melden.
„Och ... – schade ..." – eine Touristin, deren Tagestour gerade futsch ist, könnte nicht enttäuschter sein als unsere Ria. „Dann mach' ich halt nur ein paar Fotos von außen – ist ja immerhin ..." Ria sucht nach dem Wort, was ihr schon immer so fremd war „... ist ja immerhin so was wie ein Kulturerbe!"
„Das ist es!" erwidert Schleuderlaus, stolz es offenbar gleich richtig vorgestellt zu haben.
„Dankeschön für die Auskunft!" Ria weiß schon noch, wie ‚bürgerliches Nettsein' sich gebärdet und strebt anscheinend beflügelt durch den kurzen Dialog der steilen Treppe zum Burgvorplatz zu.
Vor allem möchte Ria jetzt außer Sichtweite sein, wenn die Männer den Flyer finden, den sie vorhin noch ohne Argwohn unter den Scheibenwischer des abgestellten PKWs auf dem Parkplatz geklemmt hat – noch ohne zu wissen, daß es Laschers Privatwagen ist, mit dem die drei Männer hier vorgefahren sind. Es ist einer von den hundert Flyern, die Ria gerade vor ihrem Supermarkteinkauf in Viereck[al kopiert hat und ein paar hatte sie noch übrig, als sie jetzt wieder zur Burg wollte. Alle anderen hat sie am Bahnhof, vor Harfes Hofladen, Gundi Grundlos' Tante Emmaladen und der ‚Knipsler Schwarte' ausgelegt – so geschickt deponiert, daß eintretende Kunden die Zettel bemerken, aber der Ladenbesitzer innen im Geschäft

nicht so schnell mitbekommt, wie man sein Geschäft als stillen Briefkasten benutzt ...
Auch unsere drei Staatlichen, die gerade unmotiviert zu ihrem Auto schlendern, erkennen den angeklemmten Flyer erst sehr spät und noch später geht ihnen auf, daß dieses Pamphlet genau den brisanten Zustand verkündet, zu dessen Klärung sie eigentlich ausgerückt sind. – Da ist Ria, die vorerst niemand mit dem Flyer in Verbindung bringt, aber schon über alle Berge und zurück in der Burg – das Vollgepackte aus dem Kofferraum kann sie später mit ihren Schützlingen hoch holen ...

Wozu so'n alter Kasten?

Natürlich hätte vor allem Pettar Lascher sich eine konstruktivere, lösungsorientiertere Aktion gewünscht, die er bei seinem Chef Tüpfelhund vorlegen könnte. Statt dessen löst der Flyer natürlich nur einen neuen Wutanfall bei Portus Tüpfelhund aus ...

WOFÜR STEHT DIE BURG HIER RUM ?
Wir kommen aus Ländern, wo es nicht so einfach ist, zu wohnen, zu leben, zu arbeiten. Aber diese Verhältnisse wollen wir nicht hinnehmen, denn schließlich gibt es woanders bessere Bedingungen, die für alle reichen.
Vielleicht ist Euch das noch nicht aufgefallen: bei Euch steht eine leere Burg herum und **wir** haben kein Zuhause!
Abgetragene Kleider schicken und ein paar Tonnen Lebensmittel, das löst nicht unser Problem!
So werden wir jetzt selbst aktiv!
Mit Hilfe der Organisation ‚**Klartext-Asylanten'**, die weltweit Flüchtlinge unterstützt sind wir hier angekommen. Sie macht unnützen Leerstand auch für uns klar zum Einziehen!
‚Klartext' bleibt ran, damit wir drin bleiben können!

Flüchtlinge bei ‚Klartext' sind sich selbst was wert: mit Hungerstreiks und ähnlichen selbstschädigenden Aktionen braucht Ihr bei uns nicht zu rechnen!
Wir richten uns hier für länger ein!
Einfach so, wie Ihr einige von uns aus der Hauptstadt geschmissen habt, wird das bei uns nicht gehen! Wir sind jetzt angekommen und werden uns hier voll einbringen:
Jetzt werden wir Euch in die Umsetzung unserer Wünsche integrieren!
Sobald wir uns eingerichtet haben, laden wir Euch ein, die neu belebte Burg zu besichtigen!
Bis dahin
*grüßen wir **‚Klartext-Asylanten'***
Euch von unserer Burg

Tüpfelhund schäumt wie tollwütig. Er will diese Nachricht sofort an die Landesregierung weiterleiten. Er hofft, daß die ganze Sache bis abends mit einem Räumkommando des MEK oder SEK – wer ist da eigentlich zuständig oder gibt's schon ein spezielles ‚Asyl-EK', das Flüchtlinge umsetzt? – Also Tüpfelhund hofft da auf eine schnelle, durchgreifende und unspektakuläre Lösung – die ihn möglichst nicht tangieren möge!
Aber seltsamerweise ist niemand auf Landesebene zu erreichen: übers offizielle Telefon ist besetzt, seine Handykontakte gehen nicht ran und auf Mail reagiert auch nur die vertröstende, automatische Eingangsmitteilung … Immer wenn man sie braucht, sind die da oben nicht zu erreichen – oder wissen die schon, daß man sie bräuchte und schalten deshalb auf Durchzug … – nicht wirklich, oder?!
Aber nicht nur Tüpfelhund ist in Rage …

Obwohl es ja nicht so viele Flyer-Ablagestellen gab, die Ria nutzen konnte, spricht sich die Besetzung von Knipsel Castle wie ein Lauffeuer herum und entzündet allerlei Aktivität.
Klar, man darf natürlich nicht vergessen: in Knipsel steppt nicht so oft der Bär wie in der Hauptstadt!

Hier gibt es nicht so viele Ereignisse, die das ganze Dorf vom Hocker reißen ... So gesehen haben alle erst einmal etwas für sich und ihre Belange durch die Besetzung der Burg gewonnen: die ‚Knipsler Schwarte' ist an diesem Abend zum Krachen voll mit Knipslern die das neueste hören und ihr fertiges Urteil zum besten geben wollen.
Die Läden von Familie Harfe und von Gundi Grundlos machen heute besonders guten Umsatz, weil jedem noch einfällt, er könne gerade jetzt nicht auf eine Kleinigkeit an Butter, Brot und Bier verzichten. So kommen auch die verschlafensten und verschusselsten Einsiedler zum Kaufen und Quatschen mal kurz rum.
Selbst in Sanna Kleins Salon kommen Damen zum ‚Waschen und Legen' oder ‚... nur mal kurz zum Nachschneiden' vorbei, die sonst meinen, Friseurhandwerk sei Geldschneiderei.
Alles in allem beherrscht Unsicherheit über das, was geschehen ist und das, was noch geschehen könnte. So richtig besorgt ist aber eigentlich niemand – denn bis auf Wobel Hupenhorn hat noch niemand das Flüchtlingsphantom zu Gesicht bekommen.
Erstaunt ist man allerdings über das, was anscheinend Presse und Flugblatt mehr wissen als der Durchschnitts-Knipsler.
Aber es machen auch schon erste Schnellschuß-Problemlösungsansätze die Runde: vor allem alteingesessene Knipsler Gemüter meinen, sich da auszukennen.
Wobei für alle Demographen Knipsel natürlich total überaltert ist: junge Leute wollten in Knipsel nicht begraben sein und sind weggezogen und ganz alte Leute wollten nicht Gefahr laufen, **außerhalb** von Knipsel begraben zu werden und hängen dem Fleckchen nun ewig auf der Pelle – den Altersdurchschnitt ordentlich hochtreibend ... –
So gehen die ersten frischen Meinungen eben eher in die Richtung, daß man so viel Aufregung durch neue Leute nicht brauchen kann, die sollen mal ja nichts ‚durcheinander muddeln', was sich hier vielleicht nicht

vorzeigemäßig, aber praktikabel eingefahren hat! – So der verhaltene Tenor der meisten Schwatzrunden ...

Unternehmensgeist

Bei all den Diskussionsrunden ist es ausgerechnet die Curry-Pizza-Station am Bahnhof, der die neuesten Entwicklungen sozusagen aus erster Hand auf den Teig kommen ...
‚Igor Indi-Italo', so wird der kleine, drahtige, vor Jahrzehnten zugereiste Mann mit dem Borstenhaarschnitt von den Knipslern genannt. Im Winter steht er am liebsten mit einer alten Russenmütze in seinem zugigen Stand im Bahnhof. Deshalb hat ihn irgend jemand einmal mit ‚Igor' angesprochen. Stets bietet Igor eine indische Reissuppe an, zusammen wechselweise mit den drei Pizzaarten ‚Tonno', ‚Mista', Knips-Speciale' – so fing er sich auch noch den Zunamen ‚Indi-Italo' ein.
Igor hat heute natürlich auch ein paar von den Flyern gesehen, aber im Gegensatz zu den schon ewig eingewurzelten Knipslern – die die Burg für einen Teil von sich halten, den sie aber haben verkümmern lassen – ist ihm die Burg da oben ziemlich schnuppe. Ihm ist vielmehr wichtig, daß er hier unten Tag für Tag in seinem Bahnhofsimbiß stehend, mit dem Verkauf von Suppe, Pizzas, ein bißchen Süßkram für Schulkinder, die hier umsteigen müssen, aber vor allem mit Sprit für späte Nüchterne oder für frühe Absacker, die den Pegelstand auffrischen müssen, über die Runden kommt. – Da kann man sich nicht um viel anderes kümmern ... –
Also Burg besetzen?! – Was 'ne bescheuerte Idee! Der Tiefkühlteig ist ausgelegt und nun kommen all die Reste aus den letzten Tagen rauf, die weg müssen – Knips-Speciale gibt's eben heute ...
„Hi, Mann .."
Igor ist eifrig beschäftigt, die zwei Pizzen zu belegen, die er vielleicht heute Abend los wird – manchmal

haben auch Spritis Hunger auf ein geviertelter Pizzateil. –

So murmelt er nur „Tagchen, bin gleich soweit ..."
noch schnell die drei Stück Salami kleinpflücken und über den Teig schnipseln ... ab in den kleinen Backofen, der einzige technische Luxus im Imbiß.

Dann dreht sich Igor zur kleinen Thekendurchreiche – wo der Kunde wartet.

Erstaunlich, denkt Igor, als er den jungen Mann mit dem hier fremden Teint gewahr wird. Den müßte man noch ganz anders nennen als mich: russisch, indisch, italienisch reichen da nicht aus.

Igor sagt lächelnd: „Was soll's sein, Meister?" – ‚Meister' hat er sich angewöhnt zu sagen, nachdem er mitbekommen hat, daß die Knipsler Kunden das wohlwollend aufnehmen, wenn sie so angesprochen werden. Allerdings ist der hier kein Knipsler. Wo ist der her? Ist der hier hängengeblieben mit dem letzten Zug oder hat er eine Autopanne? Also wehe, wenn der ihn nur nach dem Weg nach Kullerstadt oder Vierecktal fragen will, ohne was zu kaufen – dann kriegt der nicht noch mal den ‚Meister' als Anrede ...

„Du hast Pieza?" fragt der Unbekannte unsicher. Dabei spricht er ‚Pizza' mit einem ‚i' aus, wie es in ‚quietscht' oder ‚quiek' steckt.

„Ja, **Pizza** haben wir!" verkündet Igor, mit der stolzen rechten Aussprache des Plattgebäcks, die nur ein dreifach Zugereister einem anderen Fremden überbraten kann.

„Super! – Will ich ..., Mister!"

„Ja, klar, wollen viele meine Pizza!" Igor ist sich jetzt ganz sicher, daß der Fremde keine Knipsler Volksbefragung über die Qualität dieser Imbißbuden-Pizza einziehen wird, so daß er schon ein bißchen selbstsicher auftreten kann. „Heute ist die Knips-Speciale dran ... gerade im Ofen ..." Igor zeigt mit dem Daumen lässig hinter sich.

„Okay, Mann!" lächelt der Fremde, als hätte er in Igor den Freund fürs Leben erkannt, mit dem man nicht nur Pferde stehlen kann, sondern vielleicht auch ‚Pieza' backen ...

Aber dieser zu schnellen Intimität schiebt Igor gleich einen Riegel vor: „Kostet vierfuffzig – Mann!" Wollen doch mal sehen, ob der Typ sich durch Bezahlung wieder den Titel ‚Meister' verdienen kann.
‚Klar, Mann!" der Fremde will sich die gut angeknüpfte Beziehung zu Igor anscheinend nicht verscherzen, denn er greift in seine Jeanshose – er trägt Jeanshose, Jeanshemd und Kapuzenjacke, wenn die Jacke könnte, wäre sie sicher auch noch aus Jeans ... – und nestelt lose Geldscheine hervor. Zwei Fünfzig-Euroscheine legt er auf den Tresen, hält aber die Hand darauf – ‚Mann' und ‚Meister' hin oder her, bei Geld muß man immer erst sehen, ob frische Freundschaft hält.
Dafür ist es jetzt Igor, der staunend schaut. So viel Bares hätte er dem Typ gar nicht zugetraut ... aber immerhin – sieht man mal wieder ... – unverhofft kommt oft! Aber rechnen kann sein Neu-Kunde wohl nicht so gut ...
„Vier Euro und fuffzig Cent!" Igor lacht überlegen. „Wir nehmen hier ja keine Wucherpreise in Knipsel!"
Gern lacht der Fremde mit, hält aber weiter die zwei Fünfziger auf dem Tresen mit der Hand fest. „Zwei Zwanzig ..." sagt er gebrochen, wie angelernt, aber immer noch lächelnd.
Das trifft Igor, wo er keinen Spaß versteht. „Hör' mal, Kumpel, meine Pizza ist 'ne reelle Sache: frischer Teig, Spitzenzutaten – da wird nicht auf die Hälfte runter gehandelt! Ich muß schließlich auch von was leben!"
Der Fremde sieht sofort Igors zusammengezogene Augenbrauen, die mimisch fast überall auf der Welt Ärgerlichkeit bedeuten, deshalb schiebt er seine zwei Geldscheine noch ein bißchen weiter vor, zum Zeichen, er wolle ja bezahlen und lächelt wieder: „Zwanzig Zwei ...!" Eindringlich zeigt er um Igor herum auf den Backofen, wo die eingeschobenen zwei Pizzen sich gerade mit akustischem ‚Plingpling' als fertiggebacken melden.
Jetzt kommt Igor ein verwegener Gedanke und unwillkürlicher lüpft er die zusammengezogenen

Brauen etwas nach oben, was bei seinem Gegenüber als so etwas wie ein verwundertes ‚Habe ich richtig verstanden?!' ankommt.
In diese Chance zur Verstehensbereinigung schlüpft der Fremde sofort hinein und nickend fügt er nur zwei kleine Wörter zu seinen bisherigen Ausführungen hinzu: „Zwei*und*zwanzig *mal* Pieza!" dazu deutet er genialerweise nach oben, was auch Igor nicht für eine Gottesanrufung hält, sondern ganz richtig für den Ort, wo zweiundzwanzig seiner Pizzen heute Abend noch gebraucht werden – nämlich auf Knipsel Castle ...

Obwohl Igor eine wirklich erschöpfende Arbeitsschicht hinter sich hat, macht er sich nach Feierabend – kurz vor Mitternacht – noch so seine Gedanken ...
Er mußte ja etwas improvisieren, weil er nicht mehr allzu viele Restezutaten für die Knips-Speciale hatte. Gut, ein paar Tunfischdosen hatte er noch und dann waren da noch ein Netz Zwiebeln, drei Knoblauchzehen eine Dose gebackene Bohnen, drei Dosen Würstchen. Den Belag bekam er dann ganz gut gebacken – mit noch drei Tiefkühlspinatportionen! Zu denen mußte er Arib – so stellte sich der Fremde vor, als man mit ‚Mister'- und ‚Meister'-Anrede etwas freundschaftlicher wurde – überreden, was wohl an einer All-over-the-world-Skepsis gegen Tiefkühl-Spinatfarbe und -konsistenz lag.
Schwieriger war es dann noch mit dem Teig!
Igor hätte sich in den Wertesten beißen können, daß er seinen wöchentlichen Großeinkauf in Kullerstadt erst für morgen geplant hatte. Gott sei Dank hatte er noch diverse Packungen Tiefkühlblätterteig ganz hinten im Tiefkühlschrank. Die hatte er mal im Sonderangebot gekauft, weil er zum Ortsfest Kuchen anbieten wollte – dann aber doch einen Reibach mit den späten Spritis machte und nicht zum Backen kam.
Arib störte sich dann nicht daran, daß Blätterteig anders schmeckt als Hefeteig, sondern daran, daß die Blätterteigplatten rechteckig und nicht rund aus der Packung kamen. Igor taute die Dinger dann an und

verschmierte sie patchworkmäßig zu halbwegs runden Platten – damit war Arib dann zufrieden und fand die bunten, vielfältigen Beläge ‚Super!'.
Da nun richtig was los war, als er zusammen mit Arib, den er als Großkunden hinter seinen Tresen ließ – zum Helfen beim Belegen und Pizzaeinschieben – sammelten sich auch viel mehr späte Knipsler Kunden als sonst im Bahnhof an. Die, die eigentlich nur für ein, zwei Bier und einen Kurzen vorbeikamen, waren von der Vorstellung, die sich ihnen bot, recht angetan. Fast alle Teigflatschen, die aus dem Ofen kamen, wurden noch mal ‚rundgemacht', indem man hier und dort ein Stückchen Rand abschnitt, das die Spirituosenkunden gern als feste Zusatznahrung verkosteten und ganz gut bezahlten – wohl auch wegen der munteren Stimmung, die herrschte: „Endlich mal was los in der Bude!" so beschrieb es einer der Spritis.
Als Arib zwei Stunden nach seinem Auftauchen von drei seiner Freunde, die ihn schon oben auf der Burg vermißt hatten, am Imbiß gefunden wurde, begann nochmals eine halbstündige Verkostung, um den neu Hinzugekommenen alles vorzuführen, was in diesem Imbißschlaraffenland verbacken wurde. Es stellte sich dann heraus, daß es schon etwas zum Essen auf der Burg gab – wir Eingeweihten denken an Rias vollen Kofferraum – aber das hatte wohl nicht die Geschmacksvorlieben der Besetzer getroffen. Arib und seine Freunde versuchten das in gebrochener Sprache zu erklären, aber den Zuhörern war das ziemlich egal bei der Gaudi mit dieser Art Aktion ‚Hier können Fremde Pieza backen' ...
Die vier freundlichen Fremdkunden oder fremden Kundenfreunde zogen dann mit dreißig noch halbwegs warmen ‚Piezen' und sieben Sixpack Malzbier ab, alles in einem kleinen Handwagen verstaut, den Igor aus seinem hinteren Imbißkabuff hervorzauberte. Die Freunde von Arib hatten auch noch Geld bei, so daß Igor bei der ganzen Aktion gut zweihundert Euro einnahm – abgesehen von den

heimischen Spätkunden, die für die Gaudi ein sattes Trinkgeld springen ließen. So motiviert denkt also Igor trotz Müdigkeit noch etwas nach, als Ruhe eingekehrt ist: andere müssen dazu ein Verkaufssemniar besuchen, aber Igor Indi-Italo reicht diese eine anregende Nachtschicht, in der er – wenn auch nur bruchstückhaft – einiges über Zuwanderungsrecht gelernt hat und schon setzt er die neu gewonnenen Erfahrungen in seinem Geschäft um.
Jedenfalls verkündet am nächsten Tag der Aufsteller im Bahnhofsimbiß, daß es Neues gibt:

Jetzt bei IGOR :
– brandneue Pizza-Kreationen –
für Neu- und Stammkunden:

PIZZA MULTIKULTI
– hier hat alles Platz –
3,50 €

PIZZA BLEIBERECHT
– voll der Knofel –
3,50 €

PIZZA DIE ÜBERBELEGTE
– da geht noch was drauf –
4,00 €

PIZZA DIE BESETZTE
– das Beste durch Überbacken verschanzt –
4,00 €

PIZZA ZUGEWANDERT
– mit Beilage Deiner Wahl –
– mit Bierchen oder Körnchen –
5,00 €

Diese Idee kommt so gesehen auch deshalb gerade recht, weil demnächst die ‚Knipsler Kirmes' ansteht!

Nachdem Kullerstadt das Frühlingsfest ausstattet und Vierecktal alljährlich zum Sommerfest einlädt, beide Gemeinden die Adventssonntage abwechselnd mit Markt- und Glühweinständen zelebrieren ... blieb für Knipsel – richtig geraten – nur noch das Herbstfest übrig!

Gürkchen-Malheur

Und das Herbstfest steht vor der Tür ...
... auch die Plakate stehen und hängen schon – Knipsel ist da rührig, wenn schon das Herbstfest das einzige ist, was man ausstatten darf, dann soll das auch immer großartig angekündigt werden über Plakate bis – wegen der Werbekosten – hin zu halbherzig-halbseitigen Anzeigen im ‚Knipsel Schnipsel'. Was derart angekündigt wird, das kann man natürlich nicht mit dem Herbstwind ‚abblasen' und ‚April, April ...' sagen – es bleibt ja das jahreszeitlich gebundene *Herbst*fest ... Aber es wird seine Schwierigkeiten haben, darüber ist sich das kleine Festkomitee einig, denn normalerweise findet die ‚Knipsler Kirmes' auf Knipsel Castle statt ...

„***Die*** sind bis dahin sicher nicht weg!" grummelt der alte Bauer Harfe, der immer die Herbstfest-Schnittchen zu einem gut zugeschnittenen Preis liefert. –
‚Die', die sicher nicht weg sind...', damit meint er in der kleinen Runde des Komitees, das heute bei ihm im Wohnzimmer bei Knipsler Sauser und Sauhäppchen zusammengekommen ist, nicht seine Schnittchen!
„Wenn Sie die Asylsuchenden auf Burg Hohenknipselstein meinen, dann sind das sicher Menschen, die über den Herbst hinaus eine Bleibe suchen!" Pfarrerin Beliesa Glausack, vierzig Jahre alt, verheiratet, zwei kleine Kinder, ist da vorsichtshalber schon mal auf der Palme.

„Ich finde das gut," fährt sie fort „daß diese Menschen mal auf diese kreative Idee gekommen sind, das zu bewohnen, was eh leer steht, zumal man sie in der Hauptstadt so schoflig behandelt hat …"

„Knipsel Castle steht nicht leer!" Wobel Hupenhorns Aufgebrachtheit quillt wie Kitt in die sprachlose Bedrücktheit der meisten anderen. „Ich war dabei! Die ‚A-syl-su-chen-den'" er betont das Wort ironisch „sind einfach brutale Typen! Mich haben sie angegriffen und rausgeschmissen, aus meiner eigenen Burg …"

„Hohenknipselstein ist nicht *Ihre* Burg!" pfeffert ihm Beliesa gleich zurück.

„Außerdem kann man das nicht so sagen, daß die Burg leer stände. Vielmehr ist sie ein Stück Geschichte, in dem gezeigt wird, was unsere Wurzeln sind, wie die Generationen vor uns gelebt haben, wie sie eingerichtet waren, wie ihr Alltag ablief – also nur weil außer dem Kustos da niemand wohnt, kann man nicht unbedingt sagen, es stände dort etwas leer!" Pfarrer Burkard sieht das etwas anders, etwas katholischer als seine evangelische Kollegin. Im Gegensatz zu ihr ist er fünfundvierzig, unverheiratet, ohne Techtelmechtel, ohne Kinder und ein sparsamer Geistlicher – persönlich und für seine Gemeinde … –

Was alles mehr man doch für einen katholischen Pfarrer angeben muß, um ihn auch nur in einem Roman glaubhaft rüberzubringen … – und obendrein kommt der Pater der Wahrheit sehr viel näher, wenn er sagt, man könne nicht sagen, daß Knipsel Castle leer stände …

„Also ich finde auch, die müssen gehen, die können ja so ein Glas Bier oder Wein oder was zu Essen gar nicht bezahlen!" gibt Franz Stullensegen – tja, Namen gibt's – der Chef des ‚Knipsler Hicks' zu bedenken. Er, Bauer Harfe und Hobert Watsche von der ‚Knipsler Schwarte' teilen sich immer irgendwie die Ausstattung des Herbstfestes und machen alle ihren Schnitt – nur sollten ihnen dieses Mal nicht die Felle für die Schnitte davonschwimmen …

„Hast Du eine Ahnung: die haben gestern beim Igor am Bahnhof für zweihundert Euro Pizza gekauft!"

setzt ihn Bauer Harfe in die neueste Kenntnis. „Zweihundert Euro, na, die haben's ja!"
„Da hat sich herausgestellt, daß oben in der Burg nicht ein Kanten Brot war," meldet sich Beliesa gleich zu Worte „was sollten die armen Mensch denn machen, wenn man seit vierundzwanzig Stunden herumdiskutiert, wie man sie da wegbekommt, anstatt ihnen was zu Essen hoch zu bringen?!"
„Na," lacht Bauer Harfe „Ihren Kartoffelsalat wollten die da oben aber auch nicht! Was war da drin, was die nicht mögen ... Gewürzgürkchen, war's nicht so?!"
Beliesa wird rot, denn eigentlich ist ihr Kartoffelsalat bei allen Festen immer sehr beliebt. Als sie gestern mit dieser Morgengabe zum späten Nachmittag oben an der verschlossenen Pforte von Knipsel Castle pochte, da schaute nur eine Frau mit roten Haaren kurz heraus. Schaute erst sie an, dann von ihr zur Riesensalatschüssel und wieder zurück, bis sie ohne Vorwarnung die Tür zupfefferte, noch bevor Beliesa etwas erklären oder sich vorstellen konnte.
Eine Minute später – Beliesa hatte nochmals geklingelt – öffnete die Rothaarige wieder, zog hinter dem Rücken einen großen Suppenlöffel hervor, surfte ohne große Umstände aus der Schüssel eine Kartoffelsalat-Nocke, schob sie sich in den Mund, kaute kurz, befand dann: „Gurken drin, willst Du Schlampe uns vergiften?! – Bring' Salat ohne Gurken! Und hier noch einiges, was wir brauchen!" Damit deckte die Reiseleiterin, Schloßbesetzerin und Klartext-Aktivistin Ria der verblüfften Pfarrerin Beliesa Glausack den Gürkchen-Kartoffelsalat mit einem engbeschriebenen großformatigen Zettel zu und schmetterte die Türe nun endgültig ins Schloß vom Schloß.
Was Beliesa nun daraus schloß – ihre Kränkung über die rüde Ablehnung ihres Salats beiseite lassend – war recht sozial und evangelisch: „Immerhin wissen wir dadurch, daß es Menschen aus Pieselwesien sind, denn nur diese können das Ferment zur Verdauung unserer eingelegten Gürkchen nicht im Magen herstellen – ethnologisch eine große Eigenheit, die

man erst jetzt entdeckt hat!" Beliesa Glausack nickt zu dieser wesentlichen Erkenntnis wichtig vor sich hin.
„Warum kommen die her zu uns, wenn sie schon unsere Gürkchen nicht vertragen – geschweige denn unsere Asylbedingungen?" Bauer Harfe, wohl der älteste im Kreis zuckt die Achseln. „Hat doch immer 'nen Sinn, daß man dort sich hintut, wo man's verträgt, was einen umgibt!"
„Dieses beknackte Chauvi-Dorf!" platzt nun aber Gundi Grundlos, die Alt-68erin, die den Tante Emmaladen hat, heraus. „Die bringen mit Sicherheit Sachen mit, die *Ihr* nicht vertragt, wo *Ihr* kein Ferment und keinen Nerv für habt ... da müßt *Ihr* eben mal umdenken ..."
„Holla, warum soll *ich* umdenken, wenn denen ein Sechser zum Groschen fehlt?" gibt Bauer Harfe zum besten.
„Weil Du immer hinten dran bist – wir rechnen nämlich jetzt in Euro!" Gundi Grundlos kann's nicht fassen, mit so wem wie Harfe in einem Dorf zu leben.
„Ich will aber weiterhin Gürkchen in meinem Salat – die laß ich nicht weg, nur damit einer von denen bei mir mitessen kann!" verkündet Franz Stullensegen.
„Na, und gut daß es unserer Frau Pfarrerin passiert ist, sonst hätt' gleich wieder wer gesagt, wir anderen seien so unsensibel, böten den nicht Gerufenen, den hier Überflüssigen und Lästigen ... ja, Lästigen – wir wollen schließlich Herbstfest feiern und kommen hier nicht weiter – denen böten wir absichtlich was Falsches an, was sie nicht vertragen! Weshalb sie dann wohl für zweihundert Öcken Pizza kaufen müssen – Pizza ... das Scharfzeug, ausgerechnet von Igor, wo der immer blind ist für's Verfallsdatum von's Zeugs, was er wo drauflegt ... hat doch schon -zig Abmahnungen bekommen vom Gesundheitsamt – also dem sein Fett vertragen die? – Na, dann bekommen sie ja das richtige Fett weg ... – Aber *wir* wissen immer noch nicht, wie wir die von Knipsel Castle wegkriegen!"

„Na, na, Franzl, mal langsam mit den jungen Pferden …" will Pfarrer Burkard Franz Stullensegen, der sich gerade einen roten Kopf geredet hat, beruhigen.

„Ja, finde ich auch – und dann mit'm Ruck, das ist ja typisch für Euch, gleich zu überlegen, wie man andere wegekeln kann!" Gundi ist total empört. „Beliesa und ich haben das schon geahnt und deshalb nämlich gleich einen Antrag für's Festkomitee vorbereitet, daß wir erstens einfach hier unten an der Hauptstraße die Kirmes feiern, natürlich die Leute von der Burg herzlich einladen, um ihnen zu zeigen, wir passen uns unseren Gästen an und können auch ohne Gürkchen! Und zweitens, wir beantragen, was wir da diesmal einnehmen, das spenden wir unseren ‚Klartext-Flüchtlingen', als ein herzliches Willkommen bei uns in Knipsel – so sind alle Probleme zwar nicht gelöst, aber entschärft!" Gundi schaut zufrieden in die Runde, Beliesa nickt ihr zu.

Bauer Harfe stockt der Löffel, als er sich gerade noch etwas von Beliesas verschmähtem Kartoffelsalat auftun will. Beliesa bringt ja sonst nie etwas zu solchen Sitzungen mit, aber langsam muß der Salat nun mal gegessen werden, deshalb heute abend diese Morgengabe …

Mampfend erklärt Bauer Harfe: „Ihr hattet ja beide schon immer einen an der Waffel, aber heute haut's ja das Gürkchen platt …"

„Na, Deines ist ja eh nicht mehr knackig!" Gundi kann sich diese Alt-68iger Retourkutsche unter die Gürtellinie einfach nicht verkneifen.

Delegieren und Runterbrechen

Ein Vogelnest an der Garage, eine Ameisenstraße im Wohnzimmer, ein Wespennest an der Dachterrasse ... – Auf dem Durchzug und allein sind alle Wesen für andere ein netter Teil der schönen Natur, aber im Schwarm und niedergelassen, kann sich da einiges gegeneinander stören ...
Schon wenn ein anderes Wesen saftigen Pflaumenkuchen auf der Terrasse essen will und muß argwöhnisch beobachten, was da auf der anderen Seite passiert ... – dann ist doch das Mißtrauen schon geboren!
Der Gemeinderat von Kullerstadt und Vierecktal hat bereits „...wegen der Schwierigkeiten, die derzeit in Knipsel bestehen ...' – diesem scheinbar nur für Schwierigkeiten nützlichen Anhängsel – oben auf Landesebene angefragt, wie man das zu lösen gedenkt und gleich nahgelegt mit dem Vorschlag, Knipsel Castle räumen zu lassen.
Gemeinderatsvorsitzender Tüpfelhund hat, abgesprochen mit seinem Gemeinderat, nicht so platt wie im Festkomitee argumentiert, man wolle da Fremde weghaben, sondern eleganter: Burg Hohenknipselstein sei immerhin eine historische Stätte, deren Bedeutung und materieller Ausstattung man verpflichtet sei. Und wegen des anstehenden Kirmesfestes müsse da auch schnell eine Lösung greifen.
Die Landesebene rührt sich erst einmal zwei Tage lang nicht, was im Gemeinderat den unangenehmen Eindruck verursacht: die da oben nehmen das Problem nicht ernst oder – schlimmer – sind selbst wenig handlungsdynamisch, um mit Diplomatie oder im praktischen MEK-Einsatz etwas zu ändern.
Die hanebüchenste Variante allerdings ist die: man *will* nichts ändern, weil man auf Landesebene froh ist, daß sich das Wespennest aus der medienpräsenten Hauptstadt nach Knipsel verlagert hat – und da könne es ja schmoren – und den Pflaumenkuchen kann man jetzt allein und ohne ständig lästige Wespen essen ...

Diese Denkart mag man sich im Kullerstädter und Vierecktaler Gemeinderat gar nicht vorstellen wollen! Wie schon geahnt und befürchtet, kommt dann tatsächlich der kurze und lapidare Bescheid der Landesregierung, man arbeite da an einer für alle Teile befriedigenden Lösung, sehe aber für ein momentanes Eingreifen keine tragbare Plattform und habe obendrein dafür keine Kapazitäten frei. Man schlage deshalb vor, sich vorerst vor Ort um eine diplomatische Klärung zu bemühen ...

Tüpfelhund tobt vor Pettar Lascher und seiner Sekretärin Armica Klemme: „Wie sieht denn die ‚Arbeit' aus, die die da oben machen ..., was heißt ‚eine für alle befriedigende Lösung' ... – für **uns** soll die Lösung passen – nicht für wen anders! – ‚Keine tragbare Plattform' ... ‚keine Kapazitäten frei' – wie können die an uns – ihre eigenen Leute – solche Käseformulierungen schreiben. Ich mach' die Spezies da oben platt beim nächsten Landtagstreff ...!"

„Damit haben wir den Schwarzen Peter ..." faßt es Armica zusammen.

„**Den** Schwarzen Peter?" fragt Tüpfelhund ironisch „Wir haben **alle** Schwarzen Peter – das ganze Spiel besteht nur aus Schwarzen Petern – nur heißen die jetzt **Farbige** Peter und die sitzen jetzt in diesem lästigen Knipsel-Appendix! Und wir sollen uns da um ‚diplomatische Klärung bemühen' ... ich flipp aus!" Tüpfelhund hält das erste Mal schmollend inne. „Nein, ich flipp nicht aus! – Nein, ich werd' mir da auch nicht die Finger verbrennen! Wenn ich mir Sie so ansehe," er schaut von Armica zu Pettar „dann habe ich auch nur platte Kapazitäten, also werde ich es delegieren: soll'n die Knipsler das selbst machen! – Liegen mir ja schließlich immer in den Ohren um neues Spielzeug für ihre Burg, mal einen neuen Anstrich, mal ein paar restaurierte Möbel, mehr Chichi, mehr Halligalli allenthalben ..."

„Sie meinen," faßt es Pettar Lascher zusammen „die Knipsler haben jetzt sogar für ihr Puppenhaus die Püppchen, sollen sie halt sehen, wie sie sie drapieren – genug Platz ist ja ...?!"

Eine der seltenen Gelegenheiten, zu der sich Tüpfelhund von seinem Assistenten verstanden fühlt, aber Pettar macht es gleich wieder zunichte, indem er hinzusetzt: „Das wird aber Ärger geben in Knipsel ..."

Wie geht es bei den anderen zu?

Jeder wüßte es gern: Was geht vor in Knipsel Castle? Aber nur wir haben den exklusiven Einblick ...
Was man im Lager der anderen – nennen wir sie nicht ‚Gegner' oder gar ‚Feinde' – was man also im jeweils anderen Lager nicht vermutet: die anderen sind sich unter einander auch nicht grün – oder muß man da jetzt auch ‚farbig' sagen?!
„Bett hängt Kopf ab! Land lauflos! Dein Ess uqua!"
Aribs Freund Kafi sitzt mit untergeschlagenem Bein auf einem Stuhl am Küchentisch auf Knipsel Castle und stößt einen Teller mit Tomatensalat eingematscht in Essig und Öl von sich weg mitten hinüber zu Rias Tischseite.
Ria schaut Arib an, der an der dritten Tischseite sitzt: soll er ihr doch bitte mal verklickern, warum Kafi sich so aufregt!
Arib sagt ein paar heftige Sätze auf Pieselwesich zu Kafi, um ihn aus seiner Störrischkeit heraus zu bringen. Arib ist vor allem deshalb unter seinen Landsleuten zu so etwas wie dem Klassensprecher geworden, weil er sich auf Rias Art von Vernunft irgendwie eingetaktet hat. Ria und die anderen Leute in diesem seltsamen Land stoßen nicht einfach Dinge weg, die ihnen nicht schmecken, machen nicht einfach die Tür auf, wenn sie Auslauf brauchen und keiner da ist – was Kafi gerade mit ‚Land lauflos!' bezeichnet hat – oder legen sich auf den Boden, wenn das Bett zu kurz ist. Vielmehr überlegen Ria und ihre Leute zuerst, ob der Teller vom Tisch fallen könnte, ob man über grüne Flächen drüberrennen darf und ob's auf dem Boden nicht zu kühl sein könnte.
In Pieselwesien probiert man so etwas einfach aus!

Kafi allemal als erster. Er, Arib, früher auch, aber hier hat er es sich ein wenig abgewöhnt, denn er hat blöde Erfahrungen gemacht. Man hat ihn von grünem Rasen heruntergescheucht, umgestoßene Teller mußte er samt Scherben und Inhalt zusammenkehren und aufwischen und Betten, die er zerlegt hatte, damit er mit seinen ein Meter neunzig darauf Platz fand, hat man ihm vom ‚Stützgeld' – wie er es nennt abgezogen. Also man hat's versucht, aber da haben sich Ria und ihre Organisation dann eingemischt und das verhindert. Danach hat Ria ihm klargemacht, daß hier manches anders ... umständlicher ist als in Pieselwesien ... Erst war er wütend, aber dann hat er gelacht und Ria klargemacht, daß manches auch hier genauso wie in Pieselwesien doch ganz einfach ist ... ‚spontan', wie Ria das danach atemlos nannte!

Kafi haut gerade als Erwiderung auf Rias bösen Blick und Aribs Schweigen so heftig auf den Tisch in der Gesindeküche von Knipsel Castle, daß ein Teller von der Tischplatte springt und am Boden zerschellt. Alle roten Tomatenstücke verteilen sich mit Spritzern der Essig-Öl-Tunke drum herum. Selbst Arib reißt das aus seinen Gedanken und er pfeffert seine Faust nun noch etwas lauter auf den Tisch mit einem Wust von Pieselwesischen Argumenten, denen ein weiterer Tomatensalatteller nicht widerstehen kann und – sich wohl solidarisch erklärend – dem anderen auf den Boden hinterher springt.

„Stop it! Shut up!" Ria, eher klein geraten gegen Pieselwesische Gardemaße, springt auf und hält die ausgestreckte Handfläche gegen Kafi, nochmals „Stop it!" sagend, jetzt zischend aber willensstark – so hat sie es im Deeskalationstraining gleich in ihrer ersten Zeit bei ‚Klartext-Asylanten' gelernt. Das ist jetzt zwar auch schon vier Jahre her, aber es hat sich bewährt. Allerdings sind Menschen aus Pieselwesien doch sehr spontan und temperamentvoll, so daß man als ‚Koordinator für Öffentlichkeitsarbeit' bei diesen Zuwanderergruppen persönlich sehr klar sein muß, wenn man's nicht versieben und aus dem Ruder laufen lassen will ...

Deshalb streckt Ria gleich danach noch ihre zweite Stop-Hand in Richtung Arib aus, der in dieser Art keine große Hilfe bei der Kommunikation mit seinen Landsleuten ist.
„Sit down!" schiebt Ria nun nach, bevor beide Männer ihre Wut wieder ballen können für die drei anderen Tomatensalatteller, die noch auf dem Tisch stehen, weil man das gemeinsame Mittag für die Gruppe hat vorbereiten wollen. Die anderen sind Gott sei Dank noch in den Zimmern und haben bisher wohl von der Auseinandersetzung deshalb nichts mitbekommen – sonst hätte es Tomatensalat mit Mostrich gegeben, denkt Ria, denn jeder von denen tut bei so was immer seinen eigenen Senf noch dazu!
„Don't be angry!" sagt Ria dann gleich hinterher, als die beiden Männer sich wieder hingesetzt haben. Aber zumindest Kafi ist nicht besänftigt: „Sprich deutsch!" korrigiert Kafi sie ärgerlich „Du sagen immer so und tust anders!"
„Ja," sagt Ria dieses Argument pädagogisch aufgreifend „das ist richtig, danke, daß Du mich erinnerst, Kafi!"
„Bin auch nicht scheiß angstlich – bin wutend!" schmettert Kafi gleich klarstellend hinterher.
„Das ist verständlich!" antwortet Ria sich weiter auf die verständnisvolle Betreuerschiene einfahrend. „Wenn man in einem anderen Land zu kleine Betten vorfindet, nicht rausgehen und hingehen kann, wo man will und ..." sie zögert, wendet sich vorsichtshalber an Arib, um nichts Falsches zu sagen „... und was mag er am Tomatensalat nicht ...?"
„'Uqua' ..." übersetzt Arib abschmeckend „... wie sagt ihr: ‚sauber'?!"
„Sauber? Was ist an sauberem Tomatensalat auszusetzen – außer daß ich hier selbst Bio-Tomaten nur aus Spanien bekomme?! – Ach, Du meinst sicher **‚sauer'**! – Das Dressing aus Essig und Öl ist Kafi zu sauer!"
„Ja, bin ich auch sauer wegen Dressing!" Kafi kreischt sofort wieder los.

„Beruhige Dich!" Ria wird jetzt auch laut, weil sie nicht begreifen kann, warum Kafi bei all ihrem Verständnis gleich wieder in die Luft geht – aber der erklärt es ihr gleich, warum ...
„Du nicht Dressing in Nacht – Du schnikkel ...!" damit reißt es Kafi quasi durch seine eigenen Wort wieder vom Stuhl und Arib auf der anderen Tischseite in Nullkommanichts gleich mit, beide blinken sich mit bösem Blick an ...
Was zum Teufel kann Arib für das zu saure Tomaten-Dressing, daß Kafi ihm das so ankreidet ...?! Ria würde gern etwas mehr Zeit zum Durchblicken haben und fragt in Aribs Richtung deshalb: „Was meint er mit ... ‚schnikkel'?!" Ria ist nicht sicher, ob sie es akkurat ausgesprochen hat. Die Bestätigung kommt aber sofort von Kafi, der es wiedererkennt.
„Schnikkel, yes, Du schnikkel!" schimpft er munter zu ihr und Arib hinüber.
Dabei wird der Tisch zu klein, denn die beiden großen Männer packen sich fast gleichzeitig in Wut und Ärger an und rangeln um den Tisch herum.
Ria muß nun doch sehen, daß sie da nicht zwischen die Mühlsteine gerät. Also das Wesen von Pieselwesiern ist ihr doch noch nicht so recht vertraut – man kann Tomatensalat ja einfach mit einem anderen Dressing übergießen.
Arib und Kafi finden das wohl nicht, denn zwischen wilden Beschimpfungen gibt es Geschubse und Gerangel, unentschieden, bis Kafi mit der blanken Hand ausholt und Arib davon direkt zu Boden geht.
Da hat Kafi genug Genugtuung, schaut Ria noch einmal zornig an und stürmt dann aus der Küche.
Ria schaut ihm atemlos und verwundert nach und kniet sich dann zu Arib hinab, der aus einer kleinen Wunde an der Augenbraue ein wenig blutet.
„Mensch, was ist denn los, wegen so ein bißchen Dressing – muß man doch nicht so'n Aufstand machen ... und was meint er damit, daß ich ... wie war das ... ‚schnikkel' wäre – nur weil ich's nicht gut abgeschmeckt habe?!" Mit dem Küchenhandtuch tupft sie dabei verständnislos über Aribs Braue.

Dem scheint das alles aber gar nicht so viel auszumachen, er hat jetzt wohl auch begriffen, was sein Landsmann meint, er kichert nun sogar. Und als ihn Ria weiter verblüfft anschaut, formt der Mann aus Pieselwesien seine eine Hand zu einer Faust mit einem Loch, während er grinsend mit der anderen Hand genüßlich flach darauf klatscht ... – manche Zeichen werden ja im Nu international!
Könnte sie das Dressing-Problem falsch gedeutet haben? Ging es vielleicht nicht nur darum, daß die Tomaten die falsche saure Sauce haben, sondern daß Kafi sie heute Nacht zu Arib hat schleichen sehen – ganz ohne ‚Dressing' ...

Trafokasten-Randgruppe:
Immer unter Strom

Klar, gibt es da die Naserümpfer, die meinen, das sei ja wohl eine ganz billige Geschichte vom Roman-Wühltisch: der Menschenrechtsaktivistin und dem Asylsuchenden gleich wieder die durchgehenden Triebe unterzuschieben ... – nichts als Stammtisch-Kamellen!
Aber das Leben schielt eben nicht auf irgendeinen Literaturpreis – hat es gar nicht nötig – was doch auch wieder sehr sympathisch ist!
Das ist das, wo dann alle wieder sagen: „Ach, wie herrlich normal!"
Im übrigen: ich habe den lila Überblick in Knipsel und ich bekomme das alles mit!
Und wenn wir schon mal den Stammtisch am Wickel haben, dann fällt uns auf, daß es so etwas wie einen Stammtisch in Knipsel gar nicht gibt. Die ‚Schwarte' hat zwar einen Tisch, der immer für dieselben Gäste reserviert ist, aber da einen großen Aschenbecher, mit ‚Stammtisch'-Baumel-Schildchen drauf zu stellen, lohnt sich nicht, weil die meisten Touris in Knipsel nicht mal begraben sein möchten und sich deshalb am übergroßen Eichentisch sowieso deplaziert vorkämen.

Aber diejenigen vom einheimischen Volk, die also wirklich manchmal am Eichentisch in der ‚Schwarte' sitzen, sind bis jetzt noch so hinter dem Mond, daß sie einfach nicht genügend aufgeheizt sind, um gepfeffert irgendeine Parole vom Stapel zu lassen – noch hält man hier die ‚Besetzung' von Knipsel Castle für eine Nebensache.

Etwas anderes ist es schon bei den drei Männern draußen vor dem Bahnhof. Hier steht einer dieser grauen Trafokästen und der ist seit einigen Jahren zunehmend ein Abstelltischchen für Bierflaschen und Flachmänner geworden – auch mal großformatigere. Vielleicht weil es draußen ist und Wind, Wetter, Hitze, Kälte hier unmittelbarer erlebt werden – zumal wenn man in eher zerschlissener Kleidung hier aufläuft und nicht in Waterproof- und Windstopper-Dress – sind auch die Meinungen hier etwas ... unmittelbarer – soll man es so sagen ...?!
„Glaub' ich ja jetze irgendwie nich': ham die sich echt auf Knipsel Castle verschanzt, die Asys?"
Es ist der alte Biker-Schorsch, der das nach einem kräftigen Zug aus seiner Bierflasche den anderen zur Diskussion stellt, während er wehmütig zur Burg hochschaut, die man von hier, vom Bahnhofsvorplatz mit Kopp im Nacken – während des Bierpulle-Ausgluckerns – erst in den rechten Blick bekommt.
„Soll'n wohl, wie die UFOs, wie Phantome sein, denn eigentlich hat keiner sie noch nich' jesehen ..." überlegt ‚Bresch, der dürre Zausel', wie die anderen ihn nennen.
„Doch, Igor, der olle Indi-Italo, dem ham se den Laden leer gekauft, der konnte gar nich' so schnell seinen Restefraß abbacken und mikrowellen, wie die bestellt – und bezahlt ham! – So macht man Geschäfte, Freunde! Was meint Ihr, warum der uns heute versucht hat das Anti-Alk-Bräu unterzuschieben – uns, seinen Stammkunden – muß man sich ma reinziehen, der Sackfuck!"
Man merkt es schon, Rabautze, der Jüngste der drei, aber auch schon Sixty plus, ist der strikteste in seinen

Ansichten. Einige Jahre in unterschiedlichen Justizvollzugsanstalten, können im Gemüt ganz scharf geschliffene Grundsätze herausfeilen ... – Grundsätze, die aber schon immer irgendwie da waren!
„Dem hab' ich aber eine auf die Fresse versprochen, wenn er nich' pronto mit der Verarsche aufhört und noch wo paar echte Bier herzaubert! – Greift der untern Tisch und holt den richtigen Stoff vor, wollt'r wohl schonen, falls die Durchreise-Penner ihn wieder anbaggern! Dit hätte ihm schon eins auf die Glocke bringen müssen, dem Schleimer!" setzt Rabautze nach.
„Siehste ma': wer zahlt hat Echt-Bier!" giggelt Biker-Schorsch erfreut über Rabautze seine Story.
„Ha' ick keen Zaster?! Wat, womit zahl' ick dem Indo-Itaka seine überteuerten Biere, hä?!" Rabautze will eine ernsthafte Diskussion.
„Du bist nich' immer ener mit dit Bare in die Taschen, Bautze!" wendet Zausel ein.
„Wenn ick für die Stütze jedet ma nach Vierecktal uff it Amt muß, da noch Nerven laß, wo ick mir nich' ma 'n Schal leisten kann, aber die ihr Geizkragen immer dicker wird – da ha' ick eben keene Creditcard!" Das letzte Wort spricht Rabautze betont korrekt und ohne Biernuschel aus – geht doch ...
„Die Asys ham aber bar beglichen – bestimmt aus so'm Topf für ‚Willkommens-und-bleim'-Se-doch-bittschön-hier-Geld!'" lacht Schorsch.
„Das würd' ja," sinniert Zausel „klar weitergedacht heißen, daß sie so welche wie uns dann irgendwann hier nich' mehr ham wollen und vielleicht in die nächste gekenterte Nußschale setzen und über's Mittelmeer Retoure schicken, damit da zahlenmäßig wenigstens was ausgeglichen bleibt ..."
Rabautze schaut Zausel wie abartig an: "Dit trau' ick den da oben ohne Wimpernzucken zu! – Da kannste dir nämlich bei die ander'n in die Umländer beliebt machen, wenn de viele von die Flüchter rein läßt, hätschelst und dann mit saub're Rotznasen vorzeigst ..." grummelt Rabautze.

Und Biker-Schorsch führt den für ihn auf der nicht Bierpullen besetzten Hand liegenden Gedanken weiter: „...aber um die Rotznasen in die eigenen Reihen macht sich keener 'n Kopp, mit die kannste selbst rausjeputzt keen Start machen bei die Drum-Rum-Europäer, deshalb kann man uns über die Klinge springen lassen ...!" Im Gegensatz zu dem eher zornig im Temperament aufgestellten Rabautze, macht es Schorsch bei solchen Erwägungen die Augen glasig.
„Könn's sein, uns fehlt da so der Esprit ..., die Exzotig vielleicht ..." wägt Zausel ab und sein Blick fällt mit der angehobenen Bierflasche unwillkürlich wieder auf die weiter oben liegende, noch von der Sonne beschienene Burg.
„Da sagst Du was, Mann: jetzt brauchste schon um zu Hause wer zu sein Esprit und Exotik ... – ‚Arbeiten Sie an sich, Herr Bautze!' raunzen mich die in Vierecktal aufm Amt doch imma an! – Sollt'n ma denen doch ma den Jefallen tun, daß ma Esprit für die entwickeln ..." Dabei macht Rabautze aber gar nicht den Eindruck als reife da in ihm eine allseits versöhnliche Idee heran ...

Wie der Kuller ins Vierecktal rollte

„'... weil andere Ornamente bestimmten Volksgruppen eindeutig zuzuordnen sind, geben die Datierungen des sogenannten ‚Knipsler Kullers' – von Laien mitunter auch als ‚Knipsler Kötel' bezeichnet – der auf Fibeln und Keramik unregelmäßig aber über mehrere Jahrzehnte hinweg zu finden ist, bis er aus der Ornamentik der Region sehr plötzlich wieder verschwindet, selbst den Fachkreisen Rätsel auf.
Eine Theorie vermutet, dass eine beständig aber langsam in die Region eintröpfelnde Volksgruppe dieses Merkmal mitbrachte, es aber der hier ansässigen Bevölkerung und ihren Gebrauchsgegenständen nicht durchgängig aufprägen konnte. Der größte Anteil, der mit dem

‚Knipsler Kuller' verzierten Gegenstände wurde rund um die Burg Hohenknipselstein gefunden, so dass anzunehmen ist, das Zentrum des damaligen Lebens trug sich nicht im heutigen Vierecktal oder in Kullerstadt zu, sondern rund um Knipsel und seine Burg. Woher die Fremden kamen, die derartige Verzierungen mitbrachten und weshalb sie sich wohl eine Zeitlang in der Region niederließen, konnte bislang aus der bekannten Geschichte und ihren Befunden nicht eindeutig geklärt werden ...'"

„Und weshalb lassen *Sie* sich eine Zeitlang hier nieder?" Lorbas Zacke schleudert diese Frage ganz unvermittelt Marrá von Flausen-Tulpenscheitel über den Heimatkundeprospekt, aus dem sie gerade vorliest, entgegen.
Wir kennen Marrá schon zu gut, als daß wir sie aus dem Konzept gebracht vermuten könnten.
Vielmehr schaut sie Lorbas über ihre Lesebrille hinweg an, lächelt dann und deutet auf die Vitrine des Heimatmuseums von Vierecktal, vor der die beiden Besucher sich interessiert vorgebeugt aufgestellt haben, um den ‚Knipsler Kuller' auf einigen Keramiken und Fibeln beäugen zu können.
Dabei sieht das Dings mit seinem Spitznamen ‚Knipsler Kötel', den es doch irgendwie zurecht trägt, so unelegant, uneindeutig hingewurschtelt aus. Auf manchen Exponaten wirkt es fast wie nachträglich draufgespuckt ...
„Sehen Sie das hier?!" Marrá zeigt auf einen dieser kleinen Verzierungsflecken in einer keramischen Schale.
Lorbas merkt, daß sein Besuch ihm die Überraschungseffekt-Böe bereits wieder aus den Segeln genommen hat, also beugt er sich achselzuckend vor, um den häßlichen, druckknopfgroßen Pickel auf dem abstoßend-erdbraunen Pott in der Vitrine noch besser erkennen zu können. „Weiß nicht, was Sie meinen ..." sagt er dann lahm zu Marrá, die ebenfalls noch näher an die Scheibe gerückt ist, sich aber plötzlich aus der

krummen Haltung aufrichtet, den Kopf schief legt und lächelt: „Wissen sie, wenn ich hier beheimatet gewesen wäre, ich hätte mir von mehr oder weniger Durchreisenden nicht so einen Köttel einprägen lassen!"

Spieß umgedreht! Nun ist es schon wieder Lorbas, der die Überraschung auf seiner Seite hat – auch weil er sich auf Marrás Einlassung eingelassen hat, anstatt vielleicht auf der Klärung *seiner* Frage zuerst zu bestehen ...

„Was wollen Sie denn machen, wenn wer vorbeikommt und bringt seine eigene Keramik und seine eigenen Gewandspangen mit?"

„Im Jahr tausendfünfhundert vor Plastik dünnte sich zumindest Geschirr schnell mal aus: Transportverluste und handfeste Ehestreitigkeiten wird es auch damals schon gegeben haben! Und dann hätte ich als hier Beheimateter mein Feuer zum Brennen so häßlicher oder auch nur mir nichtssagender Pötte mit so welken Verzierungen den Zugereisten nicht zur Verfügung gestellt und wenn die versucht hätten, sich das Ofenfeuer selbst für die Brennstunden anzueignen, dann hätte ich denen auf ihre blöden Muster einfach einen Köttel draufgedrückt – nur so aus Daffke!"

Lorbas schaut Marrá ungläubig an: „Also Leben war doch damals ein täglicher Kampf, meinen Sie nicht, die hatten was anderes zu tun, als den neu hier Auftauchenden die Feuer auszupusten, weil sie deren Keramik verabscheuten?"

„Das eine kann sich ja durchaus am anderen ... entzünden – könnte man sagen, ich seh' die Keramik und weiß schon: die Leute die sich so 'nen Hahnentritt da drauf machen, die kann ich aber so was von gar nicht leiden! – Da papp ich denen wo ich kann einen Köttel drauf!"

„Also erstens wäre das ja ein Vorurteil ..." empört sich Lorbas. „Und zweitens hieße das dann ja ..." Lorbas zögert, er weiß gar nicht, wie er den Gedanken aussprechen soll ...

„… das hieße," vollendet Marrá den Satz „daß man vielleicht mal ein paar von den häßlichen, wie aufgespuckt wirkenden Kötteln abschaben könnte und da drunter vielleicht das echte Muster der durchziehenden Menschengruppe findet. Genau das Muster, das die Einheimischen abscheulich fanden und deshalb, wo immer sie es noch vor oder nach dem Keramikbrennen einrichten konnten, mit ihrer Art von Pflaster – vielleicht Tonresten, schnell in der Hand gedreht – quasi überklebten. Das würde zumindest erklären, warum der ‚Knipsler Kuller' so unregelmäßig auftaucht!"

„Meine Liebe," Lorbas möchte jetzt auch mal das überlegene letzte Wort haben „meine Liebe, glauben Sie nicht, daß sich darüber schon fachlich beschlagenere Koryphäen Gedanken gemacht haben und darauf gekommen wären, wenn's so gewesen wäre?!"

„Nein," antwortet Marrá ruhig und gewiß „die Leute, die sich mit ‚Pottologie' befassen, sehen sehr schnell nur Regionen, Stämme, Ornamente, was sie völlig auslassen sind der menschliche, der künstlerische, der ästhetische und vor allem der vorwitzig-schadenfrohe Aspekt. Auch unsere Vorfahren haben sich nicht nur die Köpfe eingeschlagen. Manchmal reichte es ihnen vielleicht, dem anderen in irgendeiner Hinsicht die Suppe zu versalzen – und sei es auch nur, indem sie ihnen die Muster auf ihren Suppenschalen verunstalteten!"

Lorbas weiß nicht, was er sagen soll – so eine Theorie hat er ja noch nie gehört …

„Sehen Sie sich doch die Gegend an, in der Sie hier leben," Marrá zieht die Augenbrauen hoch „Kullerstadt späht nach Vierecktal hinüber und umgekehrt! Ob der andere nicht irgendwie besser aufgestellt ist – und Ihr kleines Knipsel juxt sich eins so dazwischen und als Konkurrenz nicht recht ernst genommen – wobei ihm eigentlich nichts besseres passieren kann, damit es immer irgendwie doch noch seine eigenen Flausen durchsetzen kann und letztlich am besten wegkommt!"

„Das sind ja nun wirklich Vorurteile ..." wendet Lorbas schwach ein.
„Sicher: Vorurteile haben eine sehr lange Geschichte, aber sie beruhen nur für die tumben Menschen auf der Unfähigkeit Einzelheiten auf allen Ebenen zusammensetzen zu können. Sehen Sie, nun kommen wir auch gleich noch zu ihrer Frage, von der sie sich so schnell haben abbringen lassen: weshalb lasse ich mich hier eine Zeitlang nieder? – Ganz ehrlich, mein Lieber, bei Ihnen bleibe ich deshalb so gern, weil Ihr Frühstücksgeschirr keine kleinen Blümchen hat und ich dadurch gleich wußte: Sie sind auch nicht kleingeblümt!"
Lorbas geht kurz seine Beziehung zu seinem Frühstücksgeschirr durch und bleibt verwundert ...
„Aber Ihr Frühstücksgeschirr allein, Herr Zacke, Sie werden's mir nachsehen, reicht nicht um mich in Knipsel zu halten, vielmehr sind es die Flausen, die Knipsel schon immer hatte. Meine Vorfahren, die von Flausens, waren hier sehr lange ansässig – und jetzt kam ich auf die Idee, ob ich als Nachfahrin vielleicht unsere Burg wieder in meinen Besitz bringen sollte – ohne allerdings jahrzehntelang kleine Köttel auf andrer Häßlichkeiten kleben zu müssen ..."

Investigativst

„Bist Du verrückt – hier doch nicht!"
Was wie eine Aufforderung an einen ungestümen Liebhaber zur Beherrschung der Triebe mitten vor dem Haupteingang von Knipsel Castle klingt, ist von Zippa Lindwust an die Adresse von Druks Egel ganz anders gemeint. Was sich Druks aber auch noch nicht erschließt: „Wieso denn nicht?" fragt er leicht bockig, als Zippa ihm unwirsch die Hand wegschubst, mit der er gerade ordentlich am Tor pochen wollte.
„Wir wissen doch jetzt bereits aus Recherche, daß die hier nicht gern Besuch haben!" kommentiert Zippa kurz.

„Wieso denn nicht, wir sind doch ‚Presse'!" für Druks ist ‚von der Presse zu sein' schlichtweg die Jokereintrittskarte all over and all around. „Wir machen doch nur unsere journalistische Arbeit: aufklären, enthüllen, Mißstände anprangern ... – investigativ!"

„Ja, doch ..." rümpft Zippa gelangweilt Nase und Mund, um ihren Kameramann Druks gleich weg vom Haupteingang um die Ecke zu ziehen. „Laß mal sehen, ob es einen Nebeneingang gibt ..." damit hopst die dreiundzwanzigjährige, ausgebildete Journalistin behende um die Burgecke, lugt hierhin und dorthin, denn um die Ecke vom platten Vorhof von Knipsel Castle ist viel Gestrüpp und unebener Weg.

„Mensch, ich hab' die teure Kleinkamera dabei, wenn ich hier stolper, kriege ich vom Fitz wieder einen Anschiß!" jammert der zwanzigjährige, blonde Presse-Joker Druks Egel.

„Dann stolper eben nicht!" weist ihn Zippa an, die aber mit Füßen und Gedanken schon weit vorausgeeilt ist.

Zippa und Druks sind von Kullereck-TV, dem sehr kleinen Regionalsender für alles, was Kullerstädter, Vierecktaler – und weil die nun mal dazwischen liegen, eben auch Knipsler – bewegt.

Aber starten Sie erst gar nicht den Suchlauf in Ihrem TV: Kullereck-TV ist wirklich ein sehr, sehr winziger Sender ...

So wie die jeweils ‚Zuständigen' dem Knipsel-Kaff schon Schienen und Weichen nehmen wollten, so wollen sie auch immer wieder Kullereck-TV cancelen. Aber vor den üblichen großen Horrormeldungen um 20 Uhr 15, bespaßen sich die Kullerstädter, Vierecktaler und Knipsler gern mit allem, was noch Liebliches vor der Haustür passiert ist: der Canasta-Verein aus Kullerstadt hat gegen Vorfeldbörde gewonnen ... – ‚Hurra! – Eine Bäuerin aus Vierecktal hat mit ihrer Rübchen-Kirschmarmelade auf der Landwirtschaftsschau in Tobeltrubeling nur den vierten Platz belegt ... – das war doch Schiebung?! –

„Und schau mal ... da links am oberen Bildrand, bin

ich das nicht beim Fahnenschwenkerumzug durch Acheulmalnich ... – *das bin ich wirklich!* Ich bin im Fernsehen!"

Also für all diese Aufmunterungen, die einen dann die Hauptnachrichten überstehen lassen, dafür ist Kullereck-TV wie gemacht – und deshalb wohl noch auf Sendung.

Für die Redakteure und Journalisten bei Kullereck-TV – also im wesentlichen Zippa, Druks und ihr Chefredakteur Fitz – wäre natürlich Drama immer der Komödie vorzuziehen – weil Drama doch irgendwie seriöser rüber kommt – und genau deshalb hat Zippa durchgesetzt, doch mal nach Knipsel Castle fahren zu dürfen, um zu berichten, was da auf Knipsels Berg los ist. Die großen TV-Sender wollten nicht ..., konnten nicht ... – Was ist ein alter besetzter Burgkasten gegen die immer irgendwie schwelende Regierungskrise in der Hauptstadt oder die anderen Kontinente mit ihren Pulverfässern ...

Und die anderen TVs hatten, kann man vermuten, auch keine Lust – so Nase hoch wie sie sind – hier anzuklopfen, wo ihnen, so wie's bis jetzt zu vermuten stand, nicht begeistert aufgetan wird und sie nur mit einem allgemeinen Stimmungsbericht und einem Schwenk übers Panorama in ihr Studio zurück müssen ... –

Aber Kullereck-TV ist sich dafür nicht zu fein!

„Dacht ich's doch – der Lieferanteneingang!" Zippa ist hochzufrieden, sie hat den kleinen, nur noch einflügligen Eingang, weit hinter der Burgecke gefunden – so weit, daß man ihn oberflächlich schauend – so wie Druks – hier kaum noch vermutet.

„Mann, scheiß schwere Kamera, scheiß Sträucher, ich glaub' ich hab' einen Riesenriß in meiner neuen Jeans!"

„Oh, Druks, sag' Deiner neuen Hitsche, es sei eine Designer-Jeans, die Du Dir wegen der tollen Arbeit die Du machst, kaufen konntest – das findet sie schick – jede Wette! – Aber laß bloß nicht die Kamera fallen – die ist doch sowieso ganz neu und so klein wie

früher der Urlaubsfilmer von meinem Opa – also bleib cool!" Zippa weiß immer aufmunternd zu trösten.
„Bin cool – schließlich zieht's ja durch den Riß der Jeans, der ist mitten am oberen Oberschenkel …"
„Sei mal stille jetzt, ich will mal horchen, ob da wer hinter der Tür sich unterhält!"
„Horchen ist nicht journalistisch!" mäkelt Druks, der wirklich gerade von der Journalistenschule kommt und da noch viel idealistischer ist als Zippa.
„Quatsch! Was glaubst Du wohl hat Eddi Schnodder gemacht? Auch nur die Ohren aufgehalten, paar Sachen auf'n Stick geladen … – und welche Auszeichnungen bekommt der jetzt!"
„Dafür sitzt er jetzt aber ziemlich fest in einem festgezurrten Land und jeder will nur seine Infos – aber bloß nicht ihn selbst!"
„Komm mal runter, wenn Du Knipsel-Secrets verhökerst, gewähren sie Dir immer noch Asyl in Kullerstadt oder Vierecktal!" Zippa, multitasking geschult kann lauschen und sprechen – meint sie – denn sie hat von hinter der Tür nichts vernehmen können, deshalb richtet sie sich jetzt auf und drückt vorsichtig auf die altmodische Klinke …
Da fliegt diese Lieferanteneingangstür doch tatsächlich voll mit Schmackes auf – sie öffnet sich nach außen – und die beiden Regional-Journalisten werden von so etwas wie einem blauen Riesen-Airbag fast ins Gebüsch katapultiert. Druks kann um den Preis eines wirklich schmerzhaften zweiten Jeansrisses an irgendwas Dornigem gerade noch die Kamera festhalten.
„Good God!" es ist Arib, der die Tür öffnend sich nun ebenfalls erschreckt. Der blaue Riesen-Airbag entpuppt sich als Müllsack, den der Pieselwesier in der Futtertonne für das ehemalige Vieh noch weiter hinten entsorgen wollte, wo schon die anderen Müllsäcke der Bewohner lagern. Knipsel Castle, sonst wohnmäßig verwaist, braucht ja eigentlich keine großen Müllcontainer und hat deshalb nur eine kleine Mülltonne unten am Parkplatz.

„Oh, high, nice to meet you – are you one of the new strangers, who occupied Knipsel Castle?!" Es ist natürlich Zippa, die sich als erstes in jeglicher Hinsicht berappelt und gleich ins Englische switch und nice smilt.
Aber das ist schon das erste Mißverständnis, denn Aribs Englisch umfaßt nur einige kurze, knappe Ausrufe, von Verwunderung bis Nichtgefallens-Äußerungen, so daß Zippa da einen völlig falschen Eindruck von ‚Good God' erhält. Aber das Lächeln, das verbindet dann doch sofort, denn Arib ist jede Art von Abwechslung auf diesem öden Übel von Burg hier oben willkommen.
„Ha, da kannst Du rein, da kommst Du rauszucken!" sagt er erfreut und macht die Türe weiter auf beim Anblick der fröhlichen Zippa.
Dazu wirft er den Blausack schnell in hohem, neckischen Bogen in die Gestrüpplandschaft – macht sich eigentlich nicht gut, wenn man eine neue Bekanntschaft schließt, mit dem Müllsack in der Hand.
„Kommst Du rein, kannst Du **rausgucken** ..." lacht Zippa ihn verbessernd, aber sein Angebot sofort aufgreifend.
Allerdings quittiert Druks den Sackwurf mit einem „Ay, Mann ...!" weil er nur eben noch ganz schnell aus der Wurfbahn des Geschosses entkommen kann. Die neue Kamera zur Sicherheit hinter den Rücken haltend – was sich vielleicht auch in anderer Hinsicht als ganz sinnvoll erweist – selbst kommt er dabei aber ins Straucheln und bleibt für einen Moment nochmals schmerzhaft an einem Dornbusch hängen, dadurch gleitet auch er verbal kurz ins Englische: „Shit!"
Arib jedenfalls bekommt den journalistischen Hintergrund seiner beiden Besucher noch nicht mit.
In der kleinen Konfusion schlängelt sich Zippa am lächelnden Arib vorbei durch die Tür in den dahinterliegenden Flur, der – so sieht sie gleich – nach zwei Türen in die Küche führt. Von da kommen auch allerlei Stimmen.
Schnell schaut sich Zippa zu Druks um und macht ihm ein kleines Zeichen, mit der Kamera auf diesem

Knipselberg vorerst noch hinter dem Berg zu halten. Hoffentlich hat er's kapiert, denkt sie im Stillen, bevor sie sofort wieder der scheinbaren Unbekümmertheit ihrer Jugend mit einem munteren Lächeln Ausdruck verleiht – oder auf die Sprünge hilft?!
Ohne auf Arib zu achten, der wohl gerade sowieso keinen Plan hat und nur die Tür hinter Druks schließt, steuert sie Richtung Küche.
Aber da hat wohl noch eine andere weibliche Intuition gerattert, jedenfalls steht unvermittelt kurz vor Zippas scharfem Um-die-Ecke-biegen in die Küche Ria plötzlich im Durchgang.
Eben war sie noch mit einigen der Gruppe ganz über die Kochtöpfe gebeugt – damit man nicht wieder den Italiener mit seinem ungesunden Aufbackpamps bemühen muß – da sagte ihr schon etwas, daß da vorn an der Tür was faul ist.
Die beiden jungen Frauen – beide beruflich verkantet in den falschen Dingen, aber das mit Verve – wissen auf den ersten Blick, was sie von einander zu halten haben. Für Ria ist es die erste große Herausforderung als Betreuerin der Gruppe, denn da ist jemand im Handstreich eingedrungen, den sie nicht mit einem Fußtritt nach draußen expedieren kann – selbst bei der Gruppe gäbe es dann zu viele Fragen. Die Gruppe langweilt sich sowieso schon und ist dankbar für jede Abwechslung, ohne danach zu fragen, ob diese Besucher für ihr Anliegen – hier ein Statement zu setzen – förderlich sind!
Aber auch Zippa weiß: hinten durch den Lieferanteneingang konnte sie sich mit einem netten Lächeln für Arib noch durchmogeln – in der Küche wird sie sich über die zierliche, aber entschlossen aufgestellte Ria nicht so einfach hinwegsetzen können...
Hinter Ria drängen jetzt auch die übrigen Kücheninsassen an die Tür: es sind drei oder vier junge Frauen mit halb geschälten Kartoffelknollen in den Händen. Sie wollen sehen, was es denn endlich Neues gibt: Zuwanderer bei Zuwanderers?!

„Aua, aua ... ay, Scheiß, ich glaub, ich hab' mir Dornen eingezogen ... Zippa, hilf mal ..." es ist Druks, der das gegenseitige Maßnehmen der beiden Frauen durch sein Jammern unterbricht – nicht aus taktischen Gründen, sondern wirklich aus purem Eigenleiden!
Zwar steht Druks noch ganz hinten in dem engen Flur, aber Arib, jetzt selbst überrascht durch so viel neue Stimmung innerhalb weniger Minuten, läßt den Hänfling vorbei. – Viel was anderes als ein Hänfling, ein ‚Gnip' ist der blonde Bursche eh nicht, der mit der schicken Frau gekommen ist.
Gnip, so nennt man in Pieselwesien die Schwuchteln, die es dort offiziell nicht geben darf und die dort weit davon entfernt sind, den hippen Status zu haben, den die Menschen hier ihnen zubilligen.
So sieht man mal wieder, daß immer irgendeine Gruppe in jedem Land am Ar... ist – also Randgruppen gibt es überall ... Also hier darf man nicht Negerkuß sagen und dort darf man nicht Gnip sein ... – interessiert aber alles nur sekundär, wenn's hinten wo piekt.
Druks, sonst eigentlich eher schüchtern, drängelt sich jetzt doch durch den dunklen Gang, weil er in der Küche mehr Licht vermutet und so seine Verletzungen begutachten will.
Er kommt an Ria durch die Selbstverständlichkeit seines Schmerzes – oder durch das gefällige Schwingen seiner blonden Locken – sofort vorbei, zumal die übrigen Frauen jetzt ihre Kartoffeln aus der Hand legen und dem Leidenden hilfsbereit beispringen.
Ria und Zippa ist ihre Konkurrenzfehde dadurch völlig aus der Hand genommen und Arib kann sich gar nicht erklären, wieso seine Landsfrauen diesen Gnip drehen und wenden, bis er ihnen hier und da gezeigt hat, wo seine Hose Risse hat und daß an dem einen, so an der Seite, auf der fast hinteren Seite irgend etwas blutend heraussteht.
Eine der Frauen greift sich jetzt eine Schere und schneidet ...

… nach einer Viertelstunde hat Druks eine zerschnittene Hosenseite, aber fachmännisch entfernte drei Dornen!
Mit dem Verbinden der Wunde sind die Frauen aus Pieselwesien noch beschäftigt – jetzt lachend und scherzend, dem erleichterten Druks einen Schnaps aus dem Knipsel-Castle-Vorrat einflößend.
Diese Gesellschaft braucht keine Statisten. So aber stehen Ria, Zippa und Arib da, die das alles entweder peinlich, hinterhältig oder ungemütlich finden. Natürlich hat Ria gesehen, daß der verletzte Druks eine professionelle Kamera auf dem Küchentisch abgelegt hat, bevor man ihn verarztete und so weiß sie, was das bedeutet.
„Sie hätten sich hier nicht einschleichen müssen mit dem Aufwand ihrem Kameramann ein paar Dornen zur Ersten Hilfe einzupieken! – Die Anfrage eines Termins hätte gereicht, um Ihnen mitzuteilen, daß wir keine Interviews geben!" patzt Ria jetzt zu Zippa rüber.
„Wenn Sie etwas tun wollen für diese Menschen hier, werden Sie wohl doch mal mit der Presse reden müssen. Sie sind doch ‚Klartext'-Aktivistin – hat man Ihnen das in den Schulungen nicht beigebracht?" kontert Zippa zurück.
„Wir sind eine gemeinnützige Organisation – wir haben keinen Schulungskader wie der Presseverband!" erwidert Ria durchaus das Zickige durchblicken lassend.
„Jetzt geht's mir besser!" meldet sich Druks lächelnd und mit vom Gespräch angeregt roten Wangen am Küchentisch zurück, an dem die Frauen ihm eine einigermaßen schmerzfreie Sitzmöglichkeit drapiert haben.
„Da freue ich mich aber für Dich!" zischt Zippa.
Arib der Zippas verhaltenen Ton bemerkt, legt ihr seine Hand auf den Arm und lächelt: "Langweilig hier – ich zeig' dir Schloß!"
„Ja, laß mal sehen!" sagt Zippa und schiebt Arib durch die Küchentür in den Flur, um möglichst viele andere Zimmer zu sehen und viele Infos für einen Bericht zu

bekommen. Das alles möglichst noch bevor Ria aus der Küche in die andere Seite des Flurs entschwindet, nicht ohne zu stänkern: „Jetzt informier' ich erst mal Ihren Chefredakteur!" denn natürlich hat sie auf Druks Kamera das Kullereck-TV-Logo gesehen.
Zippa und Druks lassen sich aber vorerst dadurch nicht jeder auf seine Weise – bei ihren Recherchen stören!

In den regionalen TV-Abendnachrichten erscheint dann der erste Bericht über Zuwanderer auf Burg Hohenknipselstein.
Darin gibt es ein Interview mit Ria, die sich nun doch hat überreden lassen, die Situation der Flüchtlinge zu erklären. In Wahrheit paßte es ihr doch ganz gut in den Kram. Der kleine Lokalsender ist vielleicht nicht so ausgebufft wie die großen TV-Anstalten, die meinen, sie müßten – wegen so was wie ‚Ausgewogenheit' – dann auch immer irgendwelche bedenklichen Aspekte über Flüchtlinge berichten, etwa daß die nur Müll machen und den in die Gegend schmeißen oder in historischen Kleinoden ihrer ‚Gastgeber' – etwa in den Museumsbetten – wirklich schlafen ...
Deshalb machte Ria auch den unverfänglichen Vorschlag, das Interview in der Küche zu führen, nachdem sie mit Fitz dem Chefredakteur telefoniert hatte und sich zusichern ließ, daß alles ‚fair' berichtet würde, wenn man schon so hinterfot... versucht hatte über den Hintereingang herein zu kommen.
Kartoffelschälende Flüchtlingsfrauen: die haben sich ja quasi schon integriert ... – passen da natürlich gut!
Daß eine der Frauen neulich die Duschbrause, nebenan aus dem kleinen Bad, voll aufgedreht zum besseren Abspülen der Karotten in die Küche zerrte ... – ja gut, das passiert eben – das sind eben so etwas wie lokale Mißverständnisse ...
Aber auch wenn Zippa Druks nach der verarztenden ‚Attacke' der Küchenfrauen irgendwie nicht mehr zu neutraler Filmrecherche animieren konnte – immer filmte er die mit ihm !schäkernden Kartoffel-Mamsells –

so konnte sie doch einen kurzen Blick in den langen Museumsflur werfen und da sah es gelinde gesagt aus, wie ein Knipsler, ein Kullerstädter oder ein Vierecktaler sich's bei Hempels unterm Sofa vorstellt. Die historisch gestalteten Museumszimmer waren voll mit Verpackungsresten aus dem Supermarkt, den neuesten technischen Schnurpfeifereien von der Playstation bis zum Saftmixer ...

Zippa ist natürlich als aufgeklärtes Kind ihrer Zeit und vor allem als journalistisch arbeitender Profi über die bourgeoisen Einschätzungen von Ordnung erhaben, aber sie fragte sich doch, ob das Gefühl des Wohlfühlens vielleicht wegen der langen Odyssee dieser Menschen gelitten haben könnte oder ob die Hempels in Pieselwesien eben ganz anders geartet sind ... –

Und vor allem ging ihr durch den Kopf, ob man hier im Zusammenleben irgendeine Schnittmenge des Wohlfühlens für beide Seiten hinbekäme ... – also erst mal nur in den kleinen Dingen: wo man sich hinsetzt, wie man duscht, wie man ißt ...

Diesen Gedanken, den sie leider nicht mit Bildern aus Druks Kamera illustrieren konnte, brachte sie aber in ihrem Bericht trotzdem zur Sprache.

Keine Frage, daß Ria, die bis dahin noch dachte, sie habe die beiden Presse-Beagles ganz gut abgespeist – mit dem, was man als ‚Klartext'-Organisation zum Veröffentlichen freigibt – beim Anschauen des fertigen Berichts in den lokalen Abendnachrichten mehrmals „Fuck ..." zischte.

Schlaglichter – Schlagschatten

Man glaubt es gar nicht, wie viele Landsleute aus der Region sich durch die Regionalnachrichten zappen ...

Pettar Lascher bekommt noch während der Sendung einen Anruf von seinem Chef Tüpfelhund: „Wieso kommt die Presse-Fresse da in die Burg rein und wir nicht? Sie gehen da morgen gleich früh hin und nehmen nicht den Dorfgendarmen mit, sondern eine SEK-Einheit!"
‚Leck mich ...!' denkt sich Pettar. ‚Du hast auch keine Ahnung – *jetzt* müßte man mit dem SEK rein, daß man sie überraschen kann – denn die sitzen mit Sicherheit nun auch vor der Glotze und wären abgelenkt – wenn was menschlich und international ist, dann sind's Eitelkeiten!' Diplomatisch erwidert er aber: „Vielleicht sollten wir das morgen früh noch einmal besprechen ..."
„Aber ganz früh ... bei mir im Büro!" Damit hat Portus Tüpfelhund schon aufgelegt.
‚Blödmann!' rundet Pettar seinen Gedankengang ab.

„Wir haben wieder drei Absagen für heute – also leg' drei Matten weniger in den Übungsraum ... – Yubi, hörst Du mich? Schon wieder weniger Teilnehmer an unserem ‚Kobolz-Relax'! Wir müssen wirklich mehr Werbung machen für unsere Kurse, vielleicht doch einen Flyer auslegen: ‚Tiefenentspannung im Purzelbaum'! – Yubi, wo bist Du denn ...?"
„Scht ..., sei mal stille, bin hier vorm Fernseher ... komm mal her, schnell ..."
„Fernsehen macht blöd und schreddert Dir die Meditation weg, Mensch Yubi, Du bist auch noch nicht so ganz erleuchtet oder es dimmt Dir immer mal weg!"
„Hole ich gerade nach! Schau mal, Schrinti, das sind die Flüchtlinge, die sich in der Knipselburg verschanzt haben. Echt unentspannt kommen die teilweise rüber – die Reporter übrigens auch – sollten wir da nicht mal Präsenz zeigen und beiden Seiten unsere ‚Purzelbaum-Methode' für Streßabbau und universelle

Toleranz anbieten?! – Doch das sollten wir, sagt mir meine Spiritualität! – Gleich morgen stehen wir in unserer Berufung als Mentaltrainer vor den Burgtoren, glaub' mal, Schrinti: dann kommen wir auch ins TV!"
Die Entwickler der ‚Mentalen Purzelbaum-Entspannung', Yubi und Schrinti, beide mit entfernten indischen Wurzeln, haben vor geraumer Zeit in Kullerstadt ein ‚Keep-cool-Spa' eröffnet: „...für mehr kreative Präsenz und Aggressionsabbau'!
Dieses Mentalzentrum wird aber leider von den eher drögen Kullerstädtern und Vierecktalern noch nicht so frequentiert, daß die beiden Gründer sich über existentielle Erwägungen erheben könnten.
Aber vielleicht sind sie durch die Anregung aus der heutigen Kullereck-Abendschau auch dem finanziellen Erfolg ihrer Idee nun einen Purzelbaum näher gekommen ...

Auch in der ‚Schwarte' läuft natürlich als optische Dauerbeschallung – aber stets ohne Ton – der Fernseher hinter dem Tresen ...
„Mensch, mach mal lauter, Hobi!" verlangt Pater Burkard. „Da kommt tatsächlich mal was über die Besetzung von Knipsel Castle!"
„Es ist keine **Besetzung**, es ist eine Notunterkunft!" verbessert Beliesa Glausack ihren katholischen Amtsbruder.
Hobert Watsche, den ‚Schwarten'-Wirt, interessiert das natürlich auch und so dreht er den Fernseher lauter, so daß man nun auch den Bericht zu den Bildern hört.
„Ich glaube, ..." Beliesa zögert noch, um mehr vom Bericht zu hören.
„Das ist ja schon mal schön, daß Sie **glauben** ..." schmunzelt Pater Burkard „leider ist das Evangelische ja nie über den Glauben hinaus zur Gewißheit gekommen!"
Beliesa ist schon wieder mal sauer – bei den katholischen Pfaffen merkt man doch in allem: ‚Dich als Frau würde ich freiwillig nie an den Altar lassen –

ökumenischer Gottesdienst ist schon eine heikle Ausnahme!'
„Wollen wir hier nun konstruktiv daran arbeiten, Knipsel fürs Weltkulturerbe einzureichen oder nicht!" versucht die Pfarrerin sachlich auf den Zweck ihrer heutigen, dritten – aber bisher wenig erfolgreichen – Zusammenkunft für dieses heikle Projekt zurückzukommen.
Man hat sich nämlich schon seit einem halben Jahr überlegt – Pfarrerin, Pater, ‚Schwarten'-Wirt und einige andere aus Knipsel – ob man Hohenknipselstein nicht dadurch für die Region besser einsetzen und ausnützen könnte, daß man es für ganz wertvoll-marode erklärt! Dann könnte man sich mit dem alten Kasten beim Weltkulturerbe bewerben und so eine kostengünstige Sanierung abstauben ... –
Man hat sich informiert und befand: also da haben sich wirklich schon ganz andere beworben und sind gepusht worden! So gesehen sollte man Visionen haben und nicht gleich die Flinte ins Korn werfen – deshalb lieber den gebrannten Korn beim regelmäßigen ‚Schwarten'-Treff zum Mutmachen einwerfen. Wenn das nämlich gelänge, Knipsel Castle marketingmäßig besser einzubinden, brächte es der Region vielseitige Aufmerksamkeit, betuchtere Touristen und flottere Einnahmen – langfristig, öko-logo-nomisch und nachhaltig gesehen ... –
Das wär' doch mal was!
Klingt erste einmal närrisch, eben eine typische Idee ‚Marke Knipsel', aber vielleicht muß man es nur richtig einfädeln ... – Und die Besetzer sind in diesen Erwägungen eine ganz neue Variable!
„Ruinen allein machen es eben nicht!" überlegt Beliesa dann noch versonnen. „Ruinen haben sie alle, landauf, landab ..." dabei schaut sie weiter den TV-Bericht an „... aber Knipsel, Knipsel hat jetzt mehr als Ruinen ... Knipsel hat jetzt ‚seine Ruinen **belebt**', mehr noch: ‚Knipsel hat neuen Adel in maroden Ruinen'!" Beliesa kommt regelrecht ins Schwärmen bei diesem schönen Gedanken.

Die Frau Pfarrerin, denkt Pater Burkard, die würde selbst die Speisekarte in diesem schweren, schleppenden Ton verkünden, den die meisten evangelischen Pfarrer anschlagen, wenn sie mal wieder was Persönliches erzählen, anstatt die Bibel auszulegen.
„Ruinen sind übrigens immer marode ..." sagt er dann profan, das große Welterbe erst einmal beiseite lassend.
„Dieses penetrant Kleinkrämerische, das ist ja wohl das einzige, was das Katholische zum Weltkulturerbe beizutragen hat ..." beschwert sich Beliesa. „Ich überlege mir jedenfalls mal, wie ich damit einen Antrag hinbekomme, Knipsel – oder einen Knipselteil – ins Weltkulturerbe zu bekommen!"

Einen Knipselteil gezielt verwenden ...
... dazu kommt auch dem nicht mehr ganz so jungen Werbekünstler Pugibald Drall eine Idee, als er nun abends erschöpft vom Bearbeiten einer fast zwei Meter hohen Pappmachefigur vorm Fernseher sitzt: Muskelkater, verrenkte Arme, plattgestandene Füße ... – Kunst ist hartes Brot! – Und zum Einkaufen ist er auch nicht gekommen, nun kann er den blöden, hartbrösligen Brotkanten von vorvorgestern essen – alles alt, alles schon dagewesen ... das Brot, die Kunst ...
– stopp mal: der Bericht im Fernsehen ist neu ...!
Pugibald dremmelt den Lautstärkeregler etwas höher: Knipsel Castle haben Asylanten besetzt, sich bisher wohl verschanzt und nun weiß anscheinend niemand so recht, was die da machen oder *nicht* machen, warum sie sich nicht zeigen, ob das die sind, die schon in der Hauptstadt sich überall einquartierten, wo sie nicht erwünscht waren. Die haben wohl auch kein Geld ...
... Mist, das Brot ist wie Zwieback alles krümelt ... –
...aber die auf Knipsel Castle, die haben kein Geld **und** keine Idee, denn die komische Schickse von ‚Klartext', nah die kann man ja auch in der Pfeife rauchen, so wie die rüberkommt im TV, hat die ja überhaupt keinen Durchblick, was man machen

könnte, um mal mit allen eine richtige Performance hinzulegen ... –
... das Brot, nichts als Brösel, da kann nicht mal die Wurst drauf Pate stehen für den Zusammenhalt ... – Bröselpate ... –
Bröselpate!
Das wäre doch vielleicht mal eine Idee – Pugibald schaut auf von seinem krümeligen Abendbrotteller: Asylbewerber – Ruine – Kunst ... da geht doch was, etwas, das ohne platte Füße und Muskelkater was bringen könnte ...
Gleich morgen wird er seinen alten Kumpel Kurti Stumpel anrufen!
Kurti, recht erfolgreicher PR-Berater, der sich eine Einkaufhilfe leisten kann und sicher nicht altes Brot essen muß – aber eben allein ohne ihn, Pugibald, auch auf keine krassen Ideen kommt – den wird er morgen anrufen ... wegen der Brösel!

Dazu hat auch Dr. Brommel Dosendraus noch zusätzlich ein i-Tüpfelchen, was am Horizont von Knipsel Castle mit seiner neuen Besetzung dämmern könnte. Brommels letzte ‚Psychological Research' über die Korrelation der sommerlichen Streß-Resistenz von Ordnungsamtsmitarbeiterinnen im Außendienst zur erhöhten Pigmentmenge auf Coccinella septempunctata ... –
Aus dem Fachchinesisch herausgepellt, etwa: eine Studie, ob Knölchen-Tussis vom Ordnungsamt sich berufener fühlen mehr Tickets auszustellen, wenn's ein Sommer ist, in dem die Marienkäfer mehr Punkte als üblich haben ... – also diese doch mal auf den Punkt gebrachte Untersuchung hat die international renommierte Fachzeitung ‚Psych and Thrill' nicht veröffentlicht. No publishing is no Applaus, is no Penunse!
An die Knöllchen hat man sich gewöhnt, Mariechenkäfer haben nicht den Stellenwert der Miniermotten, die die Kastanie befallen – also muß eine andere, eine öffentlichere Spielwiese her: Zuzügler sind ein viel besserer Haken, um eine neue

Untersuchung aufzuhängen ... – aber vielleicht kann man einige Vorarbeit aus der einen Untersuchung für eine neue verwenden ...

Wir haben Glück: nicht alle sind Frühaufsteher!
So müssen am Morgen nach dem Abendbeitrag in Kullereck-TV nicht gleich Wartemarken vor Knipsel Castle ausgegeben werden. Alle, die was wollen kommen hübsch nach einander angekleckert.
Die Flüchtlinge, allen voran Arib, finden das prima, daß jetzt mal Leben in die Burg-Bude kommt!
Nur Ria ist wie üblich genervt! Man darf aber auch nicht vergessen: sie ist eben auch ihrem Teamleiter bei ‚Klartext-Asylanten' verantwortlich dafür, wie sie das Ding hier auf dem Felsen rockt. Dazu muß sie möglichst viel Aufmerksamkeit für die Botschaft von Flüchtlingen aktivieren können, unterstreichen, daß ‚Klartext' ein kompetenter Ansprechpartner ist, wenn es um Ausländerpolitik geht ... – und klar: die Flüchtlinge am Ende gut unterbringen!
Letztes läuft im Moment fast am besten – die Burg ist der perfekte Stützpunkt für Flüchtlinge **und** als ‚Klartext'-Kommandostand total geeignet – hier überrennt einen niemand so schnell weder pöbelnde Ansässige noch S-, M- oder irgendein anderes Räucher-uns-aus-EK ...
Aber ob dieser dämliche TV-Bericht wirklich so günstig war, wenn heute so ein furchtbarer Ansturm von allerlei Spinnern auf der Matte steht?!

Ria weiß gar nicht, wie recht sie hat.
Nachdem er die Nacht darüber geschlafen hat, kann Pettar Lascher seinem Chef Tüpfelhund nicht nur klar machen, daß man das SEK, MEK – oder was für eine Einheit sich überhaupt für Knipsel zuständig fühlen könnte – in der Garage lassen sollte, sondern ihm sogar einen viel besseren Vorschlag machen.
Diesen Vorschlag umzusetzen, würde erst einmal etwas Ruhe in die undurchsichtige Sache bringen und könnte einen unverfänglichen Kontakt von den

Flüchtlingen zu den Einheimischen und vor allem zu ihnen – letztlich den Verantwortlichen – herstellen.
Zweitens muß er seinen Chef aber auch auf eine anstehende Sache hinweisen, die gerade jetzt nicht ungünstiger kommen könnte … das muß Pettar aber noch genauer recherchieren, bevor er da den Tüpfelhund in der Pfanne verrückt macht, also hebt er sich diese Neuigkeit besser für ‚demnächst' auf.
Das wird sich aber noch als eine ungünstige Idee erweisen, die zu einem zusätzlichen Fallstrick werden wird …
„Also nach dem TV-Bericht von gestern Abend können wir nicht einfach räumen lassen – die Sache … also die Leute haben ja jetzt ‚ein Gesicht' und das kam sicher bei vielen Zuschauern nicht nur unangenehm an. Dieser lachende Pieselwesier und die drei Frauen, die hier heimische Erdfrüchte schälen, um sie essen zu können – das wirkt ja schon halb integriert …" Pettar zieht Augenbrauen und Schultern hilflos hoch „… also da ist das Kindchenschema nichts dagegen – das haben die geschickt inszeniert! – Deshalb ist mein Vorschlag: wir gehen auf sie zu …"
„Auf wen denn?" unterbricht ihn Tüpfelhund schon wieder halb bellend. „Auf wen gehen wir da zu: auf die Asys oder auf diese profilneurotische Wichtigtuer-Organisation ‚Klarvernebelt'?! – Was glauben Sie denn, Lascher, die braten sich doch jetzt ihre eigenen Störche und die Beine recht knusprig, um mehr Aufmerksamkeits- und Konto-Schmalz zu bekommen!" Portus Tüpfelhund läuft in immer engeren Kreisen in seinem Büro umher, als würde er gleich wie ein Echthund um sich selbst rotieren wollen, um den eigenen Schwanz zu schnappen.
„Das wissen Sie und ich und ein paar andere denken sich's vielleicht, aber das sollten wir mal jetzt nicht thematisieren, sonst wirft man uns vor, nach den falschen Aufhängern zu …" Pettar fällt nichts anderes ein „… als nach den falschen Aufhängern zu schnappen, anstatt uns um hilfebedürftige Menschen zu kümmern." Pettar Lascher hat keine Lust mehr mit

seinem Chef in ein Hin und Her, ein Für und Wider über die Sache einzutreten, bei dem er selbst am Ende immer als der von mental blauen Flecken getüpfelte Prellbock den Kürzeren zieht. „Wir sollten vielmehr Angebote machen, **nette** Angebote und dann werden wir ja sehen, wie die andere Seite darauf eingeht – das gibt uns viel bessere Gelegenheiten, für uns die beleidigte Leberwurst zu inszenieren, falls sich die Sache nicht doch noch von selbst in Wohlgefallen auflöst."

Tüpfelhund will schon wieder etwas sagen, aber Pettar zieht aus seiner mitgebrachten Aktenmappe einen Plan hervor und legt ihn ausgebreitet so gut es geht auf Tüpfelhunds ziemlich mit Krimskrams vollgetüpfelten Schreibtisch. Das bringt den Chef wenigstens zum Innehalten in seinem Herumtigern, denkt sich Pettar.

Lustlos stellt sich Portus Tüpfelhund vor den Plan und weiß auch gleich, was das ist: „Der Ständeplan für den Budenzauber zum Herbstfest in Knips!"

Wenn man in den beiden ‚ausgewachsenen' Städten Kullerstadt und Vierecktal besonders sauer auf das kleine Knipsel ist, weil es mal wieder Extrawürste brät oder sonstige Sperenzchen macht, sind die Oberen hinter verschlossenen Türen tatsächlich so gemein, in ihrer Rede ‚Knipsel' noch auf ‚Knips' zu verkürzen! – Sooo gemein!

Aber Portus Tüpfelhund hat recht, Pettar hat den Plan der Feststände zum diesjährigen Herbstfest in Knipsel auf den Tisch gelegt – der ist aber eigentlich nicht neu, weil er mit kleinsten Veränderungen jedes Jahr so aussieht.

„Da!" sagt Pettar plötzlich dramatisch und weist mit seinem Finger auf einen winzigen Punkt am Ende der Marktmeile hin.

Tüpfelhund reckt nur seinen Kopf vor, das ist noch nicht so interessant, als daß man sich mit dem gesamten Oberkörper ausrenken müßte – vielmehr schaut er gleich wieder fragend zu Pettar – was das soll.

„Wir laden die Pieselwesier ein, selbst einen Stand auf dem Herbstfest zu gestalten!" Pettar triumphiert lächelnd mit seiner Idee, weil er meint, das müßte sein Chef doch auch schnallen, was an dieser Idee so grandios ist.

Aber da sieht man's mal wieder: ein und dieselbe Landkarte, die für den einen einen Schatz bereithält, macht dem anderen – allein vom Anblick der Höhenunterschiede – schon Blasen an den Füßen ...

„Sind Sie jetzt ganz jeck?" kreischt Portus los und will gleich wieder in seinen zwangsneurotischen Käfigtrab verfallen.

„Chef ..." entfährt es Pettar schnell bevor ihm die Aufmerksamkeit des anderen wieder abhanden kommt „... lassen wir die ‚Klartext'-Tante doch mal machen und locken sie damit aus der Reserve. Herbstfest in Knips ist immer eine ruhige Sache, alle wollen's gemütlich haben! Die Knipser kaufen ihr Marmeladchen, trinken Weinchen und Bier! Die wollen da nicht über Asys diskutieren! Und ich sag's Ihnen: danach ist die Luft raus, danach kann ‚Klartext' sein Skript einpacken! Die werden's raffen, daß das hier nichts bringt mit Provokation und sich nur auf 'ner Burg verkriechen. Damit kriegt man auch keine Popularität – das werden die schnallen! – Aber wenn doch einer frech wird – bei dieser netten Offerte, wo wir ihnen noch einen Stand und lokale Verköstigung anbieten – dann ist genau das der Anlaß sie elegant und ohne Aufsehen rauszuschmeißen, dafür hat dann auch jeder Zeitungsleser und TV-Glotzer Verständnis!"

Tüpfelhund schaut seinen Stellvertreter so an, als nehme er ihn zum ersten Mal an diesem Tag wirklich wahr.

Und dann fragt er wie jemand – den man vor der Einführung sprachlicher Diskriminierungsfallen einfach ‚Hilfsschüler' genannt hätte: „Und Sie glauben das klappt ...?!"

Der gnadenlose, aber ungenannte Nachsatz, dieses hilflosen Vorsatzes – darüber ist sich Pettar klar –

lautet: '... falls das nämlich schief geht, dann war's **nicht meine**, sondern **Ihre** schranzige Idee!'
„Klappt mit Sicherheit!" sagt Pettar Lascher ganz mutig und fest, um dann doch noch – *umpf* – ein bißchen würgend schlucken zu müssen.

Schön ist es, wenn man wie ich, die lila Übersicht hat, denn im quasi anderen Lager, da braut sich auch etwas zusammen ...

Yubi und Schrinti sind mit der Bedarfs-Frage nach Purzelbaum-Entspannung bei Ria sofort an der Tür abgefertigt worden, indem die ‚Klartext'-Koordinatorin kurz Arib rief und bei seinem Erscheinen an der Tür ihm einfach befahl – bitten konnte man das sicher nicht nennen – : „Falt Dich mal als Schleife!" Da war es schon gelaufen oder gepurzelt, als Arib in kaum zwanzig Sekunden seine langen Arme und Beine so zusammengefaltet hatte, daß man hätte anatomisch erst sortieren müssen, wo welches Gelenk sich verzweigt.
„Purzelbäumen Sie sich allein – wir sind geschmeidig genug!" fauchte Ria und schon war die Tür vor Yubi und Schrinti zu.
Zweifellos sind die beiden angetan von der Verrenkekunst dieses unbekannten Pieselwesiers. Aber Yubi und Schrinti sind auch verletzt, so wie man ihre Purzelbaum-Therapie hat purzeln lassen, ohne überhaupt in den Dialog zu kommen miteinander! Vielleicht hätte man ja Purzeln und Verrenken mit einander verschränken können ... – Das begreift man eben auch nicht: wie Menschen, die von anderen Toleranz und Weltoffenheit verlangen, über anderer leuts gute Ideen so harsch drüberbügeln können!
Also Ria hat sich in diesen beiden keine Freunde gemacht.

Anders Pugibald Drall und Kurti Stumpel ...
„Wie heißt der?" fragt Pugibald Drall.
„Mörk!" lacht Arib und er spricht das Wort so aus, als würde ein Schaf sein ‚Mäh' brüllen.

„Und was macht der?" fragt nun Kurti noch mal nach.
„Macht **kaputt**!" lacht Arib aus vollem Hals.
„So kannst Du das nicht sagen, Arib!" verbessert ihn Ria, die als einzige in der Küche von Knipsel Castle an der Spüle gelehnt steht, alle anderen, die beiden Werbekünstler und Arib sitzen am Küchentisch.
Wie sind die beiden denn nun reingekommen, außer, daß sie gleich so schlau waren, an der Seitentür, dem Lieferanteneingang zu klopfen? – Vielleicht lag es daran, daß beide ihre ältesten, aber auch buntesten Hawaiihemden angezogen haben. Arib jedenfalls, der die Tür öffnete, war gleich begeistert. Die Frauen für den Küchendienst, die jetzt verbannt wurden im historischen Wohnzimmer – was mittlerweile auch schon einige Veränderungen erfahren hat – weiter den Fertigpizzateig mit noch extra Nudeln zu belegen, fanden die ‚Bunten-Hemden-Männer' auch gleich sympathisch. So hatte Ria mit ihrem Protest keine Chance gehabt! Aber nach einigem gekicherten Austausch der Frauen mit den Besuchern über Mode, hatte Ria mit einem deutlichen Zeigen auf ihre Armbanduhr und einen Hinweis zum Wohnzimmer die Pieselwesierinnen verbannt.
Arib blieb – auch schon angekichert – zurück.
Es stellte sich also heraus, daß die beiden Werbe**künstler** sind. Arib hörte nur ‚-künstler' und war gleich ganz begeistert, so trat man dann in einen Dialog über die Kunst hier und dort ein.
Ein Dialog, der nun eigentlich ein ‚Zeig's-mit-Händen-und-Füßen'-Austausch ist und Ria kann das nicht unterbinden, weil Pugibald und Kurti so voll und ohne Falsch dabei sind – authentisch – so wie es ja mittlerweile heißt ...
Momentan ist man also bei ‚Mörk'.
„Mörk ist kein Kaputtmacher!" sagt Ria in die Runde und das kommt schon irgendwie belehrend rüber – wobei sie selbst denkt: was für ein Sprache gewöhnst du dir eigentlich an? So formuliert sie es in besserem Deutsch: „Mörk ist der Pieselwesische Geist des Zerfallens – er macht aber nicht selbst was kaputt! – Also nicht, wenn es nicht unbedingt nötig ist ..."

„Ist das nicht genau das, was wir brauchen?" fragt Kurti zu Pugibald hinüber.
Ria ist gleich mißtrauisch, was brüten die beiden jetzt wieder ohne sie aus.
Arib aber lacht und donnert mit seiner Faust auf eine Erdnuß mit Schale, die noch aus dem letzten Supermarkt-Einkauf auf dem Küchentisch liegt, dabei grölt er: „Mörk!" – Damit ist die Erdnuß kaputtbeeindruckt!
Zusammen mit Pettar Laschers Idee, den hier nach Knipsel Hinzugeflüchteten einen Marktstand auf dem Herbstfest Ende nächster Woche anzubieten, gibt das wirklich eine überraschende Entwicklung.
Das ahnt nur noch niemand ...

Und wer bietet jetzt die Marktstand-Offerte den Pieselwesiern an?
Wer bringt den Okkupanten – für die es ein leichtes war, sich auf der verwaisten Burg einzunisten und jetzt das zu tun, für das sich die Knipsler ewig geniert haben: nämlich Hof zu halten – wer bringt also diesen frechen Fremden die frohe, wenn auch nicht hintergedankenfreie Botschaft, daß man sie zum Herbstfest einladen und ihnen einen eigenen Marktstand zur Gestaltung überlassen möchte? – Freiwillige vor!
Pettar Lascher ist ja schon einmal abgewiesen worden – der möchte das jetzt nicht mehr machen. Aber er weiß, wem er diesen blöden Job andrehen könnte ...
Und tatsächlich: Pfarrerin Beliesa Glausack, die so evangelisch wie sie ist, weder Prestigeverlust noch so etwas wie Stolz kennt, wagt den Weg zur Burg! Sie nimmt nun auch, wie es sich anscheinend schon herumgesprochen hat, den günstigeren Lieferanteneingang, um ihr Angebot – die Einladung – vorzutragen und auf gnädigen positiven Bescheid zu hoffen....
Am Ende ist es dann doch so etwas wie eine verzweifelte Bitte, die Neuankömmlinge mögen sich doch endlich einmal zeigen!

Überraschend bekommt sie nach kurzem Zögern von Ria eine Zusage, obwohl diese natürlich mißtrauisch ist gegen jeden, von dem man seit Jahrhunderten weiß, daß er einen Missionsauftrag hat …
Wohl darum wird Beliesa auch nicht hereingebeten – oder liegt's daran, daß sie heute keinen besseren Salat mitgebracht hat? –
Wie man's macht ist es falsch – aber so ist es eben! Das könnte ein simpler Einheimischer denken, der in seinen eigenen speziellen Gepflogenheiten aufgewachsen ist, die sich vielleicht von den pieselwesischen unterscheiden …
Beliesa würde sich am liebsten noch weiter ‚verbiegen' – auch wenn sie es selbst so nicht nennen würde …
Sie müßte sich einfach noch besser auf die anderen einstellen, rügt sie sich. Dieser furchtbare Patzer mit den Gürkchen im Salat – ob die Pieselwesier ihr dafür jemals die Absolution geben?!
So ist das, könnte man gehässigerweise einwenden: wer im eigenen Glauben keine Instanz und zu wenige Sakramente hat, die das klären und gegebenenfalls zurechtrücken könnten, was Verfehlung wirklich ist, der ist so verunsichert, daß er alles andere, für viel erhabener hält, nur weil es eben ein bißchen strikter auftritt …
Jedenfalls ist Pfarrerin Beliesa Glausack jetzt selig, daß die Fremden so gnädig sind und zum Herbstfest herabkommen und den Stand nutzen möchten, den man ihnen zur Verfügung stellen will.
Für die Einzelheiten hat ihr Ria eine Handynummer gegeben, über die jemand vom Festkomitee anrufen kann, um auch alles parat zu haben, was die Pieselwesier dafür noch brauchen könnten …
Freudig berichtet Beliesa ihren Erfolg telefonisch Pettar Lascher, der freilich alles etwas nüchterner sieht, sich dabei aber gegenüber der begeisterten Pfarrerin nichts anmerken läßt.
Das Herbstfest kann also kommen …

... es kommt aber noch etwas anderes – jemand anderes und die kommt ganz ungelegen ...
Pettar Lascher – wir erinnern uns – hatte da noch etwas, was er seinem Chef beibringen muß ...
So brütet Pettar in seinem Büro über seinem internen Terminkalender. Dort hat er alles drin, was die Gemeinden an Terminen wahrnehmen müssen. Und? Was steht da so Brisantes drin?
‚Gecancelte Gutmensch-Übergriffsaktion' steht da zum Beispiel: das war der offizielle Vorstellungstermin des Vierecktaler Senioren-Handarbeitenclubs, der Strick-Leibchen für Pinguine gestrickt hatte und nun präsentieren wollte!
Nun aber hat – Kommando zurück – eine Naturschutzorganisation eine Studie vorgelegt, daß die zuerst so gepriesenen Pinguin-Pullis den Tieren in Ölpestgebieten langfristig gesehen doch eher schaden als nützen.
Da hatten die Vierecktaler Strickerinnen aber schon dutzende Leibchen fertig, wollten diese bei einem offiziellen Nachmittagskaffee vorstellen und sich natürlich noch schnell belobigen lassen, bevor sie die Kollektion Gestricktes nach ‚Gefrierland' verschicken. Nun aber suchen sie zwischen Vierecktal und Kullerstadt den Wolperdinger, dem Pinguin-Pullis passen ...
Also das war mal ein Termin, der – Gott sei's gepriesen und gepfiffen – für die Offiziellen im Rathaus ausfiel.
Dagegen sind die Gremien für die Herbstfestvorbereitungen alle schon absolviert. Das hat Pettar gut arrangiert, jedem hier im Hause etwas zugeteilt und dann die Ergebnisausbeute gebündelt organisiert. Das sind eben auch die eigenen Termine!
Aber es gibt auch eine Termin-Rubrik, die bekommt Viereck-Kuller-Knipsel und er als ihr Koordinator von der Landesregierung zugeteilt und dabei ist ihm etwas fast durch die Lappen gegangen, was er hätte viel früher angehen müssen, um es gescheit zu organisieren und was sich dummerweise durch die aktuellen Entwicklungen verkomplizieren könnte ...

Es ist nämlich für kurz nach dem Herbstfest der Besuch von ‚Truldi' angesagt! Truldi heißt offiziell ‚Gertrulde von Ferhökerlande' und ist dort – in Ferhökerlande – seit Jahrzehnten die amtierende Königin!
Truldi will eigentlich nicht lange in der Region bleiben, das offizielle Programm spielt sich auf Landesebene ab, aber Truldi persönlich hat die Bitte geäußert, da sie hobbymäßig – soweit sie dafür sich als Königin Zeit freischaufeln kann – Möbel entwirft, einige seltene Exemplare, aus einer kurzen Zeitperiode nach dem Mittelalter, besichtigen zu dürfen. – Klar ist so eine demokratische Landesregierung jovial einer konstitutionellen Monarchin gefällig und man hat einen großzügigen Nachmittag dafür eingeplant.
Aber Schrott ... – wo steht der ganze Plunder? – Richtig: auf Knipsel Castle!
Und das hat Pettar Lascher seinem bärbeißigen Tüpfelhund-Chef bisher verabsäumt zu verklickern ...

Von Lorbas Zacke und seinem Logierbesuch, Marrá von Flausen-Tulpenscheitel haben wir über all diesen Wirrwarr schon lange nichts mehr gehört ...
Aber justament, wie sich das so trifft, zippt Marrá gerade ihr Handy aus. Man hatte bei Lorbas in der Küchensitzecke mit dem Blick in den Garten zu Mittag gegessen, als das Handy anfing zu schnurren und während Lorbas zwei Tassen Espresso vorbereitete, nahm Marrá den Anruf entgegen.
„Es war Ferhöker-Truldi!" so als handele es sich für beide um eine alte Bekannte, gibt Marrá Lorbas bescheid, der gerade mit den beiden Täßchen wieder zur Sitzecke kommt.
„Truldi-Wer?" fragt Lorbas irritiert und denkt: all die Flausen, die man mit Marrá erlebt, können einem ja einen Scheitel ziehen, in dem die Tulpen blühen. Daß Marrás Familie eigentlich die Eigentümer von Knipsel Castle sind – so weit waren wir ja beim Museumsbesuch gekommen – daran hatte sich Lorbas nun schon fast gewöhnt. Marrá hatte ihn dann natürlich auch eingeweiht, daß sie nach Knipsel

gekommen war, um sich den alten Kasten mal anzusehen und zu überlegen, ob es sich lohne, ihn irgendwie wieder ganz in Familienbesitz zu bringen. Durch allerlei Wirren – weniger wegen des Dreißigjährigen Krieges, vielmehr wegen der jüngeren Vergangenheit – waren die Eigentums- und Besitzverhältnisse ordentlich durchgeschüttelt worden, so daß es abzuwägen gilt, ob man sich für etwas einsetzen will, was einem vielleicht unter den Händen zerbröselt, wenn man es gerade erstritten hat. Andererseits ziehen sich Eigentümer und der ihm vom Schicksal zustehende Bestand immer wieder an und gedeihen oft wunderbar, sobald sie wieder zusammenfinden ... Zwar beurteilen Außenstehende das dann oft als ‚ungerecht' und ‚unsozial', wenn jemandem durch scheinbar glückliche Umstände ein Happen zuviel zuzufallen scheint, aber was will man da dann streiten ...

Daß nun gerade auch noch Truldi von Ferhökerlande anrief, scheint Marrá ein weiterer Fingerzeig, nicht einfach wieder mit dem Abendzug abzureisen, sondern die Entwicklung der Sache hier am Ort zu verfolgen – freilich ohne sich vorerst groß einzumischen.

„Ich glaube von Truldi hatten Sie mir bis jetzt noch nichts erzählt, liebe Marrá!" meldet sich Lorbas zurück, mitten in das Gedankenbrüten von Marrá hinein.

„Also Ferhöker-Truldi ist Gertrulde von Ferhökerlande!"

„Die Gertulde? Also **Königin** Gertrulde?" fragt Lorbas nun doch recht überrascht – und wie es für seine Generation noch typisch ist – mit etwas Respekt.

„Ja, genau," bestätigt Marrá „Königin Gertrulde von Ferhökerlande, einem der Nachbarländer dieser, Ihrer Republik, Herr Zacke, lieber Lorbas!" Marrá muß kurz lächeln und erläutert auch gleich warum. „Das ist für mich immer eine seltsame Sache, wenn ich in eine Republik komme, in der es ein gewähltes Staatsoberhaupt gibt, das zwar der höchste Mensch im Staate ist, das aber keine eigene Tradition, keine eigenen Wurzeln hat, die ihm die Gaben spenden, damit er seine Gemeinschaft weise hegen und pflegen kann.

Aufbauen kann dieses Staatsoberhaupt auch wenig, weil es nur vier, sechs, vielleicht acht Jahre im Amt ist, meist von der stärksten politischen Partei ins Amt lanciert wird, in dem es dann auch nur so Mittelmäßiges, Mittelprächtiges sagen darf. Die Menschen in solch einem Land, mit solchem Landesoberhaupt sind – wen wundert's – dann immer ganz fasziniert von den Königinnen oder Königen in anderen Ländern!

Auf gar keinen Fall und natürlich nicht einmal geschenkt würden sie die haben wollen, aber wissen wollen sie alles von denen: was Königs als Kleid und Anzug tragen, was bei Königs gespachtelt wird – und vor allem, wie man sich bei Königs auch ganz unköniglich kaiserlich vergnügt! – Was Ihr eigenes Staatsoberhaupt als Amtskleidung trägt, könnte ihnen nicht gleichgültiger sein und was es dann fürs neue Jahr erzählt, könnte sie nicht kälter lassen. – Alle Pracht ist an so einem Staatsoberhaupt verloren gegangen! Und deshalb bewirkt es auch nichts mehr. Vielleicht achtet man noch gerade streng und mufflig darauf, daß es sich nicht von den anscheinend falschen Leuten einladen läßt ..."

„Äh ..." Lorbas will loslegen, seine Republik zu verteidigen und überlegt auch, was er zum Lebensstil des derzeitigen Präsidenten sagen könnte ... – Wer ist das eigentlich gerade? Momentan wechseln sie auf diesem Posten so schnell das zunehmend blässer wirkende Personal aus ... – Also da fällt Lorbas so spontan gar nichts Auftrumpfendes ein ...

„Warten sie noch, Lorbas, bevor Sie loslegen und Ihre lasche Republik verteidigen wollen. – Die Königreiche Europas sind mehr oder weniger mit ganz kleinen Einschränkungen auch nur konstitutionelle Monarchien, das heißt die Macht, die Pracht und vor allem die Kraft eines wirklichen Königs sind uns bei weitem nicht mehr gegenwärtig. Trotzdem schaffen es sogar noch solche – seien wir mal ganz gemein –

Abklatschkönige und -königinnen, auch wie Truldi eine ist – daß viele Republikaner aufhorchen, wenn diese Majestäten bei Ihnen so ein Kaff wie Knipsel besuchen."
„Gertrulde von Ferhökerlande kommt nach Knipsel, tatsächlich?!" fragt Lorbas überrascht und wißbegierig-erfreut. Sogar Lorbas Zacke, der die Regenbogen*presse* – so spontan gefragt – vermutlich für einen ‚Himmels-Erscheinungs-*Schredder*' hält, dem ist Königin Gertrulde aus dem benachbarten Staat Ferhökerlande ein Begriff. Vielleicht auch deshalb, weil Gertrulde eben auch schon älter ist – in der Nähe seines eigenen Jahrgangs – und somit dort schon Königin war, solange Lorbas denken kann. Also Gertrulde steht jetzt nicht mehr in der Presse, weil ihr die Kleidchen hochfliegen oder sie einen neuen Liebhaber hat – sie ist nämlich seit Jahren katholisch verwitwet ... und Elefanten hatte sie wohl sowieso nie totgeschossen ...aber da geht's schon an, was man glaubt zu wissen ...
Marrá muß amüsiert lächeln: "Wozu erkläre ich langatmig, was Königliches bewirken kann, wenn Sie selbst schon den besten Beweis dafür geben, lieber Lorbas?!"
Lorbas beweist es nochmals, indem er auf den Einwand gar nicht eingeht und schon viel weiter dnekt: "Was will Königin Gertrulde von Ferhökerlanden denn hier?" fragt er neugierig, ganz ohne Scham, für diese Auskunft vielleicht eine vertrauliche Quelle in Verlegenheit zu bringen.
Aber Marrá weiß schon, wie viel sie erzählen kann, ohne indiskret zu sein. Sie nippt an ihrem Espresso:
„Truldi entwirft in ihrer Freizeit gern Möbel, wobei ihr es bestimmte Merkmale aus speziellen Zeitepochen besonders angetan haben. Die möchte sie am liebsten wieder aufleben lassen in etwas abgewandelter, moderner Art – denken Sie an die Merkmale der Fibeln, die wir neulich im Heimatkundemuseum gesehen haben, da gab es auch ganz typische Elemente für eine Zeitepoche. Und genau darum hat sie mich gefragt, ob man so

etwas auf Knipsel Castle findet, weil sie wußte, daß ich mich gerade damit beschäftige, was dort auf Knipsel Castle alles an Schätzen schlummern könnte – genau deshalb wollte ich mir auch das Turmzimmer in Ruhe ansehen – wozu ich nun durch die Wasseraktion nicht sehr ausführlich gekommen bin!"
„Und?" fragt Lorbas interessiert, während sein eigener Espresso unberührt kalt wird. „Findet man das auf Knipsel Castle, konnten Sie ihrer Freundin das bestätigen?"
„Hätte ich ja gern gemacht, lieber Lorbas, aber wenn Sie sich erinnern, ist der Zugang zu Ihrer Burg – ich nenne sie der Einfachheit halber mal so – ist also der Zugang zu Hohenknipselstein mittlerweile doch sehr beschränkt – nicht nur durch kleinlich ausgelegte Öffnungszeiten. – Ich meine: da können Sie mal sehen, was das für noch unsichtbare Kreise zieht, wenn Menschen sich irgendwo niederlassen, wo sie nicht hingehören!"
Marrá trinkt den letzten Schluck aus der kleinen Tasse. „Und sehen Sie, genau diesen letzten Satz, mit der eigenen Empfindung, daß diese Menschen nicht an diesen Ort gehören – nicht weil *ich* meine, an diesen Ort zu gehören, da bin ich mir ja noch gar nicht sicher – sondern aus dem Empfinden heraus: die, die etwas besetzen, sind da ganz am falschen Platz ... – Dies darf man öffentlich nicht sagen, wenn man nicht als fatal-radikal und gemein beschimpft werden will. Da unterscheidet sich Ihre Republik von den konstitutionellen Monarchien nur gering! – Kein Land scheint mehr einen wirklich gnadenvoll gesalbten König zu kennen – und schon gar nicht mehr das Vertrauen, das man in so jemanden hätte haben können. – Nicht umsonst – in beiderlei Hinsicht – steht diese Burg einerseits seit viel zu langer Zeit leer und weiß niemand etwas mit ihr anzufangen und kommen andererseits dann die falschen Leute dort an, die man so schnell nicht mehr von dort wegbekommt. Und was Truldi betrifft: die will in ein paar Tagen kommen – ist auch angemeldet – und will sich die Möbel dort anschauen. Nun fragt sie mich – Monarchen sind ja

meist sehr dezent und sie können immerhin das noch allein entscheiden – fragt mich also Truldi, ob sie ihren Ausflug nach Knipsel von sich aus annullieren soll – vielleicht aus Zeitgründen, das geht ja immer – um den Gastgebern in der Misere mit der Besetzung durch Asylanten keine Blöße aufzunötigen!"
„Das ist aber sehr ... rücksichtsvoll!" Lorbas ist wirklich beeindruckt.
„Ihr Präsident hätte das nicht so unter der Hand bei wem Befreundetem nachfragen können – schon deshalb nicht, weil er sich hat keinen Freundesstamm aufbauen können, dem er jetzt vertrauen könnte ..."
„Und ..." fragt Lorbas jetzt neugierig vor seinem absolut erkalteten Espresso „... was haben Sie Königin Gertrulde geraten? Soll sie es besser sein lassen Knipsel Castle zu besichtigen, weil die Verhältnisse bestimmt in den paar Tagen bis zu ihrem Besuch nicht zu klären sind?"
Marrá ordnet kurz ihre Tasse vor sich auf dem Tisch und greift, was sie selten tut, zu einem der Herbstplätzchen, die in der Schale zwischen ihr und Lorbas liegen, beißt es an, schaut auf die Füllung und sagt genüßlich: „Ich hab' ihr gesagt: betone noch einmal, wie wertvoll dir der Besuch auf Hohenknipselstein wäre. Dann wird man sehen, wie die Dinge sich fügen!"
„Das ist aber nicht so schön ..." stammelt Lorbas befremdet von Marrás Stringenz.
„Wenn die Dinge verwirrt und verschludert sind, ist es mitunter am besten einen Blitz hineinzuwerfen und dann rappelt sich doch noch der Phönix aus der Asche – so erkennt man auch, was da Phönix ist und was verascht! Die Sache entwirrt sich und man kann alles zur rechten Zeit und am rechten Orte fördern – ohne persönlich, also ohne subjektiv werden zu müssen."
„Wie soll das denn gehen?" Lorbas ist enttäuscht.
„Da haben echte Könige eben mehr Erfahrung als bemühte Republiken!" antwortet das flausige Erbe in Marrá von Flausen-Tilpenscheitel.

Das Herbstfest wirft seine Blätter voraus

Wie geht man nun an die Organisation eines solchen Herbstfestes heran?
In Knipsel einfach mit Gelassenheit!
Das ist für Knipsel und die Knipsler eben so angenehm: sie müssen sich in ihrem Ehrgeiz nicht herausputzen wie Vierecktal es immer tut und brauchen sich nicht zu profilieren wie Kullerstadt! Von diesen beiden Vorzeigestädten erwarten eben anspruchsvolle einheimische, niedergelassene Pensionäre und sensationsgewohnte Touristen immer noch mehr an Sensation als im Vorjahr aufgefahren war!
Knipsel und seine Knipsler brauchen sich da nicht unter Druck zu setzen. Knipsel liegt zwischen den beiden Städten, saß somit schon immer zwischen den Stühlen und hat es sich dort bequem gemacht!
Bauer Harfes Hof, Gundi Grundlos' Tante Emmaladen, Hobert Watsche aus seiner ‚Schwarte', der Weingarten ‚Knipsler Hicks' von Franz Stullensegen, ja sogar Igor-Indi-Italo haben jeder einen Stand und bieten dort jeweils ihre Spezialitäten an. Die Stände sind rund um Sankt Witzel aufgebaut – man erinnere sich: das ist neben Hohenknipselstein das einzig Herausragende an Knipsel, nämlich seine katholische Kirche.
An diesem Stände-Paradies kann man sich rundherum durchkosten mit Most, Wein, Bier, herzhaften regionalen Köstlichkeiten, selbstgebackenem Kuchen und Keksen. Falls man wem was mitbringen will, kann man Abgepacktes auch erwerben. Zwischendrin eingestreut sind diverse Stände mit ehrenamtlich gebastelter Kunst: gemalte Postkarten des Kinderclubs, allerdings der aus Kullerstadt – Knipsel ist ja eher überaltert – selbstgezogene Kerzen der Damen des ökumenischen Kirchenvereins. Zu diesem Fest gibt es erstmalig aber auch einen Stand mit Hundejäckchen … – man ahnt es: alle Kuller-Knipsler-Viereck23ler Hunde müssen nun leicht umgearbeitet das Gestrickte

auftragen, was den Pinguinnormen nicht standgehalten hat ... – Pragmatisches Knipsel!
Der ganze herbstliche Bummeldummel wird durch einzelne Rummelstände ergänzt und vervollständigt: fröhliches Schaffen gibt es zum Beispiel beim Dosenpyramiden platt werfen. Das Magnetfischen-Angeln gemahnt spielerisch an die schadstoffverseuchten Meere, die Einnahmen werden einer entsprechenden Organisation gestiftet. Für die ganz Kleinen steht ein Minikarussell gleich am Eingang zur Festmeile.
Und, haben wir da nicht etwas vergessen ...?! –
Nö, ham wir eh immer so gemacht!
Dieses Jahr haben wir aber so etwas wie ... äh, Gäste, Zugereiste, angekommene und gebliebene Besetzer, bisher sich abschottende Burgbehauser ... - und die sollen jetzt mit einem Stand auf dem Herbstfest ihr Debüt in Knipsel geben!
Nun weiß aber keiner noch nicht, *wie* man denen erklären soll, wie Herbstfest in Knipsel immer abläuft, *wo* sie ihren Stand haben ... – Es steht eben auch noch nicht fest: bekommen die einen Stand vorsichtshalber unter ferner liefen ganz hinter der Kirche versteckt? Oder eine Art Ehrenstand, wo jedermann vorbeigehen muß? *Wann* wäre der günstigste Zeitpunkt, um sich zum Einrichten des Standes am Festtag einzufinden? Und gibt es vielleicht etwas im Ablauf, was auch für Gaststände zu beachten wäre, wenn sie sich vorstellen und präsentieren möchten?
Ja also, äh ... *was* möchten die denn eigentlich präsentieren?! – So geflüchtet, wie sie angeblich sind, da hat man doch nicht noch Ware fürs Knipsler Herbstfest bei ... – oder?!
Gedanken über Gedanken, die man sich machen müßte, falls man einen Roman schriebe – aber wir sind ja mitten drin im Leben und da macht sich einfach mal gar keiner Gedanken, weil jeder denkt: ‚Soll doch der andere sich den Kopf zerbrechen und der Rest wird sich schon finden!'

Immerhin hat ja Pfarrerin Beliesa Glausack bei ihrem letzten Besuch die Handynummer des Festkomitees auf Knipsel Castle hinterlassen.

Das, stellt sich nun aber heraus, ist eine recht einseitige Sache, denn das Festkomitee, zu dem ja auch Beliesa gehört, kann von sich aus nicht mal spontan anfragen, wie die ‚Besucher' sich das mit ihrem Stand vorstellen. – Ob sie sich da überhaupt etwas vorstellen, ob sie das mit der Einladung, sich zu präsentieren überhaupt mitbekommen haben, ob Zeit und Ort ihnen klar sind ... – also da wäre doch noch irgendwie Absprache-Bedarf!

Absprache ...

... gibt es dafür an einer ganz anderen Stelle, nämlich am Trafokasten vor dem Bahnhof.

„Spätnachmittach und schon voll unjemütlich – wird Herbst ..." konstatiert Biker-Schorsch zu seinen Kumpels Bresch und Rabautze, die ebenso wie er ihre Bierpulle auf dem Trafokasten festhalten müssen – so windig ist es heute.

„Herbst is heuer früh: erste Winde, och sofort mit kühlet Wetter ... – jet dit los mit Niesel?" Bresch der dürre Zausel hält seine knochige Hand ausgestreckt vor sich hin, als bitte er um Regentropfen – was ihm der Himmel prompt gewährt. „Mann, ick stell ma unters Dach!" damit huscht er, seine Bierflasche unter der Windjacke bergend, in den kleinen Unterstand, seitlich vom Bahnhofseingang. Schorsch und der heute seltsam ruhige Rabautze folgen ihm im leichten Laufschritt, denn schon pladdert es Tropfen wie dicke Strippenreste herab, cats and dogs wie in England kann man noch nicht erkennen – aber kommen vielleicht noch ...

„Ja, Scheiß ay ..." ist das erste, was Rabautze unter dem Dachvorsprung von sich gibt. „Scheiß Regen, kack Nässe, bepißter Bierpreis, ... – alles vorn Arsch!"

„Na, Du bist ja wieder demontiert Alter ..., demoliert ... oder wie sagen das die Seelensäusler?!" lacht Zausel. Seinen Kumpel Rabautze kennt er sowieso eher derbe, aber heute scheint der doch noch 'ne Nummer schlechter drauf zu sein.

„Demotiviert, wenn Du's wissen willst bin ick. Die Seelensäusler meinen ja immer da häste Null Bock uf nischt – aber so is it bei mir denn doch nich. – ‚Woll'n Se Ihre Lage nicht doch noch verbessern, Herr Bautze?' so hat mir ma der eine im Entzug jefracht. – Damals wollte ick nich – jetzte schon!"
„Wat echt, Rabautze? – Wat willst'n anders machen? – Pulle Bier weglassen – aber lieba 'n Körnchen mehr dazu?!" Schorsch muß über seinen Witz gleich selbst am meisten lachen, aber auch aus Bresch bricht feixendes Gekicher heraus.
Nur Rabautze findet nichts Lustiges daran.
„Euer blöder Kopf reicht mit Denken nich ma bis zur Dachrinne, geschweige denn da hoch ..." Rabautze reckt das Kinn trotzig vor in Richtung Hohenknipselstein, dessen Ausläufer – wir erinnern uns – in der Nähe des Bahnhofs anfängt.
„Dit war jetzte och nich jenauer als bis zu dit Ende von 'ne Dachrinne. Sach doch wate willst – bist doch ma ener jewesen der dit Wort führn konnte!" neckt Schorsch seinen Freund.
„Mit'n Spaten ins Jehirn schaufeln, wa? – Sonst dämmert euch noch nich ma 'n Chinaböller!" Rabautze nimmt das heute alles sehr ernst. „Dit da will ick ändern, da will ick wat tun!" Nun hebt Rabautze doch seine bierbepullte Hand und zeigt ganz nach oben, hoch zu Knipsel Castle.
Biker-Schorsch und vor allem Bresch, der dürre Zausel, sind irritiert – ein nächster Schluck aus ihren Flaschen klärt's auch nicht, was der Kumpel denn nun meint, ansprechen wollen sie ihn aber auch nicht, weil Rabautze schon so unwirsch ist.
Die beiden haben aber Glück, Rabautze läßt sich freiwillig dazu herab, ihnen zu erklären, was er meint tun zu müssen, damit er seine Lage ändern kann – und vielleicht die ihre auch ...

Man glaubt's nicht: Ria ist tatsächlich begeistert – also so weit wie sie begeistert sein kann. Ein Lächeln – aber eher die Marke ‚Triumph' als ‚Frohsinn' – liegt auf ihrem Gesicht, als sie in der Küche von Knipsel

Castle den voll belegten Küchentisch betrachtet. „Geil, Leute, absolut perfekt!" lobt sie Arib, einige der Frauen, die sonst Kartoffeln schälen und Pugibald Drall, samt Partner Kurti Stumpel, die heute zu Besuch sind.
„'Geil' ist out! ‚Krasser Burner' heißt das jetzt, sagt Pugi!" grölt Arib voll kindlicher Freude über den ganzen Tisch.
Ria wird wieder ernst. Sie hat zwar zugelassen, daß die beiden Werbefuzzis hier zum Zweck der Abwechslung mitmischen durften, aber das sind deshalb noch keine ‚nice friends'! Pieselwesier – und Arib im besonderen – drücken, ja jeden gleich an die Brust ...– zugegeben: mitunter ist das wirklich geil – aber das gehört schon gar nicht hierher ...
„Wir müssen das jetzt in Kartons tun, damit wir das übermorgen zum Herbstfest mitnehmen können und damit alle erst in letzter Minute sehen, was es ist! – Haben wir Kartons?" dabei wendet sie sich vor allem an die Frauen, von denen sie weiß – kulturübergreifend – die sind umsichtig und finden hier im Haus etwas, was als Transportkarton passen wird. Zur Sicherheit malt sie einen imaginären Behälter in die Luft, in den sie pantomimisch die Gegenstände vom Küchentisch hineinlegt.
Clip, eine der Frauen, die vernünftigste von allen, wie Ria findet, begreift wohl am schnellsten, was es sein soll. „Ich Schau mal gucken ..." sagt sie und steht auch gleich auf um nach hinten in die Ausstellungsräume zu gehen – da wird sich sicher etwas zum Transportieren finden.
„Sie verstehen jetzt, warum Bemalen so wichtig war!" gibt Kurti noch einmal zu denken – vor allem auch, um die verantwortungsvolle Werbekünstler-Rolle von sich und Pugibald zu betonen. Beiden ist schon klar, daß sie hier nicht cash bezahlt werden – obwohl ‚Klartext-Asylanten' schon im Ruf steht, als offizielle Organisation für Flüchtlinge einiges auf der hohen Kante zu haben. Aber gut, das ist eben Künstlerart: man geht in Vorleistung und wenn eine Performance okay gelaufen ist, dann hat man erstens Publicity und

kann zweitens bei den nächsten Sessions doch mal was in Rechnung stellen – schon weil man nicht mehr jeden Nachmittag Zeit hat, mit Malfarben und Pinsel anzurücken ... – wie hier jetzt!
„Schon gut," wiegelt Ria etwas ab „das war mir auch vorher klar, daß man das sicherer und rechtlich abgesicherter anbieten kann, wenn's einen künstlerischen Touch hat – keine Frage – das kleine ABC im Urheberrecht!"
Sie hält kurz irritiert inne, weil aus den hinteren Räumen das leise Kreischen der Elektrosäge herüberhallt. Diese Maschine hat Ria heute vom Einkaufszentrum mitbebracht, weil den Männern die hier vorhandenen Betten in der Länge zu kurz sind – wogegen man so auf die Schnelle zwar nichts machen kann, wohl aber kann man die Höhe der Betten abändern, die ist den Pieselwesiern mit den etwa vierzig Zentimetern über dem Boden nämlich zu hoch! – Pieselwesier sind ja von Hause aus gewöhnt auf dem Boden zu schlafen – und das wird jetzt von einigen der Männer gerade an den historischen Betten zugerichtet.
Also zurück zum Urheberrecht: Ria weiß, daß es ganz so nicht ist, wie Drall und Stumpel es gern hinstellen wollen, nur um ihre eigene Wichtigkeit für dieses Projekt hervorzuheben. Also besser gleich einen Riegel vorschieben, nicht daß die beiden Alt-Art-Aufmotzer noch an ‚Klartext' eine Rechnung schicken! Dann bekäme sie, Ria, aber Probleme mit ihrem Teamleiter: was sie denn hier gerade vermurkse, wo sie schon zugelassen habe, daß man die Flüchtlinge wegen erlahmendem Interesse aus der Hauptstadt expediert und sie hier jwd in Knipsel was aufziehen müssen, damit's ein bißchen gute Presse bringt ...
Weitere Diskussionen bleiben allen erspart, denn die Säge ist verstummt, statt dessen steht Clip wieder in der Küchentür, sie hat tatsächlich so etwas wie drei Kartons aufgetrieben.
„Schau, guck!" jubelt sie, während sie die Behälter in die Küche bugsiert.

„Ja, klasse!" sagt Ria sachlich bemüht, empathisch in den Jubel mit einzustimmen ... –
‚Spiegeln' hat man ja gelernt, aber der letzte Auffrischungskurs NLP ist auch schon einige Zeit her.
„Packt jede Klamotte einzeln in Zeitungspapier und dann in die Kartons!"
„Also Seidenpapier oder Geschenkpapier wäre angemessener, wirkt edler!" meldet sich Pugibald, der seine mitgesponserte Kunst ins Profane abgleiten sieht.
„Haben wir aber hier nicht – und dieses Kaff da unten hat ja nicht mal einen Supermarkt – also muß es auch trashig gehen!" beschert Ria den beiden nun etwas schmollenden Werbekünstlern.
Also machen sich Arib und die Frauen daran, die Kunstteile auf dem Küchentisch einzeln in einen Stapel hinten gefundener Wochenzeitungen einzuwickeln und sie bekommen tatsächlich alle drei von Clip angeschleppten Kartons voll.
„Wir sind fürs Herbstfest bei den Knipslern gerüstet, drei große ‚Klartext' Spruchbänder habe ich noch, die können wir quer über den Stand spannen, mal sehen, wo die uns aufstellen wollen – wenn das im hintersten Winkel ist, werde ich gleich protestieren. Dann brauchen wir noch ein kleines Plakat, daß besagt, das die Verkaufseinnahmen den Flüchtlingen von ‚Klartext' zugute kommen – ein selbstloser Zweck! Ich habe ja die Handynummer von der Pfaffin, da werde ich mich noch melden, daß die wissen: wir kreuzen auf!" Ria ist erleichtert – alles scheint auf der Reihe, dann fällt ihr doch noch etwas auf. „Sag mal, Clip, wo hast Du die Kartons denn aufgetrieben? Die sehen ja aus wie die Auflagen der drei antiken Nähkästchen, die im Ausstellungswohnzimmer stehen?!"
„Ja, aus Wohnezimmer, gut okay, nich!" antwortet Clip begeistert.
„Waren da nicht Holzbeine dran?" Ria versucht sich zu erinnern.
„Abgekürzt!" jubelt Clip, was im Nachhinein das Gekreisch der Säge erklärt – oder war es der Aufschrei der antiken Nähkästchenbeine?!

‚Urheberrecht' geht Ria doch noch durch den Sinn – also die alten abgestellten Betten aus den Nebenräumen der Ausstellung sägend ‚umzugestalten' geht vielleicht noch, aber die Nähkästchen könnten Wert haben – zumindest für Kenner – und das könnte Ärger geben ...
„Ay, Ihr müßt aber nicht an allem rumsägen!" entfährt es Ria etwas grob.
„Du hast gesagt!" rechtfertigt sich Clip und wirft – unwirsch nun gescholten zu werden – gleich einen der Gegenstände vom Küchentisch polternd auf den Boden.
„Keep cool!" versucht Ria Spannung aus der Sache zu nehmen.
Aber Clip ist doch gleich beleidigt, warum ihre gute Idee nun plötzlich schlecht sein soll.
„Ziegen-Bitch, Du blöde!" schreit sie zu Ria und rennt zum Erstaunen selbst ihrer Landsleute aus der Küche.
Ria erinnert sich, daß sie gerade noch heute früh Clip erklärt hat, daß eine Ziege ein ziemlich störrisches Tier ist – na, Erklärung angekommen!
Nun will Ria wieder gut Wetter machen bei den verbliebenen Mitmachern: „Unsere Nerven liegen alle ein bißchen blank ..."
„Ja, für **Dich** Betten lang genug und nicht zu hoch ... – immer **Du** die Ziege!" empört sich plötzlich von null auf hundert auch Arib und rennt aus der Küche hinaus hinter Clip her.
Ria ist nun wirklich perplex und verfällt dadurch in ein für sie furchtbar bürgerliches Konzept, sie entschuldigt sich wie ein kleines Mädchen bei den verachteten Werbefuzzis: „Tut mir leid, das geht hier nicht immer so zu ..."
„Macht nichts," Kurti will etwas Nettes sagen „wir haben ja alle mal unsere Tage ..." – Pugi schaut ihn erstaunt an: das wußte er wohl auch noch nicht von seinem Freund.

Wir haben da noch einen Termin

„Das haben Sie ja wieder mal vermasselt!" bellt Tüpfelhund los.
Pettar Lascher ist klar, was jetzt kommt und daß er es vermasselt hat durch ständiges Aufschieben – nun ist das Vermasselte auch noch aus dem Ruder gelaufen.
Portus Tüpfelhund steht im Türrahmen zu Pettars eher mickrigem Büro, wo die Türe immer offen sein soll – bürgernah ist leider auch bossnah ...
„Ich wollt's Ihnen die ganze Zeit sagen, bin aber einfach nicht dazu gekommen – ist aber keine so große Sache, da haben wir schon anderes geruckelt gekriegt ..." Pettar kommt gar nicht weiter, seine Verteidigungsstrategie ist extrem ungünstig angesetzt, das ist ihm klar.
„Sie wissen also sogar, worum es sich handelt ... und halten es obendrein noch für eine Kleinigkeit! – Na, Zucker!" Tüpfelhund schnappt und bellt und bekommt sich gar nicht mehr ein. „Auf solche Leute wie Sie kann ich mich verlassen, dann ende ich zwischen allen Stühlen, zwischen Kullerstadt und Vierecktal – ich ende in Knipsel!"
Ja, da sieht man's mal wieder, was man in der Region für den tiefsten Absturz hält – armes Knipsel, das hat es nun doch nicht verdient!
„Wir planen hier und tun und machen, überlegen hin und her und sie übersehen es – Mann, wo haben Sie Ihre Gedanken?!"
„Also das Protokoll ist ganz klein, nur ein paar Stationen, einmal um die Kirche quasi und gut is!" Pettar meint immer noch Herunterspielen sei der Joker der Stunde.
„Einmal um die Kirche ...?! Na, sie sind mir gut – da ist kein Platz und Sie haben da auch nichts für alle Fälle ... – es ist wichtig, daß wir einen Stand auf dem Herbstfest haben, der die beiden Städte Kullerstadt und Vierecktal präsentiert – es könnte ja doch mal jemand aus der Landesebene sich nach Knipsel verirren, ist Ihnen das nicht klar?!"

Doch, jetzt schon, geht Pettar Lascher ein Seifensieder auf: er wird gerade für ein ganz anderes als sein vermutetes Problem gerügt – Tüpfelhunds Thema ist der Herbstfeststand für die Honoratioren, den er, Pettar, zugegebenermaßen auch vergessen hat einzuplanen – an *profilierter* Stelle einzuplanen. *Darüber* regt sich der Tüpfel auf ... –
Den verpeilten Besuchstermin von Truldi hat sein Chef noch gar nicht auf dem Schirm ... Da ist aber guter und schneller Rat teuer!
Pettar entschließt sich zu etwas ganz Verwegenem ...
„Doch, doch, mir ist schon klar, daß da ein Stand für die hervorragenden Persönlichkeiten aufgebaut werden sollte, die sich vielleicht an diesem Tag von der Landesebene auf die Knipsel-Ebene herunterbeamen ..." sagt er betont selbstsicher als hätte er einen Köcher voll guter Ideen in seinem Schreibtisch. Dabei erhebt er sich erst einmal aus seinem Bürostuhl – Augenhöhe mit dem Aggressor – und geht um den Schreibtisch herum ... wohin, verdammt, hat er neulich diesen einen dämlichen Prospekt verschmissen?
Doch! – Da, auf dem Aktenbeistelltischchen, da lugt er hervor, dann kann es weitergehen in der Erläuterung zum phantastischen Höhepunkt ..."Deshalb habe ich mir dieses Mal etwas ganz besonderes ausgedacht ..." Spannung aufbauen und tatsächlich wird der Tüpfel unsicher, schweigt zumindest ... „schauen Sie hier – ist da genial!"
Damit zieht Pettar den Prospekt einer Cateringfirma hervor, den er vor Wochen zugeschickt bekommen hat. Die Firma bietet für einen Ausprobierpreis ein kleines Zeltdach inklusive Häppchenbewirtung da an: ‚VIP-Partylöwen-Portal mit Gabelhäppchen und Fingerfood'.
Gott sei Dank ist der Prospekt nett gemacht ... also so was, wo man vermuten kann, die Sorte von Tüpfelhunds Schlag springt auf so was an.
Tatsächlich nimmt Portus Tüpfelhund den Prospekt auch in die Hand. Sein Chef, so weiß Pettar Lascher, ist immer für etwas Exklusives zu haben, um die

Leute, die er beeindrucken möchte bei der Stange zu halten.
„Aha," sagt Tüpfelhund nun auch, noch etwas skeptisch, aber gefallen tut ihm die Vorstellung von Häppchen unter dem Zeltdach sofort.
„Ist das der Preis?" er zeigt auf das Kleingedruckte in der Prospektecke.
„Bei kurzfristiger Buchung zu zwei Terminen nur die Hälfte davon!" triumphiert Pettar jetzt stolz. „Dann habe ich Ihr Einverständnis und buche das gleich morgen! Es steht dann pünktlich auf dem Vorplatz der Kirche, ganz zentral – nicht in der üblichen Ständemeile – damit die VIPs auch den guten Überblick haben!" Pettar will die Sache gleich ad acta legen, weiß aber, daß da noch etwas kommen muß, denn ganz von gestern ist sein Chef auch nicht ...
„Aber wir haben keinen **zweiten** Anlaß, damit wir den Supersparpreis bekommen können!" sagt Portus Tüpfelhund ganz enttäuscht.
„Klar doch," sagt Pettar ganz oben hin, wie selbstverständlich „eine Woche später nutzen wir das **zweite** Angebot." Damit zieht er seinem Chef sanft den Prospekt aus der Hand und tut so, als wäre für ihn die Sache erledigt, weil er davon ausgehen kann, der Chef wisse natürlich, um was es sich beim **zweiten** Anlaß handelt.
Weiß der aber nicht – Pettars großer Trumpf!
Wie nebenbei sagt er: „Der Besuch von Gertrulde von Ferhökerlande, die freut sich sicher auch über ein paar Häppchen, wenn sie nach Knipsel kommt!"
Dieser Happen läßt den Tüpfelhund würgen!
Man merkt förmlich: er würgt ihn vor und zurück ...!
Auf Landesebene stand das natürlich schon lange fest, auch Portus Tüpfelhund wußte das! Es war aber bei ihm irgendwie verblaßt – nein, eher nie richtig bunt gewesen, denn so eine alternde Königin ..., aus einem eher unwichtigen Nachbarland ..., für eine Stunde nach Knipsel Castle, um paar Möbel anzugaffen ... – alles kalter Kaffee, nichts politisch wirklich Relevantes ..., nichts, womit man sich gemeinderatsmäßig profilieren könnte ...

Aber natürlich will sich Portus vor seinem Referenten jetzt keine Blöße geben, selbst etwas vergessen zu haben.
„Naja, ganz blöd ist das nicht gedacht! Machen Sie mal!" knurrt er deshalb.
Pettar weiß: Nicht gescholten ist genug gelobt! Und so eilt er schnell – „Muß dann mal ..." – mit ein paar Akten aus seinem Büro hinaus, bevor seinem Chef noch etwas dazu einfällt.
Tüpfelhunds Gedanken gründeln irgendwie alarmiert der letzten Sequenz hinterher, als wäre da noch etwas gewesen, was bedenkenswert sein könnte: ‚... für eine Stunde nach Knipsel Castle ...' – Verdammich!
„Lascher! Lascher! – Wo sind Sie denn jetzt hin ..."
Portus hastet die paar Schritte in den Flur, lugt nach rechts, nach links, wohin sich denn sein Lascher entfernt habe ... – nichts zu sehen!
„Mensch, Lascher, Knipsel Castle ist doch besetzt – da können wir doch gar nicht hin mit der Thron-Tante?! Was machen wir denn da – da nutzt uns doch auch kein Häppchen-Zelt! – Lascher, wo sind Sie denn hin ...?!"

Ruhiges Zwischenspiel bei Gartenarbeit

„Zum dritten Mal fege ich jetzt diese Ecke, immer liegen hier neue Blätter!" Lorbas ist für seine sanften Verhältnisse recht wütend.
„Es ist eben Herbst, da fallen die Blätter von den Bäumen und selten so im ganzen Rumpsch, sondern hier mal paar, da mal welche und die wehen sich möglicherweise mit dem Wind noch dorthin, wo's schon schön gefegt ist: mal als Blatt *ganz allein* auf dem Beet liegen ... – wann kommt man dazu schon – außer im Herbst?! – Das kennen wir ja auch, wenn wir ans Meer fahren und uns nicht in die Liegestuhl-Herde der anderen mit hineinlegen wollen!" Marrá von Flausen-Tulpenscheitel entwickelt herbstliche Flausen, während sie in Lorbas' Garten noch einige

Tulpenzwiebeln einpflanzt, für die nächste Frühlingspracht.
Lorbas, bis jetzt verbissen mit dem Fächerrechen Laubhäufchen zusammenfegend, hält inne ob dieser Flausen. „Na, hören Sie mal, das ist ja ein verwehter Vergleich – Blätter denken nicht und kalkulieren deshalb auch nicht ..., obwohl ..." jetzt ist es Lorbas, der ins tiefere Grübeln kommt. „Manchmal denke ich auch, das Laub macht sich einen Spaß daraus, drüben bei meinem Nachbarn zu wachsen, hübsch grün auszusehen den Sommer über und wenn's Herbst wird, huscht es mit dem Wind zu mir in den Garten! Ich weiß nicht, wie es das macht, daß es immer zu mir herüberfällt und weht. Zwar ragt mal ein Ast von Nachbars Ahorn herüber und dort weht ein Birkenzweig winkend über den Zaun, aber daß doch so überproportional viele Blätter im Herbst zu mir herüber wehen und auf **meinen** Beeten landen, die ich dann fünf, sechs Mal immer wieder durchrechen muß, damit ich da alles Angewehte in meinen Kompost einsammeln kann – also das ist sehr seltsam, finde ich. Das geht nicht mit rechten Dingen zu, so vermute ich es jeden Herbst!"
„Sie meinen, während Sie gemütlich drinnen sitzen am Kamin mit Ihrem Glühwein, da steht Ihr Nachbar am Zaun – und weil er weiß, wie viel Arbeit Blätterfegen macht und auch daß Sie Bewegung vielleicht nötiger haben als er – pustet er die Dinger schon beim Abfallen zu Ihnen über den Zaun!" Marrá muß versonnen lachen über ihren eigenen Gedanken und steckt eine neue Zwiebel ins vorgebuddelte Loch.
Lorbas mag diese Art auf die Schippe nehmenden Humor gar nicht – das kennen wir schon von ihm!
„Sie wissen schon, wie ich es meine: ich mag halt nichts auffegen, was erst abgeblüht bei mir ankommt und wovon ich selbst schon genug habe – es ist einfach mehr Arbeit – eine Arbeit die mal ganz nett ist, aber sisyphosmäßig wird, wenn's nicht mal genug ist!"
„Na, nun seien Sie mal nicht so streng: irgendwann, spätestens zum ersten Frost – sind alle Blätter ab, dann meist auch schon feucht vom Regen und

zerschlissen, da hat man doch nicht mehr so viel zu tun mit den nassen ‚Lappen', die fegen sich doch gut zusammen."

„Darum geht es nicht – es sind nicht **meine** Blätterlappen, ich habe von denen in ihrer schönen Zeit nichts gehabt – statt dessen bekomme ich sie jetzt als Abfälle – im doppelten Sinn ab! – Und erklären Sie mir nicht noch, das sei eine Bereicherung für meinen Kompost! Obendrein kümmert sich mein Nachbar einen lauen Windhauch drum. Sie sehen ja: der nutzt sein Haus nur zur Sommerzeit und im Winter sitzt er irgendwo an der Ballermann-Meile herum oder in einem gediegenen Kurort fährt er Ski …
Im Frühling taucht er hier mal auf und beklagt sich über den Gartenzaun geneigt bei mir, was das immer für'n Gewirtschafte ist, bis man alles frühlingsfrisch genießen kann! Er bekommt es dann fertig zu sagen: ‚Ach, Gottchen und die ganzen Blätter liegen ja auch noch bei mir rum – haben Sie ein Glück, daß sie nicht so viele Bäume haben – bei Ihnen ist alles immer laubfrei!'" Lorbas grummelt vor sich hin. „Ich sage dann gar nichts, in wie vielen Stunden ich seinen Blättern im Herbst beim Zusammenfegen Gesellschaft geleistet habe! Jede Wette: er hält mich für einen verstockten Muffel – aber soll ich lospoltern über seine Ignoranz?! – Für ‚Guten Tag' und ‚Guten Weg' sollte ein Nachbarverhältnis immer reichen! – Aber ich will nicht alles auffegen müssen, was hier ankommt, aber nicht zu mir gehört!"

„Rechtlich müssen Sie das aber!" Marrá setzt ein paar kleinere Zwiebeln in ein größeres Loch, so daß sie in Gruppen zusammen stehend im Frühling blühen werden.

„Ja, ich weiß," erwidert Lorbas relativ einsichtig „da gab es ja schon die tollsten Prozesse und wie will man jedes Blatt auch dem ursprünglichen Baum zuordnen, von dem es abgefallen ist – aber man hat's eben nicht gern, wenn Abfall rüberweht! – Tulpenzwiebeln, die einen im Frühjahr dann erfreuen könnten, die wehen da viel, viel seltener rüber … eigentlich ist mir überhaupt noch nie ein Schwarm

Zwiebeln angeweht worden! Und wenn Sie meinen, die tun sich schwer, über den Zaun zu hopsen – dann muß ich ihnen sagen: bei den leichteren Samen fegen auch nur die Unkräuter rüber – also die Samen, die dann den anderen Pflanzen das Blühen schwer machen, weil sie selbst so penetrant und mit spitzen Ellbogen blühen. Die richtig schönen Blumensamen finden seltsamerweise viel seltener den Weg in den anderen Garten."

„Vielleicht können wir uns so verständigen," überlegt Marrá „Zäune, Grenzen sind nicht umsonst, auch wenn die einen meinen, sie seien noch viel zu niedrig und die anderen, man solle sie doch besser noch erhöhen. Nur wenn man Grenzen hat, kann sich darin etwas in seiner Art entfalten – und jede Art ist anders, selbst wenn man Garten an Garten liegt! Also wenn da so viel herüberkommt, daß es die Eigenart des Gartens verstört, dann wird es schwierig. – Vor allem, weil die Gartenhüter es mitbekommen, noch bevor alles verwildert ist – man merkt es einfach, wann es genug ist, wie viel Fremdes man aufnehmen kann ..."

Marrá hat sich ganz in Versonnenheit geredet, so daß Lorbas aufschaut von seinen Fegearbeiten und sich ein bißchen im Rücken reckt. Da fällt sein Blick in den Himmel und etwas weiter unten bleibt er hängen an der Turmspitze von Knipsel Castle, die man gerade noch hinter den Nachbarhäusern des Gartens erkennen kann.

„Ein schwieriges Kapitel ...!" entfährt es Lorbas in seltsamem Ton, der nun auch Marrá aufblicken läßt und Lorbas muß nur mit dem Kopf gen Hohenknipselstein weisen und Marrá kann seinen flausigen Gedanken folgen.

Dritter Teil

UNERWÜNSCHTES

Rauher Herbst	*145*
Herbstinteresse	*155*
Hin und her gebröselt	*165*
Doch noch ein entspannter Nachmittag?	*174*
Auf Knipsel kracht's	*181*
Noch nicht aller Tage Abend	*186*

Rauher Herbst

„Mensch, das Wetter hätt' ja besser sein können ... wir bräuchten unsere Pinguinanzüge bald selbst!" Gritti, sonst Azubi bei Haar-Klein, zieht sich ihren Anorak fester zu. „Bis gestern war's noch schön, heute wo wir hier draußen stehen müssen is's grau und nieslig! Dann kommt ja auch keiner zum Gucken oder gar Kaufen." Sie steht mit Frau Hasenschnut, und Resa Wetzel am Herbstfeststand von Knipsel, wo die leicht umgearbeiteten Pinguin-Anti-Öl-Strick-Anzüge nun für Hunde angeboten werden ...
Wie geplant ist alles, was Knipsel an Schick und Show zu bieten hat um die Kirche Sankt Witzel herum in Ständen und Buden untergebracht und für Besucher zu Kauf und Vergnügen ausgestellt.
Da sind Spezialitäten der ‚Schwarte' neben dem Stand mit den selbstgezogenen Kerzen – so trübe wie es heute ist – zündet man sich sicher gern bald eine an ...
Dann gibt es Süßes von Gundi Grundlos: Waffeln, gleich zum hier Essen oder Gebäcktütchen zum Kaufen und Mitnehmen.
Daneben, gleich seitlich am großen Vorplatz der Kirche steht das kleine Kinderkarussell: Feuerwehrauto mit großer Glocke, natürlich die wippenden Pferdchen, ein blaues Segelflugzeug und dann – ja, auch Knipsel ist auf dem neuesten Space – eine Raumkapsel. Daran schließt sich – wie sinnig – ein Engel an, der ein Körbchen vor sich herträgt, in dem sich zwei Kinder beim Karusselldreh vergnügen können. Der Engel ist aber nicht sehr beliebt – vermutlich weil die Sitze eher niedrig sind und man beim Fahren nicht so effektvoll winken kann wie die Feuerwehrleute, der Segelflieger oder der Abgekapselte ... Aber da muß man heute auch erst mal abwarten, ob sich so viele Kinder mit ihren Eltern hierher verirren. Andererseits: so viele andere Abwechslungen gibt es an diesem Samstag eben auch nicht in den beiden größeren Städten: Kullerstadt und Vierecktal.

Der Ringelpietz – das ist jetzt auch wieder gemein, es so zu bezeichnen, daß es etwas Abwertendes haben könnte – immerhin haben sich die Knipsler Mühe gegeben ... – also dieses Herbstfest-Ensemble soll gegen elf Uhr beginnen und bis abends gegen acht Uhr stattfinden. Zwölf Uhr soll offizielle Begrüßung durch Gemeinderat Tüpfelhund sein und dann haben zwischendrin die ‚Knipsler Krähen' einige Einlagen, die sie auf der kleinen Showbühne, auf der anderen Seite vom Karussell am Hauptweg zum Kirchenportal zum besten geben. Im Moment laufen noch zur Einstimmung vom CD-Player ein paar Volksmusikschlager. Aber Frau Hasenschnut hat mit der kleinen Truppe, den ‚Knipsler Krähen', der sie vorsteht, einige persiflierte Hits eingeübt, man wird etwas irischen Stepptanz vorführen, in dem auch Guthardt Krumpel vom ‚Schnipsel' einen Auftritt haben wird. Als Höhepunkt hat Sanna Klein später ein Solo als Double der bekannten Schlagersängerin Verene Trischer, was hoffentlich nur für die Zuschauer atemberaubend wird – und nicht für Sanna Kleins Kondition.

Also durch all diese Darbietungen und Wohlgefälligkeiten sollen die Herbstfestbesucher so kurzgeweilt werden, daß sie möglichst lange bleiben und natürlich auch möglichst viel Geld für Spaß und Erworbenes hier lassen.

Die Knipsler Herbstfeste schneiden da im allgemeinen nicht schlecht ab, wenn man bedenkt, daß ‚Kuller' und ‚Viereck' viel profiliertere Fest haben, viel mehr an die Festfront schmeißen können an Aufwendungen und Personal und die Nase dann auch noch viel höher tragen ... –

Nein, da muß sich Knipsel nicht verstecken und so soll es auch dieses Mal sein – auch wenn das Wetter nicht die besten Voraussetzungen schafft, vielleicht reißt es ja noch auf ...

„Wo reiß ich denn die Gäste mit dem Murkelhänger Hohenlob vom Hocker?"

„Immer witzig – selbst bei Nieselregen, hallo Harfe!" wird Bauer Harfe von Wobel Hupenhorn begrüßt.

Hupenhorn macht immer zum Herbstfest den Standmeister: mit dem Plan zur Zuteilung der gebuchten Stände be...waffnet – ja, ‚bewaffnet', so kann man das bei Hupenhorn formulieren.
Bauer Harfe samt Gattin, die ihren Stand zum Verkosten von allerlei Most, Weinen und Likören suchen, wenden sich dazu altbewährt und vertraut an Wobel. Man kennt sich, man grüßt sich, man mag sich – meistens ... Aber zwischen Hupenhorn und Harfes ist das echt gemeint.
„Kommt mal, ich hab' Euch einen extra gemütlichen Stand freigehalten, da könnt Ihr ein paar Stehtische aufstellen, denn da müssen alle vorbei, die hier einmal ums Karree laufen ..." Wobel ist schon vorgeprescht und zeigt den wirklich günstig gelegenen extra großen Tisch mit kleinem Ausschank und Platz für zwei, drei Stehtische davor. Bauer Harfe ist zufrieden. „Kriegst einen Extra-Schoppen, Wobel! – Was ist *das* denn da, haben wir Konkurrenz?" Bauer Harfe fällt der große Baldachinschirm in etwas Abstand aber gleich als nächstes neben seinem Stand auf. So etwas hat er auf all den Herbstfesten in Knipsel noch nicht gesehen! Das kennt man sonst nur aus dem Fernsehen, wenn die mal was über die Gartenpartys der High Society berichten: dann stehen die Leute unter solchen Aufspannern von Zelthauben, unterhalten sich an straff mit Tuch überspannten Stehtischen über vermutlich straff überspannte Aktienkurse, Schönheits-OPs und Ehekrisen der nicht anwesenden Bussi-Freunde ...
... ja, ja: furchtbar diese ausgeleierten Klischees, die's dann doch immer auf den Punkt treffen ...
„Keine Konkurrenz für euch," kann Wobel Hupenhorn Bauer Harfe beruhigen. „Im Gegenteil: das wurde heute früh außerplanmäßig noch angeliefert und auch aufgebaut. – Also ich hätt's nicht noch geschafft bei all der Arbeit ... – Mir hat auch keiner was gesagt! Aber da sollen wohl später die Offiziellen sich treffen und bei Wein und Schmankerln sich ausquatschen können – vermute ich aber auch nur, weil es unbedingt so einen guten Mitteplatz haben sollte. Da werden sicher

auch die ganzen Gemeinderäte ihre Begrüßungen halten – aber wie gesagt: nicht meine Baustelle – sollen sich die drum kümmern ...!" Wobel bleibt da souverän. „Aber wenn's so ist, dann stehst Du hier mit Deiner Weinverkostung doch prima, kann einer von euch mit Getränken und Snacks sicher mal rüber und die anbieten ..."
„Hm," überlegt Bauer Harfe „könnte ganz gut funktionieren, werde ich mal gleich die Kisten mit den besonderen Weinen in Reichweite stellen! – Schatz, der Handkarren mit den besten kommt hier hin, fang mal schon mit Ausladen an, ich helf' Dir gleich ..." ruft er seiner Frau zu, die kommandogespannt hinten am Wagen stehengeblieben ist. Die freut sich ... besonders darauf, daß ihr Mann ihr sicher wie angekündigt gleich helfen wird ...
... schon gut: daß Männer mitunter hilfsfaul sind – auch ein Klischee! Frauen fangen eben immer so fix an mit Zupacken – daher dieses schiefe Bild...
Also alle sind noch gut beschäftigt mit den letzten Kleinigkeiten, jetzt um halb zwölf Uhr.
Sogar einige erste, frühe Besucher sind schon da, man kennt sich und schnackt, schaut schon mal hier, mal da. Es ist auch genau das passende Wetter zu dem vor dem Mittag schon mal eine Knackwurst geht, während man sich gern mal umtut, wie an jedem Stand die letzten Handgriffe für das Ausstaffieren stattfinden. Dann stellen sich die Standler bei einer Zigarette in kleinen Gruppen zusammen und begrüßen sich, die ersten Gäste schon mal mit einbeziehend – noch nicht so ganz offiziell als Kunden, sondern noch vor dem Standtisch beim Montieren der letzten Plakate, Fähnchen und Glühlämpchen.
Frau Hasenschnut sieht den Bus als erstes, der vor dem Kirchplatz vorfährt, und schubst Gritti an: „Sind das nicht die Asy... – also ..." sie schluckt etwas „... sind das nicht die von Knipsel Castle? – Na, die trau'n sich ja was, hier aufzukreuzen!"
Also mal wieder typisch – Klischee hin oder her – denen an der Basis, ob gesellschaftlich oder wie hier

real am Fuße von Hohenknipselstein, denen an der Basis also, hat keiner was gesagt, daß da noch wer eingeladen ist zum Herbstfest – obendrein jemand von ‚oben' und eher von ‚nicht drinnen', sondern von ‚draußen', von ‚auswärts' ...

Arib, Clip und wirklich alle anderen kommen am Kirchvorplatz in ihrem Reisebus an. Ria hat ihnen vorsichtig erklärt, was ein Herbstfest ist und was da stattfindet. Vorsichtig deshalb, weil schon alle einen leichten Burgkoller haben. Nur die wenigsten waren ja überhaupt mal draußen oder hier im Dorf, in den paar Tagen, die man sich bis jetzt in Hohenknipselstein eingerichtet hat. Höchstens mal mit dem Auto zum Einkaufen hatte Ria den einen oder anderen mitgenommen. Die zehn Minuten Dauerlauf – ja, von mir aus ‚Joggen' – um den obersten Burgpfad herum ist den meisten Flüchtlingen schnell zu fad geworden. Ria hatte sehr aufgepaßt, daß nicht noch einmal so eine falsch gelenkte Aufmerksamkeit wie beim Pizzaholen entstand und daß vor allem nicht alle zusammen irgendwo wie die Heuschrecken einfielen. Es gab deswegen einige Auseinandersetzungen, die die Knipsler und andere Außenstehenden sicher nicht vermutet hätten.
Heute aber kann sie es nicht vermeiden, daß der ganze Flüchtlingsschwarm zusammen ausschwärmt. Keiner wollte zu Hause bleiben, alle sind begierig etwas zu erleben, es sind ja auch durchweg junge Leute und denen mit einer gewissen zurückhaltenden Aktions-Strategie von ‚Klartext-Asylanten' zu kommen – die sich den Rücken freihält bei solchen Auftritten, indem sie Anzahl der Akteure, Intention und Ablauf im vorhinein regelt – das war in diesem Fall einfach nicht durchzusetzen. Ria hofft daß alles glatt geht und sie nicht von ihrem Teamleiter bei ‚Klartext' für diese Initiative gerügt wird. Es wäre aber jetzt auch nicht mehr zu begründen gewesen, warum man sich so lange abschottet, was man denn eigentlich will und ... und ... und ... – also von daher **muß** das heute hier sein ... Hacke hin und durch!

Kaum sind alle Flüchtlinge wie ausgeschüttet auf dem Vorplatz aus dem Bus gesprungen, geklettert, gehopst, fangen die ersten an, sich zu verstreuen, weil sie die bunt geschmückten Stände sehen, gehen sie gleich hin und schauen sich alles an …
Ria sagt ein paar ausländische Worte – die wichtigsten, die sie auf Pieselwesisch kennt – zu Arib hinüber. Ihm hat sie eingeschärft, unbedingt seinen Landsleuten eventuelle Anweisungen weiterzugeben – wobei diese erste Anweisung ‚zusammen zu bleiben und nach Verlassen des Busses geschlossen und gemeinsam den Herbstmarkt zu betreten', die sie noch auf Knipsel Castle ausgegeben hat, nun schon in den Wind geblasen ist wie trockenes Herbstlaub …
Arib gibt also seinen Freunden ein Zeichen und die sammeln sich so peu á peu wieder zum restlichen Rudel hin.
Ria schaut sich um. Sie hat ja die offizielle Einladung von Pfarrerin Glausack und da kommt diese auch schon aus dem Pfarrbüro, das eigentlich katholisch ist – heute aber ökumenisch genutzt wird.
Während Pfarrer Burkard schon die ganze Zeit mit den Ständebauern sprach, hatte Beliesa drinnen auf ihren großen Auftritt gewartet, der jetzt gekommen ist, wo sie demonstrativ auf die neu ankommende Gruppe zugehen kann.
„Schön daß Sie da sind, wir haben hier schon alle auf Sie gewartet!" flötet Bliesa in schönem Evangelisch über den Kirchvorplatz.
„Ach, ja?" grummelt Wobel Hupenhorn zu Bäuerin Harfe, der er gerade beim Ausladen der Spitzweine aus dem Auto behilflich ist, weil ihr Göttergatte doch schon lieber die schöneren Plakatklebearbeiten am Stand vornimmt. „Die haben mir hier gerade noch gefehlt, die Kanack… – hat die überhaupt wer eingeladen?"
„Muß ja wohl," antwortet Hegeltraut Harfe trocken wie ein Teil ihrer Weine „sonst würde Beliesa sie nicht so offiziell hinausposaunt begrüßen – das geht der doch runter wie Öl, daß sie ihre Gürkchenscharte wieder wett machen kann!"

Wobel Hupenhorn schaut die Bäuerin an wie eine Fremde, solche reschen Töne hat er von ihr eigentlich noch nie vernommen – außer als ihr Ehemann mal für eine Woche nach Thailand geflogen war – offiziell wegen seines Rückens, wo die in Thailand die Wärme dafür haben ... –
Also da war Hegeltraut auch so eine ‚Ekeltraut' – Wobel überlegt noch, daß einige der jungen Frauen, die gerade aus dem Bus gestiegen sind mit ihren bunten T-Shirts über den Jeans vielleicht den hiesigen Männern irgendwie gefallen könnten. Ist nur so ein vager Gedanke, den er gar nicht weiterspinnen will ...
Auch muß er sich jetzt vielleicht doch mal um etwas anderes kümmern, denn Pfarrerin Glausack mischt sich da gerade in seine Belange ein ...
„Ja, wo stellen wir Sie denn am schönsten hin ..." überlegt Beliesa nun an Rias Seite, nachdem sie Arib und vor allem die drei Frauen die sie schon beim Kartoffelschälen gesehen hatte begrüßt hat wie alte Bekannte, mit Umarmung und angedeutetem Bussi – was die Gebusselten selbst etwas erstaunt – soviel Körperkontakt kennen sie eigentlich nur von der Flucht oder aus ihrer Heimat.
„Na, die trägt ja dick auf!" entfährt es Frau Hasenschnut zu Gritti gewandt.
„Also der große Schwarze, der hat aber 'n knackigen Arsch!" entgegnet Gritti mit anscheinend etwas ganz anderem beschäftigt.
„Gritti ..." sagt Frau Hasenschnut entgeistert. Wie man Bekannte doch ganz anders kennenlernen kann, wenn Fremdes anbrandet ...
„Ach, sie haben ja sogar was mit!" Beliesa ist ganz begeistert, ohne schon zu wissen von was, als sie drei der jungen Männer sieht, wie sie die kürzer gemachten Handarbeitstische ausladen, die im Moment aber noch nicht als verstümmelt zu erkennen sind, weil sie abgedeckt sind.
„Na, dann geben wir Ihnen mal den weiträumigsten Stand!" sagt Beliesa begeistert und zeigt damit auf das Baldachin-Zeltdach und die darunter locker aufgestellten Stehtische – klar, man kann ja die

zwanzig Leute nicht hinter so einen Pferch klemmen wie die Einheimischen, die sich schon wegen der Enge nur als Zweier-Grüppchen zu einem Stand eingefunden haben.
„Das geht aber nicht!" platzt Wobel Hupenhorn der Kragen und er rennt zu Beliesa rüber. Mag sie Pfarrerin sein oder nicht und ihn schon oft ein bißchen von oben herab behandelt haben – heute ist *er* hier Platzwart, nein, **Stand**wart! Außerdem ist es neben seiner Kompetenz auch seine Verantwortung, meint Wobel, selbst wenn auch ihm bisher niemand gesagt hat, wofür der Baldachinunterstand sein soll – für die Bagage der Verschanzten mit Sicherheit nicht!
Beliesa, stellt sich Wobel gleich in den Weg – so als wolle er sonst die Flüchtlinge überrennen oder in die Flucht schlagen – wobei die meisten jetzt doch schon an anderen Ständen gucken und sich die Gruppe so schon wieder etwas zerstreut hat.
Ria beobachtet jetzt gespannt die anstehende Auseinandersetzung zwischen dem ihr von neulich noch verquasten Kustos und der Pfarrerin mit dem vermurksten Gürkchensalat. Weil Ria das jetzt beobachten muß, läßt sie wie eine abgelenkte Hirtin ihre Schäfchen aus den Augen, was gleich noch eine spezielle Blüte treiben wird …
„Das geht nicht!" wiederholt sich Wobel und tritt Beliesa in den Weg zum Baldachinzelt.
„Ach, ja?" fragt Beliesa – die den ‚Typ Blockwart' gefressen hat.
„Der Stand ist … ist …" ja was ist er eigentlich, Wobel kommt ins Stottern – zumindest ist er … „… der Stand ist reserviert!" sagt er so reserviert wie möglich.
„Ja, klar …" erwidert Beliesa freundlich „für unsere Ehrengäste!" Und damit geht sie einfach in einem eleganten Bogen um Wobel Hupenhorn herum, gleichzeitig eine einladende Geste zu Ria machend, damit die und natürlich auch ‚die Gäste' sehen, was für eine tolle Freundin sie in der Pfarrerin haben könnten, wenn sie das wollten!
„Alle mitkommen! Hier könnt Ihr alles aufbauen, was Ihr mitgebracht habt," wendet sie sich so nonchalant

mit großer Geste, die klein-bescheiden wirken soll hinter sich an die paar Flüchtlinge, die noch den Bestand bilden und nicht die Gegend und die anderen Stände erkundend abgedriftet sind.
Ria sucht mit den Augen nach Arib, damit der endlich mal alle wieder bündelt, aber sie findet ihn nicht gleich und so folgt sie erst einmal zu Fuß Beliesa nach, um den zugewiesenen Stand zu besetzen. –
Zugegeben: ganz schick gemacht, so offen und doch überdacht, durch das Weiß so ein noch sommerliches Flair …
Im Gegensatz zu den hier heimischen Schnurpfeifereien wird ‚Klartext' seine Sachen schick und auffallend präsentieren können! Die werden sich alle wundern! – Wo ist nur der blöde Arib, immer wenn sie ihn braucht ist er nicht da … heute Nacht auch nicht … wenn der bei Clip war …! –
‚Die schnackseln gern' … – das hat mal eine prominente Adlige über gewisse Ausländer gesagt – furchtbar, daß sie, Ria, das als aufgeklärte Frau und bei ‚Klartext' sich engagierend auch mal so denken würde …!
Aber wenn Ria mitbekommen würde, was Arib gerade treibt, sie würde noch ganz anderes denken …
„Was machst du denn hier?" es ist Sanna Klein, die es völlig übermannt, als Arib auf sie zukommt.
„Dich gesucht!" sagt er knapp, als hätte er diese Begegnung lange geplant. Und um dem Nachdruck zu verleihen, nimmt er Sanna in den Arm – aber nicht für Bussi rechts, Bussi links, sondern so wie er sie in Sannas Urlaub vor einem Jahr in Pieselwesien in die Arme genommen hatte. Klar erinnert sich Sanna auch noch daran … sogar an noch viel mehr … aber so nüchtern veranlagt und so unauthentisch wie man ihren Eltern vorwerfen könnte, sie erzogen zu haben, macht sie sich los, weil sie nicht vor allen ihren Bekannten, Freunden, Kunden so einfach knutschend mit einem Besetzer von der Burg gesehen werden möchte. „Nicht, Mensch, was fällt dir ein …" sie entwindet sich Aribs Armen.

„Bin extra gekommen zu Dich!" Arib will sich mit der Abweisung nicht zufrieden geben, obwohl das so eins zu eins auch nicht stimmt ... so sehr hat er Sanna auch nicht gesucht, aber immerhin ihre Visitenkarte hat er aufgehoben und Sanna hatte ja auch in ihrem Urlaub zu ihm gesagt: 'Wenn Du mal in der Nähe bist, komm vorbei!' – Am liebsten hätte sie damals auch noch den Urlaub verlängert, aber nicht nur um am schönen Strand zu liegen, sondern am liebsten nur im Hotelbett – mit ihm!
„Komm, laß uns Begrüßung machen ... wo Deine Wohnung – oder sollen wir auf Burg ..."
„Weder noch ..." Sanna ist entsetzt, klar Arib war ein toller Urlaubsflirt – aber wer glaubt schon wirklich, daß der mal zu Hause vorbeikommt und dann da auch noch die heimische Burg besetzt?! – Möchte man mit so jemandem eng umschlungen an der Dorfeiche schon halb eine Nummer schiebend gesehen werden?! – Nein, nein, entschieden nein, möchte Sanna nicht!
Arib ist verwundert: „Du verklemmst!" beschwert er sich jetzt, indem er sie losläßt und beide Hände darreicht in der ‚Was-habe-ich-falschgemacht?'-Ratlos-Geste, die wir von so vielen ausländischen Menschen kennen. Unterstrichen wird seine scheinbare Betroffenheit durch immer ekstatischeres Achselzucken. „Extra gesagt, habe Bekannte in Knipsel-Dorf, da können wir hin!"
„Was? Wem hast du das gesagt?" Sanna sieht schon – Haar-Klein – alle Flüchtlinge von der Burg in ihren Salon umflüchten! „Wem hast du meine Adresse gegeben?"
„'Klartext'-Ria als wir von Hauptstadt weg mußten ..."
Na, nun wissen wir endlich, wie man auf das attraktive Knipsel als Fluchtpunkt gekommen ist ...

Herbstinteresse

Mit der Zeit sind jetzt immer mehr Besucher eingetroffen. Das Wetter verspricht nicht der strahlende Sonnenherbsttag zu werden, aber wenigstens der Regen scheint sich fernzuhalten.
Auch Lorbas und Marrá haben den Besuch des Herbstfestes mit einem ausgiebigen Spaziergang verbunden, wobei Marrá recht ungeduldig voranschritt, als könne sie sonst etwas verpassen.
Klar, Lorbas kennt die Knipsler-Herbstfeste schon und ist nie vom Hocker gerissen worden …
Na, vielleicht ändert sich das heute …
Vorerst setzen sich die beiden an einen Tisch auf eine der Bierbänke, die ‚Schwarten'-Wirt Hobert Watsche aufgestellt hat, damit seine Gäste die ‚Schwarten-Spezialitäten' nicht ungemütlich im Stehen verschlingen müssen. Einige andere Festgäste haben auch schon Platz genommen.
Auch Pugibald Drall und Kurti Stumpel sind jetzt eingetroffen. Sie hatten ihre künstlerische Unterstützung für die zum Teil selbstgemachten Kunstobjekte der Flüchtlinge zugesagt – möchten aber natürlich auch erfahren, wie ihre Werbeidee in der breiten Öffentlichkeit ankommt.
Angekommen sind jetzt die drei Nähtischchen ohne Beine, die Clip mit einigen Männern zum Baldachinstand getragen hat – Arib ist ja irgendwo abgedriftet.
Einige der anderen Schausteller und Ständeinhaber wundern sich kurz, was das denn für seltsame Kisten sind, die die Fremden da anschleppen – sehen eigentlich zum leichten Transport zu wuchtig aus – andererseits aber auch merkwürdig aufwendig verziert … haben die Flüchtlinge da noch etwas drin oder wollen sie nur die Kisten zeigen oder verkaufen. – Überhaupt weiß niemand so recht: Was wollen die hier? – Nur sich durch die angebotenen Schmankerl mampfen doch wohl nicht … – wenn man allerdings den Gerüchten glaubt, daß sie neulich fast alle Gerichte von Indi-Italo aufgefuttert haben …

Na, ja, dann sollte man einen Knipsler Knacker mehr auflegen ...

Andererseits bringen sie etwas mit und haben – mal wieder im Handstreich so scheint's – den schicksten Stand besetzt. Diesen einen Stand mit Baldachin und Stehtischen – Marke ‚Schnieke' – den noch nie ein Knipsler bei einem Herbstfest gesehen hat, der eigentlich auch nicht paßt zu einem Landfest, eher wie aus der Barbie-Puppenstube geklaut aussieht und hier im ‚Herbstfest-Kaufmannsladen' versehentlich abgestellt zu sein scheint ... – um diesen Stand dreht sich nun anscheinend alles!

Also wie man's kennt: keiner weiß so recht was Rechtes, aber keiner will durch blödes Fragen dumm dastehen – wobei natürlich auch alle von Jugend an wissen: ‚Es gibt keine dummen Fragen!' ...

Ria koordiniert den Kistentransport und weist nun an, daß man den Inhalt auf die drei Stehtische verteilen möge „... mit den Kärtchen, Zetteln und ‚Klartext'-Flyern, wie wir es besprochen haben ..." sagt sie zu Clip und den anderen gerade „... wo ist Arib?" schaut sie sich dann noch um. Clip nickt mit dem Kinn zu dem Stand da drüben, wo Arib mit Sanna Klein gestenreich in eine Unterhaltung vertieft zu sein scheint. „Hol ihn mal!" sagt Ria knapp.

„Du ihn hol!" schnoddert Clip zurück, die ebenso wie Ria keine Lust hat, Arib in seiner scheinbaren Wichtigkeit zu erhöhen und sich vielleicht noch einen dummen Spruch zu fangen ...

Ria ist schon fast dabei, Clip zu verklickern, wer hier die Anweisungen gibt, weil mit Orts- und Sprachkenntnissen am besten ausgestattet, aber da kommt die begeisterte Beliesa auf sie zu ...

„Das ist ja schön, Ihr habt selbst was mitgebracht, was Ihr verteilen wollt ..."

„... **verkaufen**!" stellt Ria klar und nimmt Beliesa gleich das faustgroße Päckchen wieder aus der Hand, das sich die Pfarrerin neugierig aus einer der Kisten gegrabbelt hat. „Wir bauen erst mal fertig auf, dann können's alle anschauen – Überraschung!" beschert sie der Pfaffin jetzt um eine Spur mehr Verbindlichkeit

bemüht, indem sie die Mundwinkel hochzieht für ein mattes Lächeln. – Solche Tussis widern Ria an: nie was riskiert, nie mal wirklich sich wo engagiert, aber sofort aufs Trittbrett springen, wenn andere die Welt retten: ‚Hier nicht, nicht in meiner Gruppe, Du Gürkchen-Henne!'
„Ja, klar …" lächelt Beliesa Glausack – sie weiß ja, wie traumatisiert viele der Flüchtlinge sind, da ist der Beschützerinstinkt der Projektleiter natürlich schnell mal in der Überreaktion.
Der größte Teil der ‚traumatisierten' Flüchtlinge, ist jetzt allerdings weniger mit Auspacken oder Therapie beschäftigt, sondern fluxt in der Gegend rum – mal umgucken … oder macht mit sich und den anderen aus der Truppe Selfies. – Selfies vor den halb ausgepackten Kisten … , Selfies vor der Kirche …, Selfies vor dem Party-Baldachin …, Selfies mal eben vor dem Herbsthimmel … und dann gleich ab damit in die Sozialen Netzwerke: ‚geile zeit in kippsel!'
„Mensch verdammt, könnt ihr vielleicht mal mit anpacken!" zischt jetzt Ria, der das allgemeine Amüsement jetzt ziemlich auf den Zünder geht. „Und einer holt mir dieses Arsch… von Arib – aber hoppla!"
Nichts zu machen: Arib ist im Moment so begeistert von seiner neu entdeckten alten Flamme Sanna Klein, daß er für nichts anderes Sinn hat – und da kennen ihn wohl seine Landsleute und wissen er könnte da von der Seite angequatscht schnell mal zu Jähzorn neigen. – So packen lieber alle die drei Kisten schnell mit aus, wenn's schon kein Gequatsche in die Kanäle der Restwelt sein darf …
Das paßt auch prompt wie abgezirkelt, denn gerade fertig mit dem Ausgepacke der von Pugi und Kurti angeregten Kunstkreationen aus Kisten und Zeitungspapier direkt auf die Stehtische, noch schnell Flyer und Preisschildchen dazugepackt – mit Basaren kennen sich Pieselwesier eigentlich viel besser aus, als die Knipsler mit ihren Einmal-im-Jahr-Herbstfest – und schon fährt eine größere Limousine vor …
Gleich dahinter der kleine, wendig-smarte Wagen von Zippa Lindwust und Egel Druks, die natürlich auf dem

Herbstfest erst einmal in den Spuren der Offiziellen dabei sein müssen, bevor sie sich den kleinen Unoffiziellen widmen werden ...
Es ist Beliesa, die das Herbstfest quasi als Schirmherrin betreut – also eigentlich ökumenisch die beiden Kirchen, aber Beliesa hat Pater Burkard, vorhin gebeten, schnell noch einmal nach Vierecktal rüber in den Baumarkt zu fahren, da noch die Sicherungsplanen Typ ‚Qatsch/14' gegen Wind fehlen – die aber für Stände nach neuer Kullerstädter-Verordnung zwingend notwendig sind ...
Diese Verordnung ist natürlich Quatsch und den ‚Typ 14' gibt's schon gar nicht, aber da wird sie sich dann wohl verguckt haben ... jedenfalls ist Pater Burkard damit weg vom Herbstfest-Fenster, wenn es wie jetzt um die Begrüßung der Amtlichen geht, denen man mal zeigen kann, was für eine Bereicherung Flüchtlinge sind und wie sozial vorbildlich man sich dafür einsetzen kann ...
Also prescht Beliesa keinesfalls geflissentlich vor, um Gemeinderat Portus Tüpfelhund und seinen Adlatus, den ewig zerstreut wirkenden Pettar Lascher zu begrüßen – sollen die doch erst einmal ein paar Schritte allein über den Markt tappen. Sie, Beliesa ist noch mit der Deko am Pieselwesier Stand beschäftigt, wobei ihr nun diese Ria wieder so ungeschickt in den Weg tritt – die hat auch ein Problem im Team zu arbeiten oder vielleicht auch nur ein Problem mit Frauen – dem einen der Asylanten, der sich jetzt schon gefühlt ewig mit der Sanna Klein beschäftigt, schaut sie ständig hinterher ...
„Herr Gemeinderat Tüpfelhund, wie schön, schon hier, grüße Sie ..." das ist ihr gut gelungen, wie aus dem Mitmachen beim Ständeaufbau, sich umgedreht und gezeigt: wir könnten uns hier auch wunderbar allein amüsieren – Offizielle kriegen hier nichts umsonst ...
„Schönen guten Tag, Frau Pfarrerin, freut mich, daß hier schon alles so in Herbstfreuden schwelgt ..." überspielt Tüpfelhund seine Irritation, kann aber Pettar Lascher noch einen mißbilligenden Blick zuwerfen, bevor er und Beliesa Glausack sich noch

ein paar freundlich verpackte Unverbindlichkeiten hin- und herschieben.
Pettar mag zerstreut wirken, aber er hat es gleich gesehen: das geordnete Baldachinzelt, extra für die Eingeladenen von der Landesebene in den Boden gesteckt als Sonnen-, Wind- und VIP-Schutz, ist besetzt, okkupiert von einer ganzen Truppe ... Ausländer, Asylanten – jedenfalls Nicht-Einheimischer und so, in dieser Art, Nicht-Eingeladener! –
Was nun?
Überlegen, wer's versiebt hat, muß man später.
Er, Pettar hatte das VIP-Unterstell-Dings bestellt, dann auch dem ... wem eigentlich bescheid gesagt ... dem Pater Burkard ... wo ist der jetzt? – Pettar schaut sich um – nicht zu sehen der Pfaffe ... und der wollte es dem Standmeister noch ausrichten, dem ... wie heißt der ... na, dem der auch so nach Gutdünken die Burgführung macht ... Wobelhorn ... Hubert Wobelhorn ... und der, der setzt hier die Asylanten in das VIP-Zelt ...?! –
Pettar kann es nicht fassen!
Besinnt sich aber, daß Klärung bis später warten muß, zuerst muß hier irgendwie ein offizielles ‚Hallo, wir Offizielle sind da und grüßen das Volk!' her, das erwarten die Leute, werden danach lockerer lassen und sich durch die Stände kosten – dann muß er hier aufräumen und die Asylanten müssen woanders hin verfrachtet werden! –
Hoffentlich haben wir noch so viel Zeit, bis die ersten von der Landesebene eintreffen – falls sich von denen überhaupt bei dem Wetter jemand hierher traut.
Wie auch immer: Pettar muß hier schnell freie Bahn bekommen ...
... sein Chef Tüpfelhund weiß das auch, aber es gelingt ihm nicht, diese lästige Pfarrerin abzuschütteln!
Nein, das darf jetzt nicht wahr sein, jetzt kommt dieser, ja das ist er der Wobelhorn ... der kommt jetzt noch und reicht der Glausack ein Mikro – für die offizielle Begrüßung.

Pettar, der bisher nur hinter seinem Chef hinterhergetrottet ist, muß jetzt irgend etwas einfallen …

Als wäre er zerstreut – dafür halten ihn die Leute ja sowieso – fuchtelt er jetzt vor der Pfarrerin herum, anscheinend unsicher, auf welche Seite er sich denn stellen soll und flüstert Tüpfelhund zu: "Begrüßung kurz machen – Leute sollen sich erst stärken – Rede später!"

„Äh, wenn sie mal hier zur Seite kommen würden!" lächelt Beliesa den hampelnden Pettar giftig an, indem sie auch schon das Mikro leicht hineinpustend ausprobiert – was sofort verstärkt da ist – sonst geht ja so was nie beim ersten Versuch …

„Herr Gemeinderat Tüpfelhund, ich darf Sie ganz herzlich auf dem Knipsler Herbstfest begrüßen und freue mich daß sie so pünktlich kommen konnten!" Beliesa wendet sich jetzt ganz die ‚Kanzel-Conférenceuse' auch gleich an alle andere: „Liebe Mitbürger aus Kullerstadt, Vierecktal und Knipsel, auch Ihnen ein herzliches Willkommen zu unserem Herbstfest …"

„… ja, das will ich bekräftigen …" flötet Tüpfelhund – sich leicht vorbeugend – auch in Beliesas Mikro und hofft, sie möge es ihm gleich überlassen für eine schnelle Begrüßung und damit auch sie nicht so viele Worte machen muß …

Beliesa will auch gar nicht **viele** Worte, sondern nur **spezielle** Worte machen, aber da sind die beiden Herren Tüpfelhund und sein Assi sehr lästig, zumal sie sich neben sie flankiert haben und nun auch noch die Aussicht der Besucher auf den Stand mit den Flüchtlingen verdecken – ist das etwa Absicht?

„… also Liebe Mitbürger, dieses Herbstfest ist ein besonderes, denn wir haben nicht nur unseren Gemeinderatsvorsitzenden und seinen …" was ist der lästige Jungtyp eigentlich, überlegt sich Beliesa skeptisch Pettar beäugend „… Assistenten zu Gast, die mir … *autsch* …" Beliesa zerrt gezwungen lachend ihren schmerzenden Fuß unter Pettar Laschers Latschen weg „… hier auf den Fuß tritt …".

Die ersten der vielleicht mittlerweile fünfzig Festbesucher lachen oder kichern, einige klatschen auch vorsichtig.
„… tschuldigung …" lächelt Pettar mit seinem pfiffigsten Lächeln, denn die Normalos beurteilen einen immer nach der Souveränität die man ausstrahlt. Da kannst du einen umboxen, mußt du nur charmant ‚sorry' sagen – aber diese Ziege von Pfarrerin bekommt nicht mit, daß sie sich kurz fassen soll – oder ist das Absicht bei der …
Pettar bekommt als gekonnter Tollpatsch auch ein paar Lacher und Klatscher – manche halten es vielleicht für einen einstudierten Gag – im Zeitalter wo sich gefälligst keiner zimperlich zeigen soll bei ‚Fremdspaß' – ist alles möglich …
„… also neben uns Bürgern und unserem gemeinen Räten …" jetzt lacht Beliesa charmant, als wäre es ein Versprecher, sie bekommt nun aufmunternden Beifall „… neben all unseren netten, hiesigen Menschen, haben wir dieses Mal noch viel nettere, die wir als Gäste von weither herzlich begrüßen …"
Als kündige sie jetzt schon die große Parodievorführung der Hit-Sängerin an, läßt sich Beliesa nicht mehr stoppen: „Gäste aus Pieselwesien, die erst vor kurzem bei uns eingetroffen sind …", hebt sie die Stimme und dreht sich zu den weiß bezogenen Tischen hinter sich um, die mit der Hautfarbe der Flüchtlinge einen eindrucksvollen Kontrast bilden.
Beliesa zeigt gleich auf Ria, zu der sie kurzerhand nach hinten tritt – keiner im frisch requirierten Publikum wird es jetzt noch dulden, daß die beiden Gemeindeheinis die Sicht versperren. Und richtig: die Menschen fühlen sich gut unterhalten und klatschen, ein zwei Pfiffe, die aber aufmunternd gemeint sind, würzen die Stimmung.
„Bevor wir einzelnen unserer zugereisten Gästen Hallo sagen, begrüße ich ganz herzlich die Betreuerin Ria von der Organisation ‚Klartext'!" – Beliesa läßt den Zusatz ‚-Asylanten' weg – noch ist die Stimmung nicht Hundert pro und wie sie sieht, filmen die beiden

Reporter von Kullereck-TV mit, da sollte man vorsichtig bleiben ...

"Ria, guten Tag, schön, daß sie mit so einer fröhlich-bunten Truppe an unserem Herbstfest teilnehmen, die schon ganz schnell mit den anderen Menschen hier ins Gespräch gekommen ist!"

Jetzt fragen sich einige der Einheimischen überrascht, ob sie da dialogmäßig etwas verpaßt haben, denn mit ihnen hat eigentlich niemand der Fremden gesprochen, wo die doch nur aus dem Bus raus und zum Baldachinstand hinüber gelaufen sind – ihre Kisten mitgeschleppt und ausgepackt haben, höchstens mal kurz geglupscht, was an den einheimischen Ständen los ist ...

Das haben die dann alles als Selfie – nur ich und mich drauf – an jeden in der Welt mitgeteilt. – Nur nicht einmal ‚Tachchen!' gesagt haben die Fremden – von ‚Grüß Gott!' ganz zu schweigen – aber, bitte, das kann ja eine nicht repräsentative Einzel-Erfahrung sein, denken sich die meisten bei sich selbst!

„Dankeschön, für die herzliche Begrüßung," sagt Ria jetzt fröhlich in die Runde „auch im Namen unserer Mitmenschen aus Pieselwesien, die ich als Projektleiterin von ‚Klartext' betreue!"

Klasse, denkt Beliesa Glausack, endlich spielt die hochnäsige Kuh mit, hat sie endlich kapiert, wie man Integration einfädeln muß: unter die Leute gehen – nicht sich irgendwo verschanzen ...

Aber Ria ist diese Zehntel unbewachte Sekunde schon weiter galoppiert: „Meine Freunde und ich haben uns gedacht, wenn wir so freundlich zum Herbstfest eingeladen werden ..."

Ria bringt das rüber als hätten Freunde Freunde eingeladen und nicht einige fremde Offizielle andere verschanzte Fremde. Unter den Knipslern wundern sich nun auch wieder einige: ‚Seltsam: diese Einladung an die Fremden auf der eigenen Burg hat man mir so zum Unterschreiben gar nicht rübergereicht ...',

Ria ist schon weiter: „... wenn wir also so freundlich eingeladen werden, bringen wir gern etwas mit, sogar

etwas Selbstgemachtes – was kaum jemand weiß: Pieselwesien hat wunderbar kreative Künstler!"
Ria macht eine Pause, was nun wieder aufmunterndem Anlaß zum Klatschen für das Publikum – die ‚lieben Freunde' – geben soll.
Die festen Herbstfest-Gestimmten lassen sich nicht lange bitten und applaudieren. Das nimmt Ria gleich auf und fährt fort, noch bevor Beliesa oder gar Tüpfelhund oder Lascher, die jetzt ganz neben der Spur ausgebootet sind, etwas einwenden könnten – was sollte das auch sein ...?
„Wir wissen aber auch," kommt Ria nun zum Heikleren ihrer Rede „daß wir niemandem Unannehmlichkeiten machen möchten" das hat sie schön vage formuliert „und so ist es uns Verpflichtung, für einen Teil unseres Unterhalts durch eigene Initiative etwas dazu zu tun, aber eben auch um dafür einen Obolus zu erbitten." Jetzt die Leute nur nicht nachdenken lassen ... Ria greift deshalb schnell eines der faustgroßen, unregelmäßigen, bunten Objekte, die die Pieselwesier unter Anleitung von Pugi und Kurti, den Werbefuzzis, hergestellt, heute hier in den verstümmelten Nähtischen mitgebracht und auf den VIP-Tischen ausgebreitet haben. „Schauen Sie: es sind ‚Mörk-Murmeln'!"
Ria zeigt triumphierend abwechselnd drei, vier verschiedene Exemplare hoch, so als bedürfe es jetzt gar keiner weiteren Erklärung mehr – denn ‚Mörk-Murmeln', werte Herrschaften, da weiß man doch, was das für ein Schatz ist!
„Ganze Phantasiegeschichten aus der bewegenden Welt dieses Pieselwesischen Heiligen des Auseinandergedrifteten tummeln sich auf so einem kleinen Objekt. Mörk, ein sagenumwobener Riese warf seine Murmeln gegen alles, was Ungemach war und befreite so viele Menschen von überflüssigen Sorgen! Noch heute wird die Verehrung von Mörk, dem zärtlichen Riesen, in Pieselwesien liebevoll gepflegt. – Eine Legende – sicher ... – aber Sie wissen ja selbst: da ist immer etwas dran ..." wieder kurze Pause – alles staunt, ganz ruhig, jeder versucht

das Gesagte erst einmal mit den geistigen Murmeln zu erfassen.
Arib, Clip und auch noch einige andere, die so ansatzweise den Sinn von Rias Ausführungen mitbekommen, schauen sich aber verwundert an: meint sie tatsächlich diesen Mörk-Haudrauf-Riesen, der in der Sage immer nur Freude daran hat alles platt zu machen – oder hat sie da etwas falsch verstanden die Projektleiterin von ‚Klartext'?!
Ria fühlt sich aber ganz sicher auf dem Terrain und geht schon wieder wie Mörk in die Vollen: "Mit Liebe, Sorgfalt und Hingabe haben diese Menschen extra heute für dieses Fest diese Formen bemalt und designt."
Schon in der vorderen Reihe der Herbstfestbesucher ist es schwer zu erkennen, was das denn sein soll: mit Farbe bekleckste Steine – oder was? Leute in den hinteren Reihen machen gleich ihren fehlenden Kunstverstand und das allgemein provinzielle Knipsel-Air dafür verantwortlich, daß sie noch nie das Echte, Recht zu schätzen wußten ...
„So wären wir sehr stolz und könnten heute friedlich schlafen, wenn möglichst viele Mörk-Murmeln gegen eine Spende bei ihren neuen Besitzern Freude schaffen und Ungemach beseitigen! – Danke für Ihre herzliche Aufnahme!" Ria verbeugt sich.
Was man vielleicht an Sinn nicht so begriffen hat, macht man jetzt gern mit freundlichem Klatschen wett ... auch daß die Leute, die das hier anbieten, sich verstockt in Hohenknipselstein verschanzt haben, scheint in diesem Moment vergessen.
Nun verebbt der Applaus langsam und irgend jemand müßte das Heft ..., das Mikro ..., das Konzept ... mal wieder übernehmen. Aber Beliesa strahlt noch ganz verzückt und denkt sich, daß sie das wirklich mal gut hinbekommen habe und der sich anbahnenden Aufnahme von Flüchtlingen nun nichts mehr im Wege steht ...
Tüpfelhund war das einfach alles zu schnell mit Pieselwesien ... und Mörk ... und Ungemach, die

sollen jetzt einfach mal sein VIP-Zelt räumen, damit er ein Bier trinken kann ...
Pettar Lascher kratzt gerade zusammen, was er aus der Geschichte von Pieselwesien mal gehört hat, also da gab es doch nur diesen bösen Riesen, der selbst ein Ungemach war, weil er alles immer zerschlagen wollte – hat er das falsch in Erinnerung ...?!
In die Stille hinein ist es Marrá von Flausen-Tulpenscheitel, die eine ganz simple Frage hat: „Sagen Sie, Sie versuchen nicht etwa den Knipslern ihre eigene Burg in Brocken gehauen und etwas angetuscht – als bekleckste Gemäuerbrösel – zu verhökern?! Dann möge Mörk, der Geist des Zerfalls Ihnen aber ordentlich eins mit der Murmel geben!" – Und sich abwendend sagt sie halblaut zu Lorbas: „Kommen sie, Herr Zacke, auf dieses Gemauschel haben wir uns einen ordentlichen Schoppen Murkelhänger Hohenlob verdient!" Darauf hin dreht sich die Adlige auf dem Absatz um und steuert den Stand von Bauer Harfe an.

Hin und her gebröselt

Also das kann man jetzt so oder so sehen ...
... finden die meisten Besucher, was zumindest den Anlaß gibt, bei etwas Herzhaftem, etwas Süßem – oder noch besser: etwas Leberwärmendem – darüber zu diskutieren.
So löst sich die eben noch lauschende Herbstfestbesucher-Traube auf und verteilt sich an die verschiedenen Stände. So wird aus dem von allen Rednern angestrebten kräftigen Schlußapplaus nur eine Art Ein-Hand-Klatschen, ergänzt durch wenige kritisch intonierte Pfiffe aber deutlichem unterschwelligem Gemurre. –
Die Schafe wissen nicht, was sie davon zu halten haben und halten sich deshalb lieber erst einmal ans Mähen und Mümmeln! – So könnte man es auf nett katholische Art der evangelischen Pfarrerin erklären. Beliesa ist aber vielmehr dabei innerlich diese ‚blöde

alte Tante' aus der Menge zu verfluchen, die Rias schöner Rede und den Kunstwerken der Asylanten den Effekt zerstört hat.
Ria – kann man sich vorstellen, so wie wir sie schon erlebt haben – ist so was von ausgemacht sauer, daß sie gleich Portus Tüpfelhund angeht: „Sie hätten ja nun auch mal was sagen können! Rote Teppiche ablatschen, Eröffnungsbändchen durchschneiden und sich bei fetten Feten nett in Pose werfen – sie sind einer von den ganz typischen Gemeinderäten ...!" wettert sie los, als man nun ohne Publikum, vor abgeschaltetem Mikro wie eine Handvoll überzähliger Pik Sieben am Baldachinzelt steht.
Aber da hat sie nicht mit Pettar Lascher gerechnet! Der sonst so nicklig-mickrige Gemeinderatsassistent hat genug Zeit gehabt sich zu wappnen und das löst jetzt seine Erstarrung – vielleicht auch, weil er den Einwurf der fremden alten Dame sehr auf den Punkt gebracht empfindet – seiner Meinung nach hätte das eigentlich von seinem Chef Tüpfelhund kommen müssen. Der war aber von Anfang an auf ein locker-flockiges Herbstfest eingestellt: bißchen was Leckeres schnabulieren und sich dabei mit seinesgleichen im exklusiven Ambiente unterhalten, so wäre es für ihn am schönsten gelaufen – Schwierigkeiten hat er im Büro genügend! Immerhin gut, daß die von der Landesebene nicht mitten reingeplatzt sind in den Eklat. Trotzdem muß hier aufgeräumt werden ...
„Sie machen hier jetzt erst einmal Platz und räumen diese Artefakte beiseite – da drüben ist noch ein freier Stand, da können Sie Ihre Flyer verteilen, aber verkauft wird hier nichts – auch keine Spenden entgegengenommen – nicht solange wir nicht geklärt haben, ob diese ..." er sucht nach angemessenen Worten „... bemalten Klamottensteine wirklich aus einer Sachbeschädigung in Hohenknipselstein stammen! Und Sie können sicher sein, daß die lockere Freizügigkeit, mit der Sie und diese fremden Menschen hier bisher geduldet worden sind – vorbei ist!" Damit schaut Pettar Ria fest an.

Weil der ‚Klartext'-Koordinatorin so schnell wirklich nichts anderes einfällt, als die Arme in die Seiten zu stemmen und in die verbale Alt-68er-Tüte zu greifen, indem sie „Du Chauvi-Schwein!" zischt, setzt Pettar sachlich hinzu: „Scheibe Schweinebraten gibt's drüben am Stand – aber vorher entfernen Sie all das Gestein von den Tischen ..." Etwas fällt ihm schnell noch ein: „Halt! – Zwei nehme ich mit, die werden untersucht, wo die her sind, nicht daß sie mir noch einmal mit Riesen-Sagen kommen!"

„Das werde ich an die Presse bringen!" Ria schaut sich um, wo sind eigentlich die Figuren vom lokalen TV? Aber sie erblickt Zippa und Egel hinten bei der fremden Frau, die Arib immer noch mit Beschlag belegt hat.

„Sie, hallo ..." Pettar ist noch mit Delegieren beschäftigt und winkt Wobel Hupenhorn heran. Er hat den Kustos in seinem gelben Warnwestchen schnell erblickt, schließlich steht hinten drauf ‚Standleitung' ...
– Wer hat eigentlich diesen Doppelsinn verzapft, fragt sich Pettar nebenbei!

„Hallo, Sie, ja Sie ...! Sie machen hier die Standaufsicht? – Also Sie machen mir zuerst mal alle Tische unter dem Baldachin frei, räumen Sie das Zeugs meinetwegen da auf den hintersten Ersatzstand, dann geben Sie acht, daß da nichts kommerziell genutzt wird. Die Frau von der Flüchtlingsorganisation – und nur die Frau – darf Flyer verteilen, Flyer von ... – wie heißt der Verein ..."

„Das ist ja wohl das allerletzte, ich protestiere gegen diese Behandlung aufs schärfste, ich werde mich beschweren ..." droht Ria.

Sie erwägt Gegenmaßnahmen: Sitzstreik ...! – Aber wo, wenn's nur paar Stühle und nassen Boden gibt? – Hungerstreik ...! – Wenn die Dörfler einen anglotzen, während sie ihren Napf heißer Suppe löffeln, hat das doch auch keine Durchschlagskraft – es sei denn wegen der Kälte später auf dem Klo! – Sich anketten! – Weit und breit keine Zäune, nur die zusammenklappbaren Herbstfeststände ... Ketten und Schlösser ...? Dafür müßte man auch erst zum

Baumarkt ...! Aber so was gäbe der ganzen Aktion so einen platten Anstrich, wenn man die zellophanverschweißten Packungen der Vorhängeschlösser erst aufzwerseln ... sich vielleicht von wem anders noch eine Schere pumpen muß ... – nee, geht nicht! Wirklich durchschlagende Aktionen sind hier vor Ort im Moment nicht drin. Obendrein ist alles zu ungemütlich, nach dem Luxus in der Burg, werden die Pieselwesier das hier am Stand nicht aus dem Stand mitmachen ...

„**Wir** hätten uns ja wohl schon längst beschweren müssen, wie Sie und diese Menschen hier aufgekreuzt sind und einfach unsere Burg besetzt haben ..." erläutert Pettar Lascher jetzt seinen Standpunkt auch etwas heftiger – wenn schon ‚Chauvi', dann auch satt! Und zum verdrucksten Wobel: „...also Sie haben das verstanden?"

„Hm ..." grunzt Wobel, der eigentlich zu diesem Zeitpunkt sich hätte das erst Bier gönnen wollen.

„Komm mal, ich helf' Euch ..." es ist Gundi Grundlos, die sich auf diese Art an Ria wendet, denn der Ausruf vom ‚Chauvi-Schwein' hat für sie gewirkt wie ein posthypnotischer Befehl, der die Alt-68er-Solidarität wieder in ihr aufgeweckt hat und alles andere einschläferte. „Ich zeig' Dir, wo Ihr Euch hinstellen könnt und dann kriegt Ihr erst einmal was zum Essen und zum Trinken."

Und es ist auch tatsächlich so: alle Pieselwesier stehen ratlos wie durstige, verschüchterte Schafe um Ria herum – Gastfreundschaft ist jetzt gefragt.

Das sieht natürlich auch Pettar Lascher und überläßt Gundi Grundlos das Feld für die Nächstenliebe.

Er selbst könnte sich ja auch ein paar Suppenteller schnappen und an die Asylanten verteilen, geht ihm durch den Kopf ...

Aber nachdem bisher überhaupt keine Initiative zum Dialog – oder einfach nur zum ‚Guten-Tag-Sagen' – von den Flüchtlingen oder vielmehr von dieser betreuenden Organisation gekommen ist, sondern nur diese Verhohnepiepelei, ist die Kehrtwende das Herbstfest zusammen nett bei Knackwurst und Most

zu genießen, eben nicht der rechte Ort und die rechte Zeit, um seinerseits durch unangemessene Gesten den Dingen wieder einen falschen Akzent zu geben. Die Verköstigung kriegen die Flüchtlinge ja trotzdem. Vielmehr müßte er jetzt die Gelegenheit nutzen und die Zufahrt zur Burg sperren lassen – den Rückzug abschneiden ... Aber Pettar befürchtet – sicher zurecht – daß sich dann noch mehr aufschaukeln würde ... – also auf diese Idee sollte wenn schon, dann besser sein Chef kommen. –
Wo ist der eigentlich?
Erst jetzt bemerkt Pettar, daß er hier mittlerweile allein steht und Tüpfelhund – kann doch nicht wahr sein! – am ‚Weinstand Harfe' sich bei Wein, Brezel und gerösteten Kastanien eloquent mit der provokanten Frau von vorhin unterhält – mit der Frau, die die Leute drauf gestukt hat, daß man ihnen ihre eigene Burg verkauft ... – na, der hat ja Nerven, sein Tüpfelhund! – Da geht Pettar jetzt mal vorbei, schließlich will er doch eine geröstete Kastanie essen, so eine, die er für andere immer aus dem Feuer holen muß ...

„Das ist ja eine wunderbar geile Story!" Zippa ist entzückt. „Stellt Euch mal zusammen ... – Egel, halt mal drauf ...! – Da habt Ihr Euch echt hier wiedergesehen – ein Flüchtling und seine große Liebe!"
„Na, ja, so war's vielleicht doch nicht ganz ..." wendet Sanna Klein ein und entwindet sich der innigen Umarmung Aribs. In dieser Pose, mit dieser Urlaubsbekanntschaft möchte sie doch irgendwie nicht im Lokalsender erscheinen ... –
Weiß man erstens nie, was die dörfliche Kundschaft denkt – ob so eine Reklame nicht nach hinten losgeht! Und zweitens ist das irgendwie wie mit dem Wein, den man früher aus dem südlichen Urlaub mitgebracht hat: auf dem eigenen Sofa nach einem Alltagstag hat der immer viel fader geschmeckt als da unten am sonnigen Strand im Liegestuhl.
Diesen blöden Vergleich möchte Sanna Klein gar nicht denken ... – aber Arib gibt hier wirklich nur die

Lachschotennummer, den Gigolo, der für Kullereck-TV stupide lächelt – nichts mehr übrig von dem souveränen, feurigen Liebhaber, der er in ihrem Pieselwesien-Urlaub war ...

„Also das finde ich ja wunderbar Madame Flausenscheitel-Tulpenschweif ... – äh ..." – die heißt doch irgendwie etwas anders, fällt es Portus Tüpfelhund ein. Soll Lascher später recherchieren – der ist wieder mal nicht da, wenn man ihn braucht! Tüpfelhund ist aber trotzdem mehr als versöhnt: nach diesem eklatanten Überfall der dahergelaufenen Woandersherkommer, hat er doch noch die Dame erkannt, die da so mutig die Chose gerettet hat. Zwar mußte er ein wenig sein Gedächtnis bemühen, aber so viel Knipsler Historie hatte er doch noch parat, daß er wußte, die hier ist eine Blaublütige von dem Scheitelflausen-Tulpen-Adel, also von dem ursprünglichen, alten Burgadel! – Auch Lascher später zur Rede stellen, warum man die nicht als VIP eingeladen hat, wenn man schon ein ganzes Zeltdach bestellt ...

„Wie ist es denn, wollen Sie Ihr Schloß nicht wieder bewohnen?" fühlt Tüpfelhund nun doch etwas plump vor, indem er Marrá mit einem Schoppen Murkelhänger hochgelobt zuprostet.

„Also erstens gab es damals, als ich das wollte, viele Auflagen, Einwände und ungeklärte Fragen des Eigentumsrechts, wir konnten uns mit den Behörden über Beteiligungen an Sanierungen und über Denkmalschutzauflagen so gar nicht verständigen und zweitens sieht es ja im Moment so aus, als hätten andere Leute da besser verhandelt, um dort wohnen zu dürfen ..."

Ups ... das hat gesessen!

Lorbas, der als Marrás Begleitung auch einen Murkelhänger abbekommen hat, verzieht süffisant das Gesicht und lauscht weiter dem interessanten Dialog.

Tüpfelhund aber wird tatsächlich rot und beginnt herumzudrucksen, was er durch klare Statements vertuschen möchte: „Wissen sie was – lassen Sie uns

in der nächsten Woche doch mal in ruhigerer und etwas weniger öffentlicher Atmosphäre zusammensetzten …"
Marrá kennt natürlich ihre Karten und weiß sie auszuspielen: „Wissen Sie, ich bin eigentlich nur auf der Durchreise, Knipsel Castle hatte ich schon völlig abgehakt. ‚Gut so!' denke ich mir, wo ich jetzt sehe, wie brüchig die Burg ist – oder gemacht worden ist … Da bin ich doch immer froh, daß wir eine demokratische Regierung haben, die so verträgliche Lösungen anbieten kann. Wären König oder Adel an der Macht, die Lösungen wären sicher nicht so verträglich, vielleicht nur etwas klarer durchgesetzt – was dann auf die Dauer aber eine andere Art von Verträglichkeit gewährleistet. Das muß man aber anfangs oft länger gegen allerlei Widerstände durchhalten und da habe ich in meinem Alter keine Lust mehr mich zu echauffieren!"
Doppel-Ups …
„Das kann ich ja wirklich nur zu gut nachvollziehen …" tüpfelt Portus geschmeidig.
„Wie …?" Marrá ist scheinbar verwundert. „Sind Sie auch von adliger Abstammung? Und dann in der Republik der Demokratie anheim gefallen …?!" wirft sie mitfühlend ein.
„Also nein, nicht direkt …" Tüpfelhund überlegt, ob er nicht doch einen adligen Großvater dritten Grades aufweisen kann … – aber er weiß noch nicht einmal ob es das gibt … „… ich fühlte mich dem Adligen, dem Noblen, dem Königlichen schon immer sehr verbunden, ich bin quasi ein Wahlverwandter!"
„Ein *Wahl*-Verwandter des Adels … – was für eine schöne Idee – sie wissen schon, daß Adel nicht gewählt wird und auch nicht die Wahl hat adlig zu sein! – *Wahl*-verwandt zu sein ist da wirklich ein guter Gag! – Da können wir uns vielleicht doch einmal mit etwas mehr Zeit zusammensetzen und austauschen!"
„Oh, ja, das machen wir! Wann paßt's Ihnen?" Tüpfelhund bedrängt Marrá, als solle sie ihm das Stöckchen zum Apportieren werfe. Das hat aber vor allem den Grund, daß dem guten Portus gerade noch

der anstehende Königinnenbesuch eingefallen ist – und das wäre doch eine schöne Sache, wenn man da einen adligen Trumpf hätte, der sich um das Damenprogramm kümmern könnte! – Der Lascher weiß gar nicht, was ich ihm hier für Arbeit abnehme, denkt sich Portus Tüpfelhund noch so nebenbei ...

„'Qatsch-*Querstrich*-14' gibt's gar nicht bei Sicherungsplanen!"
Ja, Pater Burkard ist nun auch schon zurück, hat aber gar nicht gemerkt, daß es ein Mustopf war, in den ihn Beliesa geschickt hat. Treu meldet er seiner evangelischen Amtsschwester, warum er unverrichteter Dinge vom Baumarkt zurück ist.
„Nicht schlimm!" beschert ihm Beliesa. „Das ist jetzt unser geringstes Problem! Vielmehr hat der stellvertretende Gemeindeschnauz die Flüchtlinge attackiert, die dürfen Ihre Kunst nicht anbieten ..." informiert die Pfarrerin den Pater mit Halbwahrheiten.
„Was?" Pater Burkard ist verwirrt und sich nicht sicher, wie er das verstehen soll. „Das macht hier auch alles einen irgendwie unseligen Eindruck, gar keine Fröhlichkeit im Fest – das kann doch nicht nur am Wetter liegen!"
„Tja, wären Sie mal besser anwesend gewesen, dann hätte ich mich dem nicht allein stellen müssen ..." motzt Beliesa.
„Ja, hören Sie mal, Frau Glausack, *Sie* haben mich doch weggeschickt, ich sollte diese unplanmäßigen Planen besorgen ..."
„Und was kommt da raus? – Sie entziehen sich der Schwierigkeiten und bringen dann noch nicht mal das Passende mit ..." Beliesa weiß, wie sie den etwas verträumten Pater aus dem Tritt bringen kann und murmelt im Abwenden „... wieder mal typisch katholische Kirche – immer gut aus der Verantwortung geschummelt!"

„Wir gehen jetzt!" Clip und Kafi sind sich einig und teilen es Ria schon mal mit.

„Was? Wieso denn?" Ria, die sich gerade mit ihren Flyern von ‚Klartext' am zugewiesenen hinterletzten Stand aufgebaut hat und brütend überlegt, was man hier noch für eine Initiative starten kann, damit man nicht ganz kampflos das Feld räumen muß, ist von der Mitteilung der beiden Pieselwesier, die offenbar auch für den Rest der Gruppe – außer für Arib, der immer noch woanders herumschwirrt – sprechen, total überrumpelt.

„Das könnt Ihr nicht machen, wir finden eine Gelegenheit, uns hier noch mal ins Spiel zu bringen, Ihr dürft da nicht immer bockig sein!"

„Essen gekostet – schmeckt nicht, nur bei Italo-Mann guter Mampf – sind wir aber schon durch!" mault Clip.

„Karussell läßt der uns nicht drauf!" beschwert sich Kafi.

„Das ist ein **Kinder**karussell!" erklärt Ria die Abweisung.

„Gar keine Kinder da – also könn' wir drauf! – Wollten sogar zahlen ... wo der noch auf Kinder wartet! – Wir zu schwer, sagt Typ! – Soll'r sich Drehdings an Hintern kleben ..." Kafi ist da eindeutig.

„Also wir fahren auf Burg zurück – wenn Du bleiben willst – drive ich Bus!" Clip hatte sich auch aufs Karussell fahren gefreut und könnte ihren Frust am Steuer des Mannschaftsbusses ihrer Truppe gut abbauen.

„Gottes Willen, bloß nicht!" entfährt es der seit ewigen Zeiten atheistischen Ria.

„Hab' License in Pieselwesien gemacht!" verkündet Clip stolz.

„Mag ja sein, aber ob die hier gilt, Deine License – und ob Du noch so ganz in Übung bist, die Serpentinen hoch ...!" gibt Ria zu bedenken.

„Serpen... – Fuckwort, was?! – Magst keine anderen Frauen an Steuer lassen ... – Diskriminierung!" Clip verdächtigt jetzt Ria ganz böser Sachen. Dummerweise hat Ria neulich an einem gemütlichen Abend auf der Burg allen das Wort ‚Diskriminierung' beigebracht – eigentlich Aussprache **und** Sinngehalt, damit es jeder parat hat, wenn er mal schlecht

behandelt wird – daß sich das so schnell gegen sie selbst richten würde, hatte sie damals nicht vermutet!
„Also jetzt mal langsam mit den jungen Pferden ..." Ria wird's zu bunt im Multikulti.
„Karussellpferd häßlich – viel zu kurz, so sieht Pferd nie aus in Pieselwesien – Pferd zu kurz wie Bett zu kurz – alles zu kurz in diesem Land!" beschwert sich Kafi – dann fällt ihm noch was Blödes dazu ein und er grinst Ria verschmitzt an. „Arib Dir auch zu kurz, sonst Du ihn zurückgeholt – macht mit and'rer rum!" Kafi zeigt auch noch mit dem Finger deutlich zu Arib, der immer noch bei Sanna Klein herumsteht, sich nur mal kurz hier, mal dort an einem Stand umschaut, aber wie mit Laufleine immer zu Sanna zurückkehrt, die diese Leine aber am liebsten schon gekappt hätte.
Ria reicht es jetzt: „Die Klamottenkunst haben wir schon eingepackt, mit den Werbefuzzis werde ich noch extra Klartext reden – so 'ne Scheißidee! – Dann trommelt halt die ganze Bagage zusammen, mir ist die Laune auch vergangen – wir fahren wieder nach oben!"

Doch noch ein entspannter Nachmittag?

„Wollen die wieder aufbrechen?" Pettar Lascher macht seinen Chef auf die Asylanten aufmerksam, die jetzt merkbar einer nach dem anderen sich am Bus sammeln.
„Tja, mit SEK wären Sie jetzt schon zu spät, Lascher!" brüstet sich Tüpfelhund, die mal wieder bessere Übersicht bewiesen zu haben. In Wahrheit hat auch Tüpfelhund keine Lust, sich den Tag verderben zu lassen mit einer doch irgendwie übertriebenen Anforderung einer ‚Aufräummannschaft' – das wäre auch der Öffentlichkeit nicht zu vermitteln gewesen, die ja dummerweise heute so präsent vor Ort ist ...
Dabei ist sich aber Tüpfelhund nicht bewußt, daß es heute noch gar nicht aller Tage Abend ist, was das Verderben eines Tages angeht ...

„Schon gut," mault Pettar, er hätte auch kein Räumkommando hier haben wollen – aber er hielt es doch für besser, seinen Chef auf die Option aufmerksam zu machen – nachher hätt's dann wieder geheißen, er, Pettar, hätt's übersehen ...
Immerhin durfte er sich nach all seiner Koordinationsanstrengung auch an den Honoratioren-Tisch setzen – der sich jetzt nicht unter dem weißen Baldachin gefunden hat, sondern an den Biertischen von Bauer Harfes Weinstand. Die schöne, weiße VIP-Lounge ist ganz verlassen. Nachdem die Flüchtlinge von dort verscheucht wurden und die Oberen der Landesregierung nicht auftauchten, wollte nun auch niemand anderes hier sein Bier trinken. Obendrein hat Pettar gerade einen Anruf von der Landesebene bekommen: man kann nicht kommen – anderweitige Verpflichtungen! Was eigentlich nichts anderes heißt als: ‚Knipsels Herbstfest ist uns schnurz!' – Aber um die Landes-Großkopferten-Ebene ist es heute nicht schade – wer weiß, was das sonst hier für ein Kuddelmuddel gegeben hätte ...
„Die Fremdgäste dampfen ab!" registriert Bauer Harfe, der sich auch auf ein Bierchen zu seinen besseren Gästen gesetzt hat.

Tatsächlich sind die Flüchtlingsgäste ... Gast Flüchtlinge ... – oder wie immer man sie nenne soll – jetzt in den Bus eingestiegen. Ria schließt die Tür und hat sogar durchgesetzt, daß sie selbst am Steuer sitzt. Mittlerweile kann sie die engen Kehren der Bergstraße ganz gut einschätzen und in zehn Minuten ist man oben und kann vielleicht noch einen entspannten Nachmittag erleben ...

... den entspannten Nachmittag haben auch die zurückbleibenden Herbstfestgäste im Blick, denn irgendwie – was ja sozial nicht sein soll und deshalb auch nur ein leichter aber unüberhörbarer Seufzer ist – atmen die meisten auf, als der Bus mit den Flüchtlingen, die hier so seltsame Kunstwerke bespendet haben wollten, sich entfernt.

Man bestellt noch einen weiteren ‚Knipsler Knabberkäse' – eine Weiterverfeinerung des Flammkuchens – dazu einen Schoppen oder man amüsiert sich mit Fischchenangeln oder Lose kaufen.
Es ist keine halbe Stunde vergangen, da hat wohl jemand ein Supergewinn-*Los* gezogen, denn weshalb sollte sonst ein Feuerwerk *los*gehen?!
Als wäre es Fasching oder Silvester, knallt es, zischt es, blitzt es!
Alle Festgäste müssen sich erst einmal orientieren, wo das alles seinen Ursprung hat ... – hintergründig sicher bei ihnen hier unten – aber vordergründig, erscheinungsmäßig böllert es oben heraus ...
So ist es ja immer: brodeln tut's unten und die Feuerspucke kommt oben aus dem Vulkan!
Und als die ersten mitbekommen, wo es knallt, ist eigentlich niemand mehr überrascht, daß Böller und bunte Blitze von Knipsel Castle aus hochsteigen ...
Viele sind sich nun im klaren: ihren ruhigen Nachmittag können sie knicken und in den Rauch schreiben ...
Portus Tüpfelhund, Pettar Lascher, Beliesa Glausack, Pater Burkard, Marrá und Lorbas springen je nach Kondition agil oder eher steifgesessen von ihren Sitzen auf.
Wie es sich aber gehört, ist die Presse als erstes im Auto: Zippa und Egel haben aber auch den Vorteil, im Vehikel gerade alles Technische zu verstauen, weil sie sich nun noch kulinarisch stärken wollen, als das Feuerwerk losbricht. So sind sie schon die erste Biege zur Burg hoch, während die anderen sich noch sortieren, mit welchen Wagen man wohl am besten wegkommt. So nimmt Pater Burkard Marrá und Lorbas mit. Pettar hat in seinem Auto seinen Chef und – ungern aber momentan nicht zu diskutieren – Beliesa Glausack, die schnell noch hineingesprungen ist. Mit ihnen will er jetzt die haarnadeligen Höhen hinaufkurven, aber gerade gestartet, wird noch einmal die Tür aufgerissen und Wobel Hupenhorn springt erstaunlich behende auf den einen noch freien Rücksitz, mit dem kurzen Statement "Da muß ich

auch mit!" – Das kann man hier und jetzt auch nicht zur Diskussion stellen ... – denn auf Knipsel Castle feuerwerken immer wieder neue Crescendos auf!

Bis die ganze Festmannschaft samt einiger folgender Schaulustiger im Korso hier oben eintrifft, können wir genüßlich resümieren, was passiert ist, daß die Situation so explodieren konnte ...

Ria ist laut am Lamentieren, wie das denn so schief gehen konnte unten beim Herbstfest, als sie allen voran aus dem abgestellten Bus nach oben zum Hintereingang der Burg stapft.
Auch wird sie natürlich irgend etwas an ihren Teamleiter bei ‚Klartext-Asylanten' mitteilen müssen und die Bosse dort möchten eben nicht nur hören, daß die Flüchtlinge unmotiviert waren oder die politisch verantwortlichen Ansprechpartner zu verdruckst ..., nein, da müssen schon bessere Gründe her, wenn man nicht um fünf Ecken eingestehen will, die Lage selbst verpatzt zu haben ...
Mit so einem schönen Brast will Ria die Hintertür aufklinken. Da man für das Domizil noch keine Schlüssel bekommen hat und die Gruppe bisher nie geschlossen aushäusig war, hat man heute die Hintertür nur zugeklinkt – so gut zugeklinkt, daß Ria sich jetzt die Nase anditscht! – Das schmettert auch noch den Rest von Rias Laune den Berg hinunter in den Abgrund!
„Kafi, bist Du jeck – was hast du mit der Tür gemacht? Du solltest sie nur einklinken, nicht verrammeln ... – wo hakt das denn hier ..." Ria sucht mit wildem Rütteln nach Lösungen.
Kafi tritt vor, er ist sich sicher, dieses Mal nichts falsch gemacht zu haben. Nach zwei, drei milden Versuchen des Klinkedrückens – bei dem sich nichts rührt – ist auch er aber gleich beim Reißen und Rütteln – zuerst hat auch er keinen Erfolg ... – dann aber hat er gleich die Klinke in der Hand ...
Alle umstehenden Nicht-Rüttler der Gruppe finden es witzig und müssen lachen ...

Kafis wütendes „Fuck!" kommt fast zeitgleich mit Rias „Scheiße!" heraus.

Weil der Tag nun eh schon so belastet ist und sich so gar nicht entspannen will, traktiert Kafi die Tür jetzt auch mit Tritten und haut mit der abgerissenen Türklinke in der Hand trommelnd auf die Tür ein.

Die Klinke, sicher aus einer bestimmten Baumarktkette, denkt sich: ‚Ich bin doch nicht blöd ... und laß mich hier traktieren!'. So entwindet sie sich Kafis Hand und springt knapp an Rias Kopf vorbei, den sie aber noch an der Stirn streift.

„Are you crazy!?" keift Ria vor Schmerz und Wut.

Kafi schaut entgeistert: „Sorry, shit door – alles trash!"

„Na, wohl nicht, sonst hätt'st Du's ja aufbekommen – oder richtig zugemacht! Zu allem zu doof!" kreischt jetzt Ria.

„Wir nich' zu doof – Du zu doof!" mischt sich jetzt Clip ein. „Kack Fest, Kack Burg, Kack Knapsel! – Du verbocken!"

„Nu is aber Schluß!" besinnt sich Ria. „Wir diskutieren das drinnen weiter! – Ist vorn wenigstens offen?" Sie wendet sich an Kafi.

„Nee, Du gesagt, kein anderer soll rein können, ich soll vergammeln ...!"

„ ... verrammeln ... du solltest innen an der Tür was Schweres vorschieben, das habe ich gemeint!"

„Ja, eben, habe Kommode vorgeschoben – vorne vor Haupttür hintergeschoben ..."

„Okay, da können wir also gar nicht rein ..." Ria versucht ruhig zu überlegen „...dann geh' mit Clip aber trotzdem noch mal nach vorn und schau, ob ihr die Tür nicht doch aufbekommt!"

„Is' zu!" Kafi hat keine Lust vorne am Haupteingang vielleicht auch noch die Klinke herauszuwürgen.

„Versuch's halt!" gibt Ria Anweisung. Keiner rührt sich. „Weil Ihr nie ausdauernd genug seid, klappt auch nie etwas richtig!" zischt Ria jetzt heraus, was sie schon lange allgemein zu bemängeln hat. „Jetzt stehen wir hier gerade mal drei Minuten vor dem Problem und Euch ist alles zuviel, was mal einen anderen Weg verlangt ..."

Clip macht Kafi eine Handbewegung mitzukommen – der will nicht, also bleibt sie auch hier.
„Ich probier hier mit Knebel ..." verkündet Kafi jetzt.
„... was für'n Knebel ...? – Ach, *H*ebel ...!" Ria ist irritiert, sieht aber schon, daß sich Kafi eine Harke aus dem mit allerlei Müll übersäten Gebüsch schnappt und die als Art Kuhfuß einsetzt, um die Tür aufzuhebeln. Die Tür ist im Gegensatz zur Klinke kein neues Talmi-Modell, sondern noch altes Massivholz. Sie müßte nach innen aufgehen ...
Ja – hurra! – Die Tür gibt etwas nach, Kafi hakt gleich noch einmal nach, jetzt ... jetzt öffnet sich ein Spalt ... immer mehr ... aber immer noch Widerstand, als wenn auch hier etwas dahinterliegt, was die Sache verklemmt. Ria und zwei andere aus der Gruppe drücken jetzt mit der Schulter gegen die Tür, um Kafis Bemühungen zu unterstützen ... jetzt ... jetzt gibt sie ganz nach, fliegt einen Spaltweit auf ...
„Scheiß Kanacken, Ihr bleibt draußen!" ein wildes, wirres Gesicht schreit es von innen aus dem Türspalt hinaus, lugt kurz grimmig durch die Öffnung und schmettert den Erschreckten draußen die Tür wieder vor der Nase zu, dann hört man noch ein schweres Scharren von etwas, was zum Verbarrikadieren hinter die Tür geschoben wird und der Spuk ist erst einmal vorbei.
Clip schreit als erste: „A ghost, a gnip – good god ...!" und rennt weg. Nur weg von hier, schnell nach vorn auf den Vorplatz, da ist es heller, freier und man hat Abstand zur Burg.
Die Frauen, die sonst so gern Kartoffeln schälen, halten das mit dem Schreien und Wegrennen für eine gute Idee – Flüchten hat sich einfach schon bewährt – ob große oder kleine Gefahr, kann man später herausfinden – das finden die übrigen, bisher noch Unentschlossenen jetzt auch.
„Bleibt doch hier!" schreit Ria
Sie ist die letzte, die übrig bleibt vor der verschlossenen Tür: „Ich glaub's ja wohl nicht!" kreischt sie vor Wut und wählt ein Fußstampfen dazu, was ja eher das ‚Hier bin ich und hier bleib ich!'

artikulieren soll. – Und dann dämmert ihr so langsam, was hier läuft, in ihrer ‚Klartext'-Erfahrung war das gar nicht so selten, daß plötzlich andere Leute ein Fleckchen attraktiv fanden, für das sie vorher keinen Pfifferling gegeben hätten. Nur weil Flüchtlinge es jetzt für sich erobert hatten, wollten die anderen es nun auch haben ...
Mit dieser Vermutung liegt Ria richtig ...

„Glob ick ja nich', tritt der Herkules die Tür uf, trotz dem wa dit schwere Regal vorjeschoben ham!" Biker-Schorsch hinter der Seitentür im Flur von Knipsel Castle ist entrüstet über so viel Unverschämtheit.
„Jede Wette, die probier'n dit jetzte gleich noch woanders, formiern sich nur zum neuen Ansturm ..." gibt Bresch, der dürre Zausel, seine Vermutung in die Runde.
Die Runde besteht nicht nur aus den drei Trafokasten-Spritis, sondern aus noch drei, vier anderen Kumpels, die man für den Plan Knipsel Castle zurückzuerobern in Kullerstadt und Vierecktal mobil machen konnte.
Im Gegensatz zu vielen anderen Einwohnern haben Schorsch, Bresch und Rabautze mitbekommen, daß die Asylsuchenden auf Knipsel Castle zum Herbstfest eingeladen werden sollten und sie hatten daraufhin richtig vermutet, daß niemand als Stallwache hier auf der Burg zurückbleiben würde. Ganz einfach, weil die alle schon viel zu lange ‚ohne Auslauf', wie Rabautze es formulierte, auf der Burg fest saßen und viel lieber schon längst mal wieder beim Indi-Italo einen drauf gemacht hätten.
„Aber wenn man betreut wird, von so einer Organisation, dann sollste ja irgendwie auch ein Aushängeschild für die ihre Interessen sein, da kannste nich einfach blau machen – da gibt's Gruppenstramm-Beisammensein! Gibt's och 'n Namen für ..." überlegt Schorsch.
„Gruppenzwang!" warf Bresch wissend bei der Vorbesprechung zum Coup ein.
„Die Therapeutzkis nenn' dit schöner: ‚Gruppendisziplin'!" erklärte Rabautze nüchtern.

„Egal ..." überlegte Schorsch „... is in unsre Kreise och nich anders, wenn de wo ma warm wohn' willst, darfst nich rochen, keen doofen Besuch kriegen und sollst ohne Furz pooven ... – haste och wann dicke – jehste lieba wieda in 'ne Kälte unter de Brücke ..."
Die anderen konnten sich dieser Argumentation nur anschließen und so kam es, daß man Knipsel Castle mit ein bißchen Aushecken und im Gebüsch verstecken bis alle weg waren, im Handstreich einnehmen und abschotten konnte!
„Die müssen wa jetze aber uf Trab halten!" erinnert Rabautze die anderen. „Los, wie besprochen: hoch in 'n Turm und dann Feuerwerk!"
Keine zwei Minuten später erlebt Knipsel nun Puff, Peng, Zisch ... – alles was Böller hergeben!
Dabei sind, wie man sich denken kann, nur wenige der Raketen und bunten Geschosse aus den sicheren und frei verkäuflichen Silvesterbeständen, die so ein amtliches Prüfsiegel haben. Die knalligsten Krach- und Blitzmachen sind Billigimporte oder sogar aus eigener Herstellung ...

Auf Knipsel kracht's

Das ist also der bewegte Stand der Dinge und der Fronten, als Zippa und Egel, Portus Tüpfelhund und Pettar Lascher, Beliesa Glausack, Pater Burkard, Marrá, Lorbas, Wobel Hupenhorn und nach ihnen noch einige Schaulustige ihre Autos auf dem Parkplatz unterhalb des Schlosses abstellen und mehr oder weniger schnell und geschickt über die holperige Treppe zum eigentlichen Burgvorplatz gelangen.
Hier steht die durcheinanderschwatzende und doch so sprachlose Schar der Flüchtlinge, die man ja nun im doppelten Sinne so bezeichnen kann. Die in Grüppchen zusammenstehenden haben Mühe, auszuweichen und einzeln zur Seite zu springen. Die Rabauken um Rabautze stehen oben auf der kleinen Plattform des Turms, schauen einzeln oder zu zweit

sich in die gemauerten Vorsprünge klemmend nach unten und sortieren: was hübsche Sprüher macht, zünden sie in den Himmel. Die Ableger aber von Knallfröschen: das, was ordentlich kracht und zischt, das schmeißen sie unter Gejohle in die aufgescheuchte und zunehmend schimpfende Menge auf dem Vorplatz! – Ihr Arsenal scheint endlos zu sein!

Unten ist Ria die erste, die das Anrücken der Kavallerie, nein ... der Offiziellen bemerkt.

„Da sehen Sie mal, was Sie angerichtet haben," fährt sie gleich Pettar Lascher an, wirft aber auch noch einen vorwurfsvollen Blick zu Beliesa und Tüpfelhund. So eine Aussage, kommt in einem derartig aufgepeitschten Moment natürlich deshalb gut rüber, weil sie niemand so schnell entkräften kann – ganz einfach weil es andere Dinge zu tun gibt ...

„Wer ist das denn?" fragt Pettar laut schreiend, wegen der ständig aufheulenden Knaller, zu Wobel Hupenhorn hinüber. Er vermutet, der Kustos wird sich mit den Leuten am besten auskennen.

Das stimmt auch, denn Wobel sagt sofort: „Rabautze und seine Trafoleute!"

„Wie, die sind vom E-Werk?" Pettar kann's nicht glauben.

„Nee!" Wobel muß bei diesem Gedanken grinsen. „Rabautze und die übrigen Spritis hängen nur immer am Trafokasten nahe dem Bahnhof ab!"

„Ach, so ..." Pettar kann sich so langsam ein Bild machen „... Sie kennen die!"

„Na, hören Sie mal ...!" Wobel will das so, wie der im schicken Anzug das sagt, dieser jungsche Typ, der im Gemeindeamt – statt am Trafokasten – Karriere macht und sich außer am Herbstfest in Knipsel so gar nicht blicken läßt ... also so, wie der da zwischen ihm und Rabautzes Clique eine Beziehung herstellt, so will es Wobel nicht stehen lassen.

„So meine ich es doch nicht ..." lenkt Pettar schnell ein, als er merkt, er hat das Hauswartsgemüt verletzt.

„Das sind also die Alkoholkranken und Obdachlosen aus Knipsel, die das Theater hier veranstalten!"

„Alkohol**kranke** ...?!" Dieser Ausdruck wäre nun wieder für Wobel Diskussionsmunition: Kranke leiden ja, aber Rabautze geht's eigentlich immer besser, je mehr er sich hinter die Binde gegossen hat! – Doch hier geht es ja um andere ‚Munition', deshalb verkneift Wobel es sich, dem Jungschnösel vom Amt mal was über Kranksein zu erzählen – über das Ziehen in seinem eigenen Rücken hätte er ja einige Geschichten parat.

„Weil die wohl mitbekommen haben, daß die Asozialen sich hier auf Knipsel Castle ein schönes Leben machen, deshalb machen die hier Feuerwerk! Rabautze und seine Kumpels haben ja selbst schon mal angefragt, hier unterzukommen ... – ist aber abgelehnt worden und da sind die jetzt wohl sauer. Wenn Sie mich fragen: zurecht!" Wobel schaut so gut es geht herablassend auf Pettar.

Pettar ignoriert Wobels Meinung, kann aber etwas anders wegen der ‚political correctness' nicht durchgehen lassen: „Das sind keine **Asozialen**, sondern Flüchtlinge, Herr ..."

„Hupenhorn, ich heiße Hupenhorn! – Dann sind es aber ungezogene Flüchtlinge, man kann nicht wo fremd hinkommen und sich ungefragt in den besten Wohnzimmersessel setzen! – Macht man nicht!" Hupenhorn bekommt endlich Gelegenheit wem von oben mal zu erklären, wie manches sein sollte – dabei stört ihn das ständige Geknalle überhaupt nicht, das ideale Knipsel könnte er stundenlang auch gegen Lärm entwerfen ...

Nur Pettar Lascher hat dafür jetzt keine Zeit, denn aus dem Augenwinkel sieht er, wie eifrig der Fuzzi von Kullereck-TV filmt und die Reporter-Mieze quirlig ihre Eindrücke ins Taschengerät spricht – keine Frage, er und Tüpfelhund müssen hier etwas bewegen, wenn sie sich nicht in den Abendnachrichten als unfähige Volksvertreter wiederfinden wollen.

Er tritt die paar Schritte zu seinem Chef hinüber, der sich wirklich im absolut knallfroschsicheren Bereich aufgestellt hat – was auch nicht so gut rüberkommt ... so weit weg vom Volk.

Ja, da sind Beliesa, Pater Burkard, Lorbas und Marrá engagierter, haben sich zu den Flüchtlingen gestellt, halb sie beruhigt, halb nachgefragt, wie das denn gekommen sei ...
...na ja, wie's so geht – könnte man sagen – : man läßt was einreißen und dann reißt der eine Riß immer weiter nach! – Aber mit den Anfängen, denen nicht gewehrt wurde, kann man sich nun erst später befassen, zuerst muß dem bösen Fortgang ein Ende gemacht werden! – Fragt sich nur wie ...
Allein die Lautstärke und das ganze Tohuwabohu oben und unten lassen ruhigen Meinungsaustausch momentan gar nicht zu!
Pettar schreit also durch das ganze Getöse seinem Chef ins Ohr: "Wir sollten nicht warten, bis die alles verschossen haben und von selbst aufhören – das könnte uns als Laschheit ausgelegt werden!"
„Ja, Lascher, da haben Sie recht – was also machen wir dann?"
„Verhandeln!" Pettar fällt ein, daß er vor ein paar Wochen ein Deeskalationsseminar mitgemacht hat, er hat viel Verhandlungsgeschick und -taktik gelernt – aber das lief immer in ruhiger Atmosphäre ab, kein Planspiel bezog rein akustische Störungen mal mit ein ... – das muß er den Seminarleitern unbedingt noch als Feedback geben ... demnächst mal ...
Die andere Ecke der Zuschauergruppe ist da doch schon etwas weiter ...
Es ist Pater Burkhard, der zwei der pieselwesischen Männer mehr gestisch als akustisch gebeten hat, ihm zum Auto auf dem Parkplatz zu folgen. Ihm fiel da nämlich etwas ein: zwar hatte ihn seine evangelische Kollegin für die Planen zum Baumarkt geschickt – planlos, wie sich ja herausstellte ... da gibt es später auch noch Redebedarf, wie es evangelisch so schön heißt – aber weil er nicht ganz umsonst gefahren sein wollte, hat er doch noch etwas aus dem Kaufzentrum, in dem auch der Heimwerkermarkt liegt, mitgebracht. Und das bittet er die beiden Männer jetzt aus dem Kofferraum zu hieven und nach oben auf den Vorplatz zu tragen.

Es ist dann aber keine wundersame göttliche Fügung, sondern eine ganz reale Gier, die wenige Minuten später die Dauerböllerei aus der Turmspitze versiegen läßt.

Pater Burkard geht zwischen den schon unter Genickstarre leidenden Menschen auf dem Vorplatz der Burg herum, sagt gar nicht viel, lädt nur ein, etwas weiter nach hinten zu kommen, daß die Knallfrösche in Ruhe auf dem Vorplatz aufschlagen können, ohne daß jemand beiseite springen muß – was für ein Arsenal überhaupt: Rabautze muß ja jahrelang gesammelt haben!

Also stellen sich nun fast zwanzig Flüchtlinge und die neun mehr oder weniger ‚Offiziellen' plus Schaulustiger etwas beiseite und glotzen nicht mehr entsetzt hoch, sondern auf Pater Burkards Mitbringsel vom Einkauf: fünf Kästen feinstes Bier ...

Gott unterstützt doch immer die pfiffigen Lösungen!

So fügt es sich sehr passend, daß Wobel und einer der Pieselwesier einen Flaschenöffner dabei haben.

Alle, über die Grenzen ihrer einzelnen Professionen hinaus, sind dankbar für diese wunderbare Abwechslung, die sie aus Streß und Aufregung herausholt. Man ist ganz im Hier – vom oben abgelenkten – Unten und dem durstlöschenden Jetzt – man soll ja gerade im Streß viel trinken ... – prostet sich zu und sogar die ersten Scherze gehen lachend um ...

Nur am Rande nehmen alle wahr, daß der bombastische Krach auf den Zinnen nun verstummt ist und nach etwa drei Minuten der Vordereingang von Knipsel Castle quietschend geöffnet wird. Kleinlaut nähert sich der Trupp der lauten Tunichtgute und Rabautze fragt: „Habt'a noch paar Pullen über?"

Pater Burkard tritt vor und damit den gezähmten Durstigen in Weg, zu leicht sollte man es ihnen auch nicht machen: „Für jede Pulle fünf stumme Knallfrösche löhnen!"

„Echt?" Rabautzke ist betroffen, für seine fast verschossene Knallfroschkollektion kriegt er gar nicht so viele Flaschen, wie er trinken könnte ...

„Wer andere so blöde nervt, kann froh sein, wenn er überhaupt dabei sein darf ... vielleicht sagt Ihr erst mal ‚Juten Tach'!" nun muß Pater Burkard doch schon schmunzeln, er kennt ja Rabautze und seine Mit-Schafe, auch wenn er sie nicht so oft in der Kirche sieht ...
Aber Bresch, der dürre Zausel, ist der erste, der brav rundum geht und jeden eben noch Traktierten mit schüchternem Handschlag begrüßt und dann mit allen anstößt ... auf einen leisen Ausklang des Tages!

Noch nicht aller Tage Abend

Klar: so wird nicht der Weltfrieden gemacht!
Schon in Knipsel hat man sich wieder in aufgeregten Diskussionen verheddert, als der Biervorrat zuende geht! Bis auf die friedliche Aufteilung der Bierpullen ist gar nichts geklärt worden!
Gott sei Dank haben aber alle Vermittler ihre eigenen Ungereimtheiten kurzzeitig beiseite gelassen und in der Bierpause die sogenannten Nägel mit Köpfen gemacht. Lobas und Marrá, Beliesa und Pater Burkard, Tüpfelhund und Pettar und Wobel Hupenhorn immer mittenmang, haben die gute Stimmung genutzt, um wenigstens für ein paar Tage ein Agreement zu arrangieren: die Flüchtlinge können erst einmal auf Knipsel Castle bleiben!
Das ist keine Großzügigkeit, sondern einfach Platzmangel – wo sollen hin? Schule und Turnhalle, was man ja sonst immer hört, die gern für Flüchtlinge genommen werden als Herberge, da liegen die nächsten in Vierecktal und das braucht diese Einrichtungen für seine wirklichen Schüler – und hätte wohl auch bei so einer Bierpullen-Lösung nicht mitgespielt!
‚Kirchenasyl' hatte Beliesa noch etwas spitz ins Spiel gebracht – auch weil Sankt Witzel katholisch ist und sie mal gern gesehen hätte, was die katholische Kirche da zuwege gebracht hätte. Aber auch das war

allein von Bequemlichkeit und Wärmeversorgung kein Vergleich mit den Vorzügen von Knipsel Castle.
Also die Flüchtlinge bleiben auf Knipsel Castle – vorerst!
Nach dieser Entscheidung wollte aber Rabautzes Clique auch nicht unter die zugigen Brücken oder an ihr karges Trafokästchen zurück, nachdem sie gesehen hatten, wie doch relativ angenehm man auf Knipsel Castle logieren kann.
Tüpfelhund und Lascher waren strikt dagegen, auch noch die Obdachlosen auf Knipsel Castle wohnen zu lassen. Weil klar ist: wenn das einmal einreißt, daß hier jeder sich einnisten kann, dann kommen alle! – Also alle, die man freiwillig nicht hätte haben wollen – und auf der Burg am allerwenigsten ... – Ob von hier oder von wo immer, die würden sich dann unliebsam ansammeln ... –
Was als unschön unsozialer Einwand gilt, aber realistisch nicht von der Hand zu weisen ist!
Als aktuelle Ablehnung griff dieses Argument aber nicht, denn nun kamen natürlich solche Einwände der Trafo-Spritis wie: „Habt Ihr eigentlich gesehen, wie die Asys mit dem ‚historischen Plunder' von Knipsel Castle umgegangen sind?!" – „Wir haben da ja wohl die älteren Rechte, wenn die Burg zum Wohnen freigegeben wird!" – „Warum sind die eigentlich ‚edler' als wir? – Oder wollt Ihr als Offizielle vorm ‚Draußenland' nur schick dastehen: ‚Seht, wie viele Flüchtlinge wir aufnehmen!' – Aber Eure eigenen Leute sind ja nur Spritis, mit denen kann man ja keinen Start machen, wenn man sich um die kümmert!" –
Unschön ... ganz unschöne Diskussionen kamen da so öffentlich angerissen zutage, die jeder Mitquatscher mit mindestens einer Flasche Bier intus gut unterfütterte ...
Also das, wie es weitergehen soll, war jetzt so vor den Toren von Knipsel Castle nicht zu klären. Aber damit die Knallfrösche stumm blieben und schlimmere Attacken gar nicht erst ausgedacht wurden, dürfen nun auch Rabautze und seine Kumpel auf Knipsel

Castle unterkommen – ausnahmsweise und nur vorerst, weil man das so zwischen Tür und Angel, zwischen Kuller und Viereck nicht eskalierend übers Knie brechen wollte ... – zumal ja auch die Presse anwesend war!
Also langsam wird's voll auf Knipsel Castle!
Zur praktischen Umsetzung dieser freundlichen Geste des Multi-Kulti-Wohnens trug auch Wobel Hupenhorns Vorschlag bei, die hinteren Räume auf Knipsel Castle zu öffnen. Eigentlich dienten diese bisher nur zum Abstellen von vorne, in den Haupträumen nicht ausgestellter Möbelstücke. So sind jetzt Rabautze und die seinen in einem Anbau separiert untergebracht.
Das war ja wieder sehr sinnvoll, denn wohl niemand hatte die Illusion, daß sich die beiden so unterschiedlichen Gruppen – lapidar gesagt Asys und Spritis – auch noch nach dem letzten Bier weiterhin so prima verstehen würden ...
Man vereinbarte aber auch, daß all das nur auf Widerruf funktionieren würde: wenn Ende vom Gas sein würde, dann gäb's auch kein ‚Hätte, hätte, Fahrradkette ...' – alle Beteiligten versicherten sich das mit bierseligem Augenaufschlag! – Clip fragte Kafi: „Is das nich' was ganz ungeiles: ‚Verratwette'?"
Und weil man bis auf Portus Tüpfelhund und Pettar Lascher auch keine Politiker unter sich hatte, die alles in Nachtsitzungen durchpeitschen müssen – nur damit was entschieden ist – ging man dann am späten Nachmittag auseinander.
Die heute sowieso bescheidene Sonne dämmerte nun auch schon runter, es wurde merklich kühler. Wobel holte noch den Schlüssel für den Anbau, den er Schorsch übergab, der mit einem letzten Schluck Bier gelobte, darauf gut aufzupassen und ihn nicht zu verschusseln, um nach dem allerletzten Bierschluck erstaunt Bresch zu fragen: „Sag mal, wo hab ick mir den Schlüssel hinjetan?" Bresch hatte es aber gesehen: „An die Klemme von Deinem Flaschenöffner und den haste immer hinten inne Jesäßtasche!"

„Ach, ist doch praktisch: wenn ich jetzt in Knipsel Castle rein will, mach ick mir einfach 'n Pulle Bier uf – dann find ick den Schlüssel für zu Hause!"

„Ob das nun wirklich gleich ‚zu Hause' wird, bin ich nicht so sicher!" warnt Wobel Hupenhorn, als er zu seiner Wohnung am Parkplatz hinabsteigt.
Auch alle anderen erfaßt wieder eine gesunde Skepsis als sie aufbrechen. Beliesa raunt Pater Burkard zum Abschied zu: „Sie wissen, daß das nur eine gewonnene Schlacht ist ..."
„Unser täglich Brot ... – kennen sie doch auch noch!" lächelt der Pater zurück.
„Jetzt mach ma hinne, wir müssen das noch schneiden – ich fahr' – Dein Bier kannste auch im Auto noch ausnuckeln!" Zippa verspricht sich eine besonders gute Story, endlich war sie heute mal zur richtigen Zeit vor Ort! Wenn nur der lahme Drugs mitzieht ...
„Mehr los in Knipsel, als Sie sich gedacht hätten!" sagt Lorbas auf dem Heimweg zu Marrá, stolz darauf, daß er in einem kleinen, aber nicht uninteressanten Ort wohnt – auch er hat ein Bier getrunken. – Da fragt man sich: wie schön kann man sich Knipsel trinken?
„Ich fürchte, es wird bald noch mehr los sein – haben Sie schon mal überlegt wie die das deichseln wollen, wenn sie royalen Besuch bekommen, der Knipsel Castle besuchen will – da ist ja mittlerweile ein bißchen mehr verwüstet als bei Hempels unterm Sofa!"
„Ach, ja," fällt es Lorbas wieder ein „Truldi steht uns ja ins Haus ..., in die Burg ..., ins Knipsel ..."

Vierter Teil

WÜNSCHELGÄNGER

Umziehen – Umdenken   *191*

Multi-Kulti-
Drunter-und-Drüber-Management   *193*

Vorbereitungen   *201*

Weiter in der Burg   *206*

Glück gehabt:
Knipsel ist nicht der Nabel der Welt!   *220*

Königinbesuch   *223*

Umziehen – Umdenken

„Schnippeln in Gnippel!" Arib schmeißt sich freudestrahlend in einen von Sannas Kundenstühlen und als er merkt, daß Ding kann rollen und sich dabei noch um sich selber drehen, schlittert er wie im Autoscooter durch den ganzen Salon.
Sanna berichtigt lapidar: „Du meinst vielleicht: Schnipseln in Knipsel!"
Es ist noch vor der Öffnungszeit. So hat der prächtig gelaunte Arib keine Schlidderkonkurrenz und nichts bumst zusammen. Gebumst hat er ja auch schon ... heute Nacht mit Sanna.
Sanna ...
Ja, Sanna hat da ganz gern mitgemacht, aber nun steht sie etwas verloren im eigenen Friseurladen, in ihrem ‚Haar-Klein'. Genauso, wie sie heute früh etwas verloren in ihrer Küche gestanden hatte, als Arib sich hungrig Eier mit Speck und Ketchup gemacht hatte und alles in der Küche für dieses kulinarische Highlight eingeschmaddert werden mußte. Sanna bekam aber zum Schluß auch etwas ab von der ‚Köstlichkeit' – wie Arib es bezeichnete.
Beim Aufräumen und Abwaschen ... „Laß später ..." schlug Arib vor und wollte wieder ins Bett, da fand sie dann ein angefangenes Glas Gewürzgurken im Müll entsorgt ... – Sie fischte es nicht heraus: kann man doch nicht zu den Lebensmitteln stellen, wenn es einem im Haushalt nicht bekommt!
Einer im Haushalt ... – ein **Neuer** im Haushalt, das ist Arib seit dem Herbstfest vorgestern.
Er wich ihr auf dem Herbstfest nicht mehr von der Seite, soviel an Wiedersehensfreude ... – an Wiedersehenslust!
Klar die Einheimischen aus Knipsel, die Sanna kennen, wunderten sich ein wenig, wieso dieser fremde Mensch um die Friseuse herum war und sie doch recht eindeutig berührte, also ihr Bruder war es sicher nicht, weder vom Aussehen, noch vom Umgang. Keiner hatte ihn vorher in Knipsel gesehen und die beiden zusammen schon gar nicht. Daß es

einer der Knipsel-Castle-Besetzer war, lag also auf der Hand.

Sanna war dann auch ein bißchen überrumpelt, als Arib nicht mit seinen Freunden zusammen das Fest verließ, sondern statt dessen blieb: „Ich bei bleib Dir!" hauchte er, was die Tiefe und die Gnade einer so wunderbar wiedergefundenen Urlaubsbekanntschaft durchblicken ließ. So strahlend durchblicken ließ, daß Sanna sich doch schäbig vorgekommen wäre, hätte sie einfach gesagt: „Also geh' mal lieber mit Deinen Freunden mit, denn *ich* will gar nicht daß Du bleibst! Und bei mir übernachten und sich dann vielleicht einnisten – das kannst du knicken!" – Also so etwas kann man da einfach nicht sagen ... – Dann verpaßte sie auch heute früh in der Küche ein offenes Wort und jetzt hier im Salon, wo Arib darauf bestand, zu ihrer Arbeit mitzukommen, da ist das auch irgendwie ungünstig mit dem Tacheles-Reden. Nun ist ihr Besucher ja auch schon so sicher, für sich eine individuelle Alternative zur Burgbesetzerei gefunden zu haben, daß er Sannas Zweifel mit dem Wort „Integration!" weggrinste.

Sanna bleibt jetzt nur noch, Arib möglichst von ihren Kundinnen wegzuhalten. Da hat vielleicht nicht jede ältere Dame, die zum wöchentlichen ‚Waschen und Legen' kommt, Verständnis für, wenn ein fremdwitzelnder junger Mann auf einem Frisierstuhl durch den Salon rollert und immer wieder „***Kundenbeteuerung!***" flötet, weil er ‚Kundenbetreuung' praktizieren möchte aber nicht aussprechen kann – alles irgendwie kontraproduktiv!

Aber das hat Sanna schon wieder falsch eingeschätzt, denn alle Montagmorgenkundinnen, die sonst eher noch etwas verschlafen sind, finden Arib toll! – Er kann ja auch auf eine ganz integrierte Art charmant sein. Er reicht Kaffee an und Sektchen, das er zur Gesellschaft auch mal mittrinkt, macht Witzchen, eher zeichensprachlich – aber die Föngeräusche sind ja eh immer zu laut zum Unterhalten – oder blättert mal in den ausliegenden Illustrierten, bis eine der Damen ihn

wieder auf sich aufmerksam macht und quasi um Gesellschaft bittet.
Man könnte heute meinen, daß Sanna diejenige ist, die hier – immerhin in ihrem eigenen Salon – haarklein fehl am Platz ist. So fühlt sie sich jedenfalls und das blinkt linkisch auch in allem was sie tut durch. So zischt dann die alte Frau Schrum zu Resa Wetzel, wegen der Nebengeräusche so laut, daß es alle hören, hinüber: „Was denn heute mit der Chefin los – schlecht gebumst worden?! – Kann man sich doch eigentlich gar nicht vorstellen ..."

Multi-Kulti-
Drunter-und-Drüber-Management

„Rückkäuer-Salat mit Schifferlachs in Senfsauce gestrandet ... – oder wie war das, Lascher?" Portus Tüpfelhund ist sich nicht ganz sicher, daß er die exklusive Mahlzeit, die er extra aus dem Ratskeller von Kullerstadt angefordert hat, richtig benennt.
„'Lachsschiffchen mit Rucolasalat auf Senfspiegel', so nennt das unser Sternchenkoch aus dem Ratskeller." Pettar Lascher kann sich ein leichtes Schmunzeln nicht verkneifen, als er in dieser Art seinen Chef berichtigt. Aber Tüpfelhund bemerkt es gar nicht, vielmehr ist er damit beschäftigt, die beiden Eingeladenen mit einem Mittagessen zu beeindrucken, nachdem er sie schon mit der Führung durch die unterirdischen, historischen, sonst nicht öffentlich zugänglichen Räume des Rathauses meint vom Hocker gerissen zu haben, obwohl sein leidenschaftlicher Vortrag mit ziemlich vielen Patzern gespickt war.
Aber jemand wie Marrá von Flausen-Tulpenscheitel läßt sich da natürlich nichts anmerken: kein verzogener Mund, kein Augenrollen – nur gespannte Aufmerksamkeit – so daß Tüpfelhund jetzt sehr mit sich zufrieden ist und sich genüßlich die Vorspeise des fünf Gänge Menüs munden läßt. –

Im Ratskeller hatte er ausrichten lassen: "Wir bekommen adligen Besuch – lassen sie sich mal was Exquisites einfallen – aber etwas, was mir auch schmeckt!"
Der Koch hatte sich dann noch einmal mit Pettar Lascher abgesprochen, was das denn für Besuchs-Adel sei. Pettar hatte ihn dann informiert.
Und wieder bestätigte sich die Abwandlung der Weisheit: Hinter jedem erfolgreichen Mann steht eine Yellow-Press lesende Frau. Es waren dann Tüpfelhunds Ehefrau und auch die Frau vom Koch, die Marrá aus den einschlägigen Blättern kannten und ihre Ehemänner mit Hintergrundinformationen über ihre Essensvorlieben versorgten.
Nun ist Marrá von Flausen-Tulpenscheitel keine, die ständig auf dem Cover der einschlägigen Blätter, auf Seite drei oder der letzten Seite auftaucht. Im Gegensatz zu vielen anderen Prominenten hat sich diese Adlige aber sehr lange und immer mal wieder ‚zwischen den Zeilen gehalten' – so könnte man es nennen. Wer also regelmäßig über Jahre Klatschblatt liest, kennt sie einfach als beständig, unkapriziös, zurückhaltend, aber immer im Hintergrund präsent auf den Top-Events des Hochadels.
Genau das brachte Tüpfelhund auf eine – wie er meinte – fabelhafte Idee, nachdem er neulich auf dem Herbstfest mitbekommen hatte, wer da zur Zeit in Knipsel logiert … logiert bei diesem seltsamen grämlichen, pensionierten Einsiedler, mit dem man so schwer warm wird: „Dieses typisch bockbeinige, was man in allem auf Schritt und Tritt in Knipsel trifft …" – wie Tüpfelhund es gegenüber Pettar beschrieb. „Also wenn diese Marrá von Fluse-Gescheitelt bei dem wohnt, müssen wir ihn wohl oder übel mit einladen!"
„Einladen wozu?" hatte Pettar gefragt.
„Haben Sie mir nicht diesen Königinbesuch auf den Hals gehetzt, der da demnächst ansteht?" hatte Portus witzig sein wollend gekontert.
„Na, hören Sie mal, die Landesregierung hat uns – ja eigentlich **nicht** uns, sondern Knipsel – das übergebraten, aber wir müssen es ausbraten … also

aus*baden*, meine ich!" Pettar fand das mal wieder sehr ungerecht von seinem Chef ...
„Ja, eben, es bleibt an uns hängen, naja, eigentlich an Ihnen als meinem Assistent, Pettar! – Aber ich will Ihnen da mal aus der Patsche helfen, sonst kriegen Sie das ja allein nicht gebacken. Also ich meine eine Königin, die Möbel auf einer verstaubten Burg besichtigen soll, einer Burg, die obendrein ausgerechnet jetzt von Hottentotten besetzt worden ist ..."
„Pieselwesier ... es sind Pieselwesier ..."
„Wenn die es sich da so zurechtmachen, wie die Alkis es beschrieben haben und wie ich es selbst aus dem Augenwinkel gesehen habe, dann ist das in unserer Heimat der Ruf der Hottentotten, den diese Pieselwesier erfüllen!"
Darauf konnte Pettar nicht viel erwidern, denn als man nach dem so einvernehmlichen Bier-Zugeproste am Herbstfesttag in guter Laune die Flüchtlinge zum Haupteingang von Knipsel Castle begleitete – noch ohne Argwohn und Neugier, wie denn die eigene Burg jetzt innen aussähe – wurden selbst die Hardcorefans der Flüchtlinge recht blaß.
Beliesa Glausack, die mit allen anderen einen kurzen Blick in die Eingangshalle der Burg erhaschte, die wahllos übereinander gewuchteten historischen Ausstellungsstücke sah, die den Pieselwesiern anscheinend zum Schlafen und Wohnen hinten in den eingerichteten Zimmern zuviel oder zu lästig waren ... – also selbst Beliesa wurde ganz kleinlaut. Jedem war klar: wenn die Asylanten diese Burg wieder verlassen, wird wahrscheinlich manches nicht mehr zu restaurieren sein.
Nur weil Knipsel Castle immer ein Stiefkind war und sich niemand recht gekümmert hatte – von der Einrichtung bis zu den Öffnungszeiten – nur deshalb ging noch kein Aufschrei durchs Land.
Und auch jetzt, nach dem Herbstfest, wo ja einige Offizielle ahnen konnten, was da alles täglich historisch geschändet und vernichtet wurde, war es einfach nur eine stillschweigende Lähmung, die sich

breit machte – ein Dornröschenschlaf, der sich nicht über die Burg senkte, sondern über die, die sofort hätten handeln müssen.
Aber es hätte eben auch viel zu viel Aufsehen erregt, Außenstehende jetzt darauf aufmerksam zu machen, daß da Menschen einer anderen Kultur nicht ermessen konnten oder wollten, was sie ihren Gastgebern kaputt machten!
Genauso, wie jetzt niemand Portus Tüpfelhund korrigierte, was er da für einen kulinarischen Kokolores verzapfte. Nur der Koch – wäre er anwesend gewesen – hätte sich vermutlich nicht zurückhalten können und wollen, seine mit Sorgfalt angerichteten Speisen so vom blanken Unwissen Tüpfelhunds benannt und heruntergeschlungen zu sehen.
Aber vom inneren Zustand auf Knipsel Castle war Tüpfelhund schon entsetzt gewesen und deshalb hatte er eine für ihn typische Lösung ausgetüpfelt ... ausgetüftelt – natürlich großherzig nicht für die eigene Bredouille – die gab es ja gar nicht – sondern nur um seinem ‚laschen Lascher' zu helfen!
„Wenn wir die adlige Marrá dazu überreden können, Knipsel Castle für den Königinbesuch etwas aufzuräumen, kann sie auch gleich die Königin angemessen begrüßen und herumführen!"
„Die Frau von Flausen-Tulpenscheitel soll **auf-räumen**?!" Pettar zweifelte am Durchblick seines Chefs, als der ihm diese Idee vortrug.
„Ja, nicht wörtlich ... – aber die weiß, wie man Potemkinsche Dörfer aufrichtet und diese Besuchs-Königin wird sich bei der Adligen wohlfühlen, der vertraut sie! Meine Frau sagt, die Klatschblätter sagen, die beiden – unsere Marrá und die Besuchs-Königin – kennen und verstehen sich schon seit ewig! Also wird die Marrá das managen können, daß die Burg zum Besuch das hergibt, was die Königin sehen will ..."
„Wie soll das gehen, wenn die Flüchtlinge noch da hausen – und die Spritis im Anbau! – Wie soll man da historische Möbel besichtigen können ...?!"

„Diese historischen Möbel stellen wir eben nicht nur als Staffage aus, sondern wir zeigen auch gleich, wie sie aussehen, wenn man sie mal wirklich wieder benutzt ... – Tja und Flüchtlingsströme haben heute alle Länder zu bewältigen, das wird die Königin auch wissen und Verständnis haben – wenn eine ihresgleichen, eine wie Marrá ihr das plausibel macht! – Königs wissen heute auch, daß ihre Zeit in großen Palästen gezählt ist, die werden nicht noch einmal ein 1789 riskieren!"

„Ein 1789 ...?!" Pettar, ganz The Young Generation, ist mit Jahreszahlen nicht mehr so fit ... kann man ja alles bei Bedarf woogeln – muß man nicht wissen, nicht ständig im Kopf haben, falls man noch einen hat – sonst auch nicht ...

„Die Französische Revolution – 1789 – Volk mischt Könige auf ...?! – Mensch, Pettar!" Portus hilft etwas nach.

„Ach so, und deshalb kuschen heute Königs wenn sie ramponierte, antike Möbel in einer von Flüchtlingen besetzten Burg vorfinden ... – schöne Theorie!"

„Wenn wir es der adligen Marrá schmackhaft machen können, da unsere Ausputzerin und Vermittlerin zur Royalität zu sein ... dann umschiffen wir die ganze Klippe! Und deshalb beeindrucken wir sie mal durch den historischen Teil unseres Rathauses und tafeln ihr dann schick auf!" – So war Tüpfelhunds Plan und davon ließ er sich auch nicht durch Pettars Kopfschütteln abbringen.

„Dann geben Sie sich doch mal einen Ruck, jetzt beim Rucolasalat, lieber Herr Tüpfelhund, welche Kastanien soll ich denn für Sie aus dem Feuer holen?" Portus stockt merklich, als Marrá das in die Runde wirft. Gerade ist er dabei, mit dem aufgespießten Lachsstücken den Senfspiegel zu putzen, dann schaut er Marrá von Flausen-Tulpenscheitel mit seinem süßesten Lächeln an, froh, daß Marrá es ihm so leicht macht.

„Ach, wissen Sie, da weiß man immer gleich wo dran man ist und mit wem man es zu tun hat: diese

herzliche Offenheit von Ihnen! – In der Tat könnten Sie mir ... also vielmehr der Gemeinde eine große Hilfe sein, denn wir erwarten eine Königin zu Besuch!"
„Aha, na so was!" erwidert Marrá unbeeindruckt.
„Ja, kommt nicht sonst nicht so oft vor, weshalb wir auch glücklich verzückt sind!" flunkert Tüpfelhund, der so langsam zu seiner besten Form aufläuft.
„Normalerweise wäre das auch gar keine Hürde – wir wissen, wie man mit Royalen und denen drum herum umgeht. Aber nun will diese königliche Dame auch noch Möbel gucken, weil das wohl ihr Hobby ist, sie sammelt so Zeugs und hat sich da in Kenntnisse eingefuchst und wir haben Material dazu, was sie gern anschauen möchte! – Immer noch alles im grünen Bereich – alles kein Problem! – Nur ausgerechnet die Möbel aus dieser kleinen Zeitperiode, die die Dame interessieren, stehen auf Knipsel Castle herum!" Tüpfelhund ragt ein kleiner Strunk Rucola aus dem Mund, der so sperrig ist, wie manche Möbel. Nachdem er das Biest zerbeißend gebändigt hat, fährt er fort: „Knipsel Castle, dieser kleine, widerspenstige Appendix zwischen Kullerstadt und Viereckstal, sperrt sich mal wieder ... – Ausgerechnet jetzt hat sich dort ungebetener, uneingeladener ... – soll man wirklich sagen ‚Besuch'?! – eingenistet ... – Was soll ich Ihnen sagen: Sie haben's ja gesehen! Das wäre in Kullerstadt oder Viereckstal nie passiert ..."
„... die haben auch keine Burg!" wendet Marrá kurz ein.
„Klar, haben die nicht – aber was soll man auch mit einer Burg – macht doch nur Aufwand und Schwierigkeiten! Wer will die schon sehen, außer verspleenten Adlig... – also außer ausgewählten Menschen, die wirklich tiefen Kunstverstand haben ..." Portus lächelt charmant.
„Sie wissen schon, daß Burg Hohenknipselstein eigentlich den zu Flausen-Tulpenscheitel gehörte ..., Bürger Tüpfelhund?!"
„Äh ja, davon habe ich gehört und war ganz überrascht! Auch davon überrascht, daß es vor

einiger Zeit Schwierigkeiten gab, als die Tulpenscheitels die Flausen bekamen, die Burg wieder an sich nehmen zu wollen! – Habe ich mir jetzt noch mal sagen lassen, nachdem Sie es neulich andeuteten …" Portus lacht, denn er ist von Pettar Lascher – wie man heute sagt – ‚gebrieft' worden und weiß, daß das ein Thema ist, was man heute ‚sensibel' nennt.
„Kürzen wir's doch ab, Herr Tüpfelhund!" Marrá wirft erst Lorbas, der neben ihr sitzt, einen kurzen Blick zu, der besagt ‚Was habe ich Ihnen prophezeit, wie das Gespräch laufen wird …' – dann schaut sie Portus, der ihr direkt gegenüber sitzt, in die Augen. „Wir wollen doch alle die Consommé, den Hauptgang und vor allem den Nachtisch unbeschwert genießen …"
„Ja, das wäre prima …!" Tüpfelhund ist unvorsichtig genug es zuzugeben.
Pettar, der neben ihm sitzt, senkt den Kopf ein wenig mehr über die letzten Bissen Lachs, weil er merkt, der adligen Flauserin könnte sein Chef nicht gewachsen sein und wird es erst später merken, wenn der Nachtisch schon längst gegessen ist …
Marrá nimmt Tüpfelhunds Frohlocken gern auf: „Sie möchten, daß ich Ihnen – also vor allem Kullerstadt und Vierecktal, den beiden vorrangigen Gemeinden – die Schwierigkeiten auf Knipsel Castle aus dem Weg räume, so daß der Königinbesuch und die Führung zum Möbelschauen ein Erfolg wird! – Dazu möchten Sie aber die kleine, nette, unauffällige Lösung mit der Belegschaft, die sich zur Zeit auf Knipsel Castle eingenistet hat. Vor dem Königinbesuch eine Säuberung durch das SEK, wäre keine nette Lösung. Man empfängt gern mal eine Königin, aber man möchte keinesfalls dafür als flüchtlingsfeindlich gelten … und die Alkoholiker der Gemeinde, die Sie sich neulich auch noch in den Pelz gesetzt haben, indem Sie ihnen den Anbau zur Verfügung gestellt haben, die sollen auch nicht stören, wenn die Königin mal reinschaut. Kurz um: es soll eine gute Presse in jeder Hinsicht geben! – Das kleine Knipsel mit seinem vernachlässigten Castle soll Kullerstadt und Vierecktal

gute Reputation bringen. – Das ist schon ein wenig wie Aschenputtel ... – Sie verstehen, was ich meine?!"

„Nun ja ..." Tüpfelhund kann sich dieser authentischen Beschreibung des Szenarios nicht ganz entziehen, er schaut lächelnd zu Marrá.

Die lächelt ihr strahlendstes Lächeln zurück.

„Ich deichsle Ihnen dieses Viereck des Kullers – weil Sie's sind, Herr Tüpfelhund!"

„Das werden Sie hinbekommen?" Tüpfelhund blüht auf – so einfach hatte er sich das gar nicht vorgestellt – aber sieht man mal wieder, was echter Adel ist: mit denen kann man reden!

„Ich werde es versuchen – leicht wird es aber sicher nicht!"

„Sie machen das schon!" Tüpfelhund ist voller Optimismus – zumindest erst einmal die Sache abgegeben zu haben. „Wenn Sie das auf die Reihe kriegen, dann ... dann machen wir ... ja, was machen wir denn dann?" Portus wendet sich nun an Pettar voller Triumph. Weil der vorher so pessimistisch war ... – und nun geht es so einfach, die Marrá Flause zu überreden.

„Ich sage Ihnen was, wir dann machen," lacht Marrá ihr Gegenüber aufmunternd an „wenn Königin Gertrulde von Ferhökerlande hier mit der Besichtigung der Möbel auf Knipsel Castle voller Hochstimmung abfährt und Flüchtlinge und Spritis keinen zotigen Aufstand gemacht haben, sondern sich als angenehme Gäste gezeigt haben ..."

„... ja, das wäre noch das Nonplusultra ..." schwärmt Tüpfelhund begeistert.

„... genau, Sie sagen es ..." plinkert Marrá ihm zu „... dann, wenn das alles so gut für Sie gelaufen ist, mein lieber Tüpfelhund ... – dann bekomme ich nämlich ganz offiziell meine Burg zurück!"

Vorbereitungen

„Ich glaube nicht, daß das funktionieren wird!" gibt Lorbas Zacke zu bedenken, als er sein Auto um die letzte Kehre hoch zu Knipsel Castle lenkt, um es auf dem Parkplatz abzustellen.
„Es soll auch nicht funktionieren – es soll wirken!" erwidert ihm Marrá, die neben ihm sitzt, unerschütterlich.
„Wo ist der Unterschied?" fragt Lorbas zurück.
„Wenn Sie etwas zum Funktionieren bringen, sehen Sie zu, daß sie die Bedingungen zu Ihren Gunsten bändigen können. Das müssen Sie dann ständig überprüfen und im Auge behalten. Wenn etwas wirkt, dann ist das ein Gelingen aus dem Grundsätzlichen heraus, eben weil die Sache, die anderen und Sie – alle Beteiligten – dafür prädestiniert sind. Einmal angestupst flutscht es dann und die Bedingungen fügen sich eben ohne gezwungen werden zu müssen! In diesem Fall können Sie die Sache vielleicht noch durch eigene Großmannssucht verderben – ach, ja: und auf den Neid der anderen müssen Sie dann fast am meisten aufpassen!"
Lorbas hat bei Marrás Ausführungen eingeparkt und den Motor ausgestellt. Jetzt lehnt er sich in seinen Autositz zurück und spielt verträumt mit dem Autoschlüssel. „Bei aller Liebe … ich glaube nicht, daß sie die Flüchtlinge zum Mitspielen bekommen und selbst wenn, wird man Ihnen die Burg deshalb nicht einfach schenken!"
„Alle Schafe blöken und jammern, noch bevor Grund dazu ist, selbst wenn sie bei Sonnenschein auf einer saftigen Wiese stehen …! – Bringen Sie mich also nicht auf die Idee, Sie für ein Schaf zu halten, lieber Herr Zacke! – Dazu habe ich sie nicht mitgenommen, daß sie mir jetzt hasenfüßig kommen!"
Lorbas zuckt schafartig die Schultern, indem er den Kopf einzieht und vor sich hinsinniert.
„Natürlich werden die Flüchtlinge nicht – wie Sie es nennen – ‚mitspielen', vor allem die Organisations-Tante nicht! – Aber was interessiert mich das? – Und

ich bin mir auch ziemlich sicher, daß unser Tüpfelhund seine Kompetenz überschätzt hat, als er mir bei unserem opulenten Mittagessen die Burg quasi in die Hand versprochen hat – nur damit jemand seine Probleme löst. – Aber ich darf jetzt offiziell diesen Königinbesuch vorbereiten und das muß man mir nicht zweimal sagen! – Also Schluß mit dem Bangemachen, schauen wir mal, wie wir es anschieben. Die ganze Chose fühlt sich unwohl und ist sicher dankbar, wenn jemand daran ruckelt!"

Damit steigt Marrá aus dem Auto aus und Lorbas folgt ihr die Treppe zum Burgvorplatz hinauf, nachdem er das Auto abgeschlossen hat.

„Kommen sie mal, wir gehen mal hinten hinein!" informiert ihn Marrá und meint damit keineswegs den Nebeneingang um die Ecke herum, sondern – noch eine Ecke weiter – eine kleine Tür, die fast von einem Strauch zugewachsen ist. Marrá probiert die Klinke und siehe da, die Tür ist unverschlossen.

„Da haben sie aber schon Glück, das das hier offen ist!" gibt Lorbas zu bedenken.

„Was habe ich Ihnen gerade gesagt: wenn die Sache gerichtet werden möchte und wir die Passenden dafür sind, dann erwartet man uns schon, dann ziehen uns die Eingänge förmlich hinein ins Castle – alle Hecken tun sich auseinander!"

Lorbas muß lächeln über diese amüsante Deutung, fragt aber versonnen: „Welche Hecken ...?"

Marrá tritt als erste ein, Lorbas folgt ihr und strauchelt fast ein paar Stufen hinunter. „Mensch ist das hier dunkel!" beschwert er sich, als er sein Gleichgewicht zurückgefunden hat. „Manchmal sind die Türen nur offen, damit einen der Abgrund besser verschlingen kann ..."

Marrá muß lachen und erklärt: „Es sind nicht alle Teile der Burg mit elektrischem Licht versorgt, das war schon immer so!"

„Na, prima, wäre ich als Schaf mal besser auf der sonnigen Wiese geblieben!"

„Sie haben doch mich als Hirtin, Herr Zacke. Das Zutrauen müssen sie aber selbst aufbringen!"

„Wir gehen jetzt mal durch den Anbau, ich hoffe, wir treffen mal irgendwen!" Marrá tastet sich ziemlich sicher vor und siehe da, langsam sieht man etwas. Nach weiteren zehn Schritten eröffnet sich ein etwas größerer Gang und der wird alle paar Meter durch eine erleuchtete Lampe, die fein verziert aus der Wand ragt, in diffuses Licht getaucht – ein bißchen unheimlich für jemanden, der wie Lorbas das Burgbegehen nicht gewohnt ist.
Ein paar Meter weiter hört man jetzt sogar Stimmen.
„Da ist jemand!" flüstert Lorbas Marrá von hinten ins Ohr.
„Ja, klar – da sind mehr laute Leute als uns lieb sind, lieber Herr Zacke – deshalb müssen auch wir nicht flüstern!" sagt Marrá in einem normalen Unterhaltungston und steht schon mitten in einem Zimmer, das wie ein Wintergarten fast rundum mit Fenstern versehen ist.
„Guten Tag!" damit tritt Marrá gleich in die Mitte des Zimmers und an den Tisch, der mit Rabautze, Schorsch, Bresch, deren Kartenspiel, etlichen Bierdosen und einigen Schnapsflaschen vollgestellt ist.
Die Herren sind nicht vorbereitet auf Besuch, alle schrecken ein wenig zusammen.
„Sie?" fragt Rabautze, der sich etwas umdrehen muß, um Marrá von oben bis unten zu mustern.
„Ich!" lächelt Marrá.
„Woll'n Se denn hier?" Rabautze klingt nicht sehr einladend und schon nicht mehr so ganz nüchtern – noch von der Nacht oder ist es schon das neue Quantum Bier des Vormittags – es ist ja kurz nach zehn Uhr früh – das ihn lallen läßt? – Wer weiß!
„Ich muß was erledigen ... – wo sind denn die anderen ..." Marrá zögert und schaut sich suchend um „... die anderen **Gäste**?"
„Gäste ham wa hier nich ..." Rabautze ist in Katerstimmung und entsprechend rüde, auch Bresch und Schorsch schauen ihn an, als sei er mit Vorsicht zu genießen.

„Na ..." sagt Marrá leichthin „Sie wissen schon, wen ich meine, die armen Menschen die flüchten mußten, die meine ich ..."
„Sind nach vorn geflüchtet! – Ist hier unser Teil von 'n Burg – Zutritt verboten für die!"
„Ach, so, na, dann suche ich mal vorn ..." Marrá will sich schon zur Tür wenden, wo Lorbas noch immer steht, da fällt ihr etwas ein „... hatten Sie nicht neulich, bei unserer letzten knalligen Begegnung mehr Freunde dabei? Wo sind die denn geblieben?"
„Scheißkumpels ..." grölt Rabautze nur.
„Die wollten nicht hierbleiben ..." erklärt jetzt Bresch zaghaft. Er ist wohl der Typ, den der Alk eher schweigsam macht.
„Ach, so ...?" sagt Marrá nur wieder mit leichtem Fragezeichen in der Stimme.
„Sind ja Kumpels aus Kuller und Viereck und uns're Burg is ihnen zu langweilig, ham se gesagt – und dann sind se weg ..." führt Schorsch den Grund der allgemeinen Depression näher aus „... wo wir doch den Kasten extra zurückerobert haben von den ..." er stimmt einen jammernden Singsang an „... ‚armen geflüchteten Menschen'! – Und keiner hat uns gedankt und die Freunde sind nun auch weg ..."
„Ach, ja, verstehe ..." sagt Marrá mal zur Abwechslung. „Also ich fand's ja etwas laut, aber immerhin spektakulär war's schon. – Also wir müssen mal weiter ... – man sieht sich – spätestens mal wieder unten an ihrem Trafokasten! – Also falls der nicht von den Kullerstädtern oder den Viereckern eingenommen wird ... – bis dann!" Marrá wendet sich endgültig zur Tür.
„Wie ‚eingenommen' ...?" will aber Rabautze jetzt noch wissen.
Marrá dreht sich wie noch einmal beiläufig um: „Na, da standen doch welche um den Trafokasten drum rum ..." sie überlegt „... ja, klar, ich dachte noch: ‚Was für 'ne nette Gemeinschaft, bewachen die einen den Standort der anderen, dürfen sich natürlich ein Bierchen aus dem Vorrat nehmen ...' – hab' ich noch

zu Ihnen gesagt, nicht Herr Zacke?!" Marrá wendet sich lapidar an Lorbas.
„Äh, ja, genau das haben Sie zu mir gesagt ..." Lorbas nickt heftig.
„In echt? – Die Schweine! Machen sich über uns're Bestände her – wie könn' die die gefunden ham ...?" Rabautze ist alarmiert, aber doch zu dröselig im Kopp um die eigene Frage ad hoc beantworten zu können – Bresch und Schorsch helfen ihm da auch nicht weiter.
„Müssen wa vielleicht ma bei Gelegenheit für Ordnung sorgen ..." überlegt Schorsch und Bresch kann's gar nicht fassen: „Ham die sich hier rausgemausert, um uns unten zu beklau'n?!"
„Na, vielleicht alles nur ein Mißverständnis ..." wiegelt Marrá im Hinausgehen wenig überzeugend ab, was sie gerade so wirksam angezettelt hat ... „Tschö dann!" damit sammelt sie Lorbas an der Tür ein und biegt mit ihm wieder in den Flur.
„Kommen Sie, schauen wir mal, für welche Morgengabe bei den ‚Klartextlern' der Boden bereitet ist – man muß ja nicht immer Zwietracht säen, wir haben noch anderes im Köcher ..."
Lorbas ist baß erstaunt: er hätte jetzt Stein und Bein geschworen, daß die Frau Flausen-Gescheit'l sich ganz arglos unterhalten hat, wie's sich eben manchmal so ergibt ...

Weiter in der Burg

Lorbas ist erstaunt, wie weit verwinkelt und verzweigt die Burg ist. Aber Marrá führt ihn unbeirrt durch das Labyrinth der Gänge. Sie hat ihm neulich an einem langen Abend beim Rotwein erzählt, daß sie als Kind sehr oft auf Knipsel Castle gespielt habe. Zwar hatte ihre Familie noch andere Besitztümer, auf denen sie länger im Jahr wohnten, aber Knipsel war immer ein Erlebnis, weil es so eine eigene Atmosphäre hatte, etwas Verwobenes, Verborgenes – kurios, aber nicht ängstigend – lag immer über diesem Anwesen. Aus diesem Interesse heraus lernte die kleine Marrá die Burg in vielen verborgenen Winkeln kennen und fühlte sich hier stets sehr wohl. Als sie sich als Erwachsene in der übrigen Welt umtat, verlor sie Knipsel aus den Augen. Einige Querelen in der weitläufigen Familie ließen die von Flausen-Tulpenschteils sich mehr mit sich beschäftigen, als daß sie sich um ihre Besitztümer kümmerten. Hinzu kamen Zeiten mit Gesetzesänderungen, nach denen solch ein Eigentum wie Knipsel Castle für den Staat eher steuermäßig interessant wurde, als daß es kulturell etwas galt oder gar gefördert wurde. Lästige Verhandlungen über den Unterhalt der Burg brachten das Anwesen materiell taxiert und verdealt mit anderen Interessen in eine Art Ramsch-Masse, an der die Bank, die Gemeinde und leider auch die Besitzer ihren Anteil hatten, der aber keinen motivierte, sich dem ideellen Wert zu widmen und ihn auch wieder in der Erscheinung der Burg aufleben zu lassen.
Alles in allem trieb deshalb wohl auch eine Unruhe des Gewissens die Adlige nun wieder nach Knipsel, um vielleicht lang verschobene Dinge besser als bisher zu klären.
Die Gänge sind hier wirklich lang, da kann man auch langen Gedanken nachhängen ...
Plötzlich aber hält Marrá inne: „Schauen Sie mal!" macht sie Lorbas auf eine unschöne Ecke am Fußboden aufmerksam, wo anscheinend der Putz

bröckelt, was verwunderlich ist, denn alle anderen Wände sind unversehrt.

„Was ist das?" fragt Lorbas und beugt sich hinunter. Da liegen kleine und größere aus der Wand gepickelte Steinklumpen.

„Das ist wohl die Quelle der Morgengabe, die wir zum Herbstfest käuflich erwerben sollten!" erwidert Marrá lakonisch.

Tatsächlich, jetzt erkennt auch Lorbas: das sind die Klumpen, die ein bißchen angepinselt von den Flüchtlingen als ‚Mörk-Murmeln', als die Kunst aus der Pieselwesischen Mythologie, gegen Spenden zum Erwerb angeboten wurden.

„Oh ..." entfährt es Lorbas „... so simpel hätte ich mir das nicht vorgestellt!"

„Kunst muß ja auch nicht aufwendig sein, aber sie sollte so rechtschaffen sein, daß sie nicht mit falschen Assoziationen spielt – etwa, daß das Material aus dem Gebiet stamme, wo Mörk zu Hause ist!"

„Da haben die Flüchtlinge also doch geflunkert ..." überlegt Lorbas.

Marrá schaut Lorbas direkt an: „Man sollte sich auch bei Flüchtlingen nicht auf ‚geflunkert' herausreden! – Bedenken sie einmal, daß niemand nur deshalb schon edler, netter, heiliger wird, weil er sich entschließt zu fliehen! – Lassen Sie die Leute flüchten und sie haben nur noch Gutmenschen?! – Menschen lassen vielleicht Hab und Gut zurück, ihre Redlichkeit oder Unredlichkeit nehmen sie mit – mag sein, daß das dann durch Angst, fremde Sprache und in einer neuen Umgebung nicht gleich ersichtlich ist, aber seine Prägung verliert man nicht ..."

Lorbas zögert einen Moment Marrá zu widersprechen: „Das läutert doch auch, wenn man so ein schweres Schicksal hat ..." gibt er zu bedenken.

„Nur diejenigen, die die Anlage zum Geläutertwerden in sich haben und sie freischaufeln können. Wer bei sich die Erfahrung gezüchtet hat, von jeher ‚flunkernd' besser durchzukommen, wird nun – in schlimmen Zeiten erst recht – auf diesen Gaul setzen! – Das beschränkt sich natürlich nicht nur auf Flüchtlinge und

schon gar nicht nur auf die aus Pieselwesien. Aber an denen erfahren wir es hier in Knipsel im Moment. – Wobei ..." Marrá macht eine nachdenkliche Pause „... es sich verquickt, was die Flüchtlinge von solchen Betreuerorganisationen wie ‚Klartext' an passender Flunkerei angeboten bekommen."
„Sie meinen die Dame von Klartext, diese Ria, die hat das ausgebrütet?"
„Sie und andere Leute, die sich profilieren wollen – die zeigen müssen, daß solch eine Organisation notwendig sei, wenn nicht allen hier Ankommenden bitteres Unrecht geschehen soll."
„Hm ..." Lorbas hat es so noch nicht betrachtet. Er kommt im Augenblick auch nicht weiter im Nachdenken, denn von weiter vorn im Gang ruft es: „Hallo, hallo, ist hier jemand?"
„Nachtigall, ich hör' dir trampeln ..." murmelt Marrá und wendet sich in die Richtung des Rufes. „Ja, hallo, wir sind es ..."
„Wer ‚wir'?" fragt es von weiter vorn mißtrauisch.
Marrá beeilt sich, aus dem letzten Stück des spärlich beleuchteten Ganges ins Licht zu treten, das aus einem Raum kommt, den Lorbas erst erkennt, als er hinter Marrá eintritt: es ist einer der Ausstellungsräume, der entlang des Besucherganges liegt, den man sonst zur Besichtigung vom vorderen Eingang aus durch die Halle betritt, da wo dann die abgekordelten historischen Räume liegen.
„Was machen sie denn hier?"
Vor Lorbas und Marrá steht Ria, momentan argwöhnisch die Hände in die Taille gestemmt und überrascht, über die ungebetenen Besucher, die auch noch als ‚Querausteiger' aus diesem bisher unscheinbaren Gang munter herausstapfen.
„Schönen, guten Tag!" sagt Marrá in noch recht aufgeräumten Ton – für diese Art ungastlicher Begrüßung.
„Wie kommen sie hier eigentlich rein?" Ria interessiert sich nicht unbedingt für einen schönen und guten Tag.
„Da weiter hinten ist ein Eingang, den haben wir benutzt!" Marrá zeigt lächelnd in den Gang zurück und

tritt dabei weiter in den Flur zum Ausstellungszimmer, Lorbas folgt ihr, auch er will nicht den Gang blockieren, falls Ria Lust hat, nach hinten durchzugehen, um den Eingang zu suchen.
„Erklären Sie mal, was wollen Sie, so wie Sie sich hier reinschleichen?"
Aber Lorbas hat erst einmal anderes zu tun. Er ist nicht ganz sicher, seinen Augen zu trauen: so weit das Besucherauge reicht: verwüstete Zimmer! Hat man sonst als Museumsbesucher vielleicht den Eindruck, alle Möbelarrangements seien etwas steril angeordnet – so unbenutzt wohne ja niemand ..., so meint man jetzt bei dem zu sein, was der blasse Normalo mal als ‚Messi-Wohnung' im Trash-TV vorgeführt bekommt ...
Sofas und Sessel sind voll mit Kleidung, Flaschen, Papptellern – sauberen aber noch mehr benutzten. Die mit Schnitzereien verzierten Schubladen einer historischen Kommode sind herausgezogen. Sie liegen auf dem Boden verstreut und bieten nun Zuflucht für allerlei Zeugs, das auch jeder Nicht-Historiker als Stilbruch empfinden muß. So liegen verstreute CDs und ‚Ohrstöpselleinen' in der letzten, noch halb herausgezogenen Schublade und haben eine sicher anregende Begegnung mit schon benutzten, buntgestreiften Wollsocken – ein einzelner Schuh hat es nicht bis in die Schublade geschafft, liegt auf der obersten Ablage ... – bittet er um Asyl?!
„Ich hab' Sie was gefragt!" erinnert Ria die beiden ungebetenen Ankömmlinge leicht aggressiv, als sie sieht, wie selbst diese toughe alte Schachtel von der durch Bewohnen umgestalteten Ausstellung so bourgeoise mitgenommen ist.
„Erstaunlich ..." murmelt Marrá nur und wendet sich dann wieder Ria zu, nun aber – man kann es ihr am Gesicht ablesen – um einiges entschiedener als bisher.
„Wir sind uns ja neulich schon auf dem Herbstfest begegnet, mein Name ist Marrá von Flausen-Tulpenscheitel, das ist Herr Zacke. Wir haben von Gemeinderat Tüpfelhund den Auftrag für einen

anstehenden Besuch Vorbereitungen zu treffen." Marrá ist sich sicher, sie habe ihre aufsteigende Wut noch ganz gut zähmen können und recht neutral vorgebracht, weshalb sie mit Lorbas hier ist.
„Was denn für Vorbereitungen und welcher Besuch?" will Ria wissen, dabei springt ihr Blick argwöhnisch von Marrá zu Lorbas und wieder zurück.
„Die Landesregierung erwartet in ein paar Tagen für einen Nachmittag einen ausländischen Gast ..." gleich nachdem Marrá das ausgesprochen hat, ist ihr klar, daß es ein Fehler war, so an die Sache heranzugehen.
„Die Landesregierung *hat* bereits ausländischen Besuch, der hier wohnt!" kontert Ria ohne eine Miene zu verziehen, nur kreuzt sie die bisher in die Hüften gestemmten Arme jetzt vor der Brust – da geht schon rein gestisch nichts mehr ...
Lorbas will helfen und es erklären: „Sehen Sie, hier will ja niemand den anderen stören, es geht nur darum, dem Besuch einige der ..." seine Zunge spielt ihm einen Streich „... mißbrauchten Möbel zeigen zu können ..." er merkt es, aber zu spät „... also nicht mißbraucht ... ich meine der derzeitig *nicht in Gebrauch befindlichen Möbel* ... – also die will man zeigen ..."
„Wir brauchen das *alles*, wir sind zwanzig Leute!" verschanzt sich Ria verbal hinter den Möbeln.
Marrá hatte sich einiges überlegt – für alle Fälle, die sie vermutete hier anzutreffen. Nun ist sie sich aber ziemlich sicher: hier hilft nur zupackend und pragmatisch vorzugehen und sie wird improvisieren müssen ... Ohne Kommentar marschiert sein einfach mal los in Richtung Küche. So wie sie es in Erinnerung hat, zeigt der Gang zur Küche etwas weiter vorn ab.
„Hey ..." wo wollen Sie hin?" schmettert ihr Ria hinterher, die damit nicht gerechnet hat, sich diesen alten Leuten in den Weg stellen zu müssen. Denn auch Lorbas hat sie schon überrumpelt, indem er Marrá auf den Fersen bleibt.

Beim Gang entlang der unterschiedlich eingerichteten Zimmer, die frühere Zeiten nachempfinden sollen, stehen Marrá die Haare zu Berge: alle Betten oder Sofas sind merklich in Benutzung. Hier liegt eine Thermodecke drauf, dort sind Kissen und Betten zerwühlt, zum Teil auch für andere Verwendung zerrissen, zerschnitten worden, dazwischen überall Kleidungsstücke, weibliche, männliche, vom BH bis zum benutzten Regenparker. Auf einem zierlichen Tischchen ein riesiger halb aufgeklappter Hartschalenkoffer mit Prospekten, zerpflückten Büchern, ein Paar Turnschuhe mit abgerissenen Schnürsenkeln auf dem Stehpult. Marrá weiß, daß die meisten dieser Möbel vor sehr langer Zeit von Hand mit Sorgfalt als Einzelstücke gearbeitet worden sind. Als sie im Raum, der als Musikzimmer eingerichtet ist auf dem Spinett einen groben Kaffeepott mit Trinkspuren erblickt, der auf dem Holz einen Kaffeerand hinterlassen hat, bleibt sie abrupt stehen und dreht sich um, so daß die im Geschwindschritt folgende Ria mitten auf sie aufläuft. Marrá will gerade etwas sagen, was harsch aber wahrhaftig wäre, aber die Dinge im Augenblick nicht gut fügen würde.
Glücklicherweise ruft es um die nächste Ecke aus der Küche: „Mensch, wo bleibst du denn Ria, wir warten schon die ganze Zeit auf Dich!" damit kommt Beliesa Glausack um die Ecke geschossen, zu sehen, wo die ‚Klartext'-Organisatorin, mit der sie sich nach dem Herbstfest doch schneller als gedacht nähergekommen ist, abgeblieben ist. Hinter ihr lugt auch noch Kafi um die Ecke – der einzige, der noch munter in die Runde lächelt.
„Yeah, Befluch ..." grinst der Pieselwesier, als er Marrá und Lorbas erblickt.
„Be*such* ...!" verbessert Ria grimmig, obwohl sie den Sinn von ‚Befluch' wohl passender findet. „Und der wird auch gleich wieder gehen!" ist sie sich sicher.
„Was machen Sie hier?" fragt die Pfarrerin überrascht zu Marrá und Lorbas hinüber, an die sie sich noch gut aber wenig angenehm vom Herbstfest erinnern kann.

„Von der Obrigkeit geschickt, um hier einen Keil rein zu treiben, um Unordnung in die Einheit zu bringen, um uns zu zermürben ..." zischt Ria jetzt dicht vor Marrás Gesicht.
Marrá – was keiner gedacht hätte – lächelt entspannt und wendet sich gelassen der Pfarrerin zu. „Wir brauchen ein paar der Möbel aus den Räumen für die Empfangshalle. Ein Gast der Landesregierung hat den Wunsch geäußert diese Einrichtungsgegenstände bei einer kurzen Visite anschauen zu können." Marrá weiß, daß die Pfarrerin trotz ihrem Engagement für Flüchtlinge, solche Gemeindeanlässe nicht übergehen wird.
„Ach, so, ... na, dann ... was wollen Sie denn zeigen?"
„Na, hör' mal, Beliesa! Das ist doch nichts weiter als ein ganz gemeiner Trick, hier einen Fuß in die Burg zu bekommen, die schmuggeln uns hier einen Trojaner rein, eine Filzlaus, eine Wanze, damit sie uns zuerst überwachen und dann loswerden können! – Das kannst du nicht unterstützen!" Ria fühlt sich sofort im Stich gelassen und verraten von der Pfarrerin.
Aber Beliesa Glausack versteht die Aufregung nicht und hat auch nicht die Mißtrauens-Erfahrungen und das daraus resultierende Partisanentemperament von Ria.
„Also da wirst du nichts machen können – der Kasten ist ja auch groß genug, da kann man ja mal etwas umarrangieren ..."
„Erst die verdammten Alkis, jetzt das ... – merkst du nicht, wie die uns mürbe machen wollen?! – Und Du machst Dich zu deren Handlanger und fällst uns in den Rücken ..."
Marrá sieht bei dem anhaltenden Disput eine günstige Gelegenheit besänftigend einzuhaken: „Also das dauert ja alles nicht lange und wenn der junge Mann da mit anpackt, haben wir die paar Möbel ratzfatz in der großen Halle und sie haben Ihre Ruhe!" Damit lächelt sie Kafi an, der von dem aufgeregten Palaver sowieso genug hat, bedeutet ihm per bittendem

Handzeichen und Kopfschieflegen, ob er nicht mitkommen könnte.
Kafi läßt sich nicht zweimal auffordern, wo es hier sowieso so wenig Abwechslung gibt. Marrá ist sofort bei dem kleinen Spinett. Als Lorbas sieht, daß Kafi durch Marrás Erklärungen und Gesten langsam versteht, bietet er sich an zusammen mit dem jungen Mann das Instrument nach vorn in die Eingangshalle zu bugsieren. Aber für daß Dings, was so seltsame Töne von sich gibt, hat Kafi noch eine Idee ...
„... das wirst Du nicht verhindern können, Ria, und ich finde es ist auch nicht ganz fair, hier alles zu blockieren ..." ist Beliesa Glausack immer noch im Disput mit der wütender werdenden Ria. Beide bekommen zwar die nun schon eingeleitete Umstellaktion mit, sind aber eher die Theoretiker der Runde und müssen das erst einmal irgendwie ‚ausdiskutieren'.
Derweil ist Kafi – eben eher das was man hierzulande den ‚Macher' nennt – in die Küche geeilt und bringt nicht nur die drei wieder Kartoffel schälenden Frauen mit, sondern auch einen kleinen Rollwagen, wie man ihn von Bahnhöfen kennt, um Gepäck zu transportieren.
Die ganze Situation hat Kafi eher an seiner spielerischen Seite gepackt und so packt er das Spinett geschickt kippend an einer Seite hoch auf den Rollwagen und schiebt es so gelüpft, sich bei Lorbas mit fragendem Blick erkundigend ‚Wo soll das Ding hin?' auf seinen Wink ihm folgend nach vorn in die Eingangshalle. Dort setzt er es an der Stelle ab, die Marrá, die beiden auf dem Fuße folgt, ihm bedeutet.
„Ratzfatz!" ruft Kafi. „Noch mehr Fatz?"
„Klar, wenn sie so nett sind ..." Marrá weiß, daß sie nicht allzuviel ungestörte Zeit hat und schafft es mit dem geschmeidigen Kafi, Lorbas gestikulierender Hilfe und sanfter Unauffälligkeit, alles, was ihr wichtig ist für den Besuch von Königin Gertulde in die Eingangshalle zu bekommen.

Dort arrangiert sie es in der kurzen Zeit genial auf einander abgestimmt – so gut es die Räumlichkeiten zulassen.
So wirken die Möbel nicht wie ausgelagert und abgestellt, sondern als hätten sie nie woanders gestanden und wären extra nur für diese große Eingangshalle entworfen worden.
Die Récamier neben dem kleinen Büchertisch, das Stehpult neben dem Haupteingang, sehen aus, als erwarte man eingeladene Gäste. Selbst das Bett mit dem Nachttisch, was unter der großen Treppe seinen Platz gefunden hat, sieht mit dem wunderbar bemalten Paravent aus, als hätten sich zu einem Fest einfach ein paar mehr freudige Gäste angesagt als man geplant hatte, so daß man unter diesen Umständen gern elegant improvisiert.
Marrá hat natürlich den Vorteil, daß sie weiß, welche Möbel Gertrulde besonders interessieren und daß sie sich auch in dieser – auf die ganze Burg betrachteten – eher bescheiden ausnehmenden Vorhalle bestimmt über eine Stunde fachsimpelnd unterhalten wird. – Gut so!
Die ganze Aktion hat jetzt vielleicht – dank Kafis Hilfe und auch noch der zupackenden Hände der drei Kartoffelschälerinnen und von Lorbas Einweisungsgeschick getragen – nicht länger als vierzig Minuten gedauert. Alles war zwar durch Rias stetes Hinterherlaufen und Gezeter etwas lästig, auch weil Beliesa dann versuchte, Ria zu beruhigen, zu beschwichtigen, was aber Rias ‚Du Verräterin!'-Rufe nur noch intensivierten, aber die Umstellmaßnahmen kamen stetig voran.
Am Ende läßt es die Pfarrerin dann auch bleiben, der ‚Klartextlerin' etwas erklären zu wollen.
Als dann auch Kafi noch freudestrahlend sich vor Ria aufbaut und ruft: „Ratzfatz!", stampft die Aktivistin wütend mit dem Fuß auf und entschwindet stapfend wie die böse Fee nach hinten in die Küche.
Mittlerweile hat die ganze Aktion und auch das laute Diskutieren fast alle Flüchtlinge angelockt. Aus jedem der verborgenen Gänge tauchte minütlich irgend

jemand auf, schaute zu, trug auch schon mal einen Kerzenständer oder eine kleine Schatulle mit nach vorn in die Eingangshalle.
„Vielen Dank, Sie waren eine große Hilfe!" nickt Marrá zum Schluß der Aktion in die Runde – dehnt den Dank aber nicht aus, weil sie der Sache keine zu große Bedeutung beilegen will und auch um Ria, die zwar den Blicken entschwunden ist, aber zweifellos noch mit einem Ohr hört, was vor sich geht, nicht zu sehr zu reizen.

„Ist ja doch noch gut gelaufen!" sagt Lorbas zufrieden, als er mit Marrá auf dem Parkplatz im Auto sitzt, um nach Hause zu kutschieren.
„Sie sind genauso naiv wie die Pfarrerin oder die Asylanten – jeder auf seine Art, in seinem Bereich!" kommentiert Marrá überraschend ernst und von einem zum anderen Moment sichtlich erschöpft. „Es ist noch gar nicht zu ermessen, was da auf uns alle zukommt!"
Lorbas schaut sie von der Seite an. So beunruhigt hat er diese so standhafte Frau noch nicht erlebt.
„Tja, Sie schauen mich so verwundert an!" Marrá muß lächeln über ihren liebenswerten aber einfältigen Bekannten. „Fahren sie erst einmal los, damit wir heim kommen – jetzt sage ich schon zu Ihrem Zuhause ‚heim' ... – so schnell geht wohl ‚Flüchten' ... – Während Sie fahren werde ich mal kurz und knapp ein paar Anmerkungen zu dem Erlebten in dieser letzten Stunde machen – auch damit ich selbst noch einmal alles vergegenwärtigen kann."
Lorbas fährt gemütlich die Haarnadeln von Hohenknipselstein hinunter, es geht immer weiter abwärts ...
„Es ist fatal ..." beginnt Marrá ihre Überlegungen „... ich hätte die Burg damals übernehmen sollen – egal zu welchen Bedingungen! Vielmehr hätten sich die Bedingungen sicher entschärft, wenn ich diese Entscheidung klar getroffen hätte. – Aber nun sind wir schon an dem Punkt, an dem Erpressung sich als das beste Mittel erwiesen hat! – Also wer sich einmal in

einer Burg verschanzt hat, um etwas durchzusetzen – glauben Sie der sagt bei der nächsten Schwierigkeit ‚Ich möchte **bitte** ...'? – Bei allen erfüllten Forderungen wird es immer noch etwas geben, was unerfüllt geblieben ist und noch eingefordert werden muß ... und da sich Erpressung nun schon bewährt hat ... "
Lorbas ist überrascht und schaut Marrá kurz von der Seite an, muß sich dann aber wieder auf die Kurven konzentrieren und läßt sie weiterreden.
„Durch mein Zögern habe ich den anderen die Gelegenheit verschafft, sich dort real oder mit ihren Kalkulationen einnisten zu können. Wenn sich plötzlich Leute anfinden, die es sich im geklauten Leben anderer gemütlich machen können, hat man die eigene Identität nicht behütet! – Knipsel Castle stand so lange leer, bis sich genau die Leute dort sammelten, die nicht dort hin gehören." Marrá hält kurz inne. „Natürlich nimmt einer, der flüchtet, das eigene Unerlöste mit und will es woanders wie Schmutz am Schuh abstreifen – besser noch in scheinbar saubere Schuhe schlüpfen. Und das führt an allen Stellen zu Verwirrung, denn plötzlich sind die, die ihr eigenes Sein haben schleifen lassen – die ihre Burg haben verkommen lassen – ergriffen von den unbegriffenen Effekten anderer Kulturen und graben sich nun zusätzlich noch die eigenen Wurzeln ab! – Denken Sie an die Verwirrung um die Herbstfest-Steine die anscheinend der Pieselwesische Mörk inspiriert hat, aber einfach nur Bröckel unserer eigenen Burg waren ... Und heute haben sie es auch gesehen, daß alle Pracht niedergemacht wird. Die einstmals prächtigen Möbel, Stoffe und Zimmergestaltungen werden geschändet und entwertet und es wird von jedem hier verlangt, daß er das hinnimmt, wenn es durch jemanden geschieht, der beansprucht von woanders herzukommen, wo es größere Probleme zu geben scheint – da dürfen sie keinen Einspruch erheben, wenn Sie nicht an den Pranger dafür wollen!"

„Also sehen Sie das nicht alles eine Nummer zu groß?!" Lorbas möchte am liebsten mit einem Scherz dieses ungemütliche Empfinden abschütteln.
„Ganz und gar nicht, denn wissen Sie, wie es weitergehen wird?"
„Wie soll's weitergehen ...?! Man wird den Flüchtlingen ein geeigneteres Quartier zuweisen, vielleicht wird man einige Container nach Vierecktal raus aufstellen. Sie werden mal in der ‚Schwarte' sitzen und ihr Bierchen trinken und bei Indi-Italo ihr Fastfood holen – vielleicht sogar Gefallen an einem Wein im ‚Knipsler Hicks' finden ... –
Es wird einfach das geschehen, was man ‚Integration' nennt: Deutschkurse, vielleicht können einige der Menschen in Handwerksbetrieben unterkommen, da sucht man Arbeitskräfte, heißt es ... – Und so eckt keiner mehr beim anderen an ..." Lorbas läßt das weitere offen.
Marrá zieht die Augenbrauen hoch. „... und an Ihnen, Herr Zacke, geht das natürlich vorbei, weil Sie ja als alter Mann damit nichts mehr zu tun haben, was?!"
„Soll ich noch Pieselwesische Kultur pauken?" Lorbas lacht kurz, muß sich aber konzentrieren, die Haarnadeln sind noch nicht ausgekurvt.
„Sie haben es selbst erwähnt: man wird den Flüchtlingen andere Quartiere suchen! – Und Sie haben als alter Mann ein ganzes großes Häuschen mit Garten, in dem Sie allein leben ... – na, klingelt's im Oberstübchen, bevor es an Ihrer Haustür klingelt?
– Sie werden eine Fuhre Flüchtlinge aufnehmen müssen, vielleicht keine fünfköpfige Familie, nur ein oder zwei Leutchen ..."
Lorbas versteuert sich fast und muß harsch auf die Bremse treten.
„Aha," sagt Marrá „da ist der Groschen mit dem Fuß auf die Bremse gefallen!"
Lorbas hat das Auto jetzt vorsichtshalber angehalten und schaut Marrá an: "Das glauben Sie ja selber nicht," sagt er fast etwas grob zu seiner Beifahrerin „es gibt keine ‚Einquartierungen' wie früher in Kriegszeiten!"

„Das wird jetzt anders laufen – so daß Sie es gar nicht merken, bis die Hütte voll ist! Ein oder zwei Familien aus Ihrer Nachbarschaft werden freiwillig und mit offenen Armen – weil sie in der Vorstellung vom eigenen Gutsein schwelgen – die ersten Flüchtlinge aufnehmen. Und das wird durch die Stimmung in Politik und Presse eine so ungeheuere Nötigung werden, daß sich da zuerst in Ihrer Straße, dann in ganz Knipsel, dann in Kullertal und Viereckstadt niemand wird entziehen können, der auf einem Raum lebt, dessen Maß den anderen als zu groß für nur einen einzelnen erscheint. Erst können Sie nicht mehr einkaufen gehen, ohne daß man Sie schräg anschaut, dann wird man Ihnen was Blödes ans Haus schmieren, Ihre Dahlien und Hortensien werden über Nacht abgerissen und entwurzelt sein ... und das wird erst aufhören, wenn auch Sie ‚Ihren' Anteil Flüchtlinge in Ihr Gefüge lassen. Das Gefüge wird sich dann nicht mehr gut fügen, denn die Einquartierten – man wird es vielleicht ‚Wohngemeinschaft' nennen – also die werden Ihren Wasserhahn überdrehen, Ihren Strom zum Kurzschluß bringen und Ihren Ohrensessel durchsitzen – alles Phänomene, die Sie hätten gar nicht für möglich gehalten. Alles, was eigentlich zu Ihnen gehört, wird eine eklatante, rasante ‚Materialermüdung' erleiden, weil es all das Fremde, nicht Dazugehörige nicht aufnehmen kann, weil es dafür nicht geschaffen ist ... – Aber das schönste wird sein: man wird es *Ihnen* ankreiden und es *Sie* bezahlen lassen, was da nicht funktioniert – im realen und im übertragenen Sinne! –
Und wenn sie sich beschweren sollten, dann wird man Sie für einen Stammtischler mit seinen ausgeknautschten Parolen halten! Man wird Sie unter die Neonazis rechnen und ‚populistisch' nennen und es wird Ihnen nichts nützen, nachzuweisen, daß sie mit solchen Leuten nie etwas am Hut hatten ...
Auf Ihre Einwände, die aus Ihrem Unbehagen im Umgang mit den vielen, fremden Leuten kommen, wird man Ihnen – als seien Sie nur ein bockiges, egoistisches Kind – erwidern, daß diese Menschen in

Not seien und hier Hilfe bräuchten. Man wird Sie ausnahmsweise und nur an diesem Punkt an die Vergangenheit Ihres Landes erinnern – also nicht an das, was Ihre Wurzeln an Sein und Kultur in sich bergen, sondern vielmehr die dunklen Aspekte werden in den Vordergrund gestellt werden, daß dafür noch nicht genug abgegolten wurde – auch von Ihnen nicht – und nun sei es genau dafür an der Zeit!
Da können Sie dann nicht sagen: ‚Diese Leute mögen aus Not geflüchtet sein, aber was sie hier suchen, ist ihr Eigenes, was sie schon in der eigenen Heimat nicht entfaltet haben – sonst hätten sie ja dort ihren Platz gefunden! – Nun suchen sie es hier und unter uns und sie können uns bedrängen und uns nachahmen, aber sie werden es auch hier nicht finden – auch nicht, wenn sie uns hohl gemacht haben. – Unser Fehler liegt darin, sie mit Waschmaschinen und Limo-Automaten in die falsche Begeisterung getrieben zu haben. Vielmehr hätten wir und sie abwarten müssen, bis sie bei sich und für sich etwas besseres als unsere Waschmaschine entwickelt hätten, etwas, was dort zu ihnen und ihrem Sein gepaßt hätte ... – und irgendwann hätten sie auf unsere Waschmaschine gepfiffen. – Das ist es, was wir uns als Schuld anrechnen müssen: diese Menschen in die Versuchung zu führen, Unseres für sich zu übernehmen.' – Also das zu sagen, wird Ihnen nichts nützen. –
Andererseits sind diese Menschen auf all diese Aspekte auch nicht – oder noch nicht erkennbar – selbst gekommen, denn sie haben nicht gesagt: ‚Bleibt uns mit Eurem Käse weg, wir machen's selbst, dauert vielleicht noch etwas, wird aber für uns viel sinnvoller sein als wenn wir Euren Kram übernehmen!' – Also das ist dort auch kaum jemandem eingefallen ... und so sind wir nun in dieser Bredouille! Nun ist kaum mehr jemandem unter uns selbst klar zu machen, daß *wir alle* zugrunde gehen werden, wenn wir diesen Menschen die Waschmaschinen nicht mehr *hinschicken,* sondern sie praktisch und plausibel gleich *hier* vor unsere

eigenen Spülautomaten setzen!" Marra ist erschöpft, setzt aber noch hinzu: „Es ist ihnen hoffentlich klar, das ‚Waschmaschine' und ‚Limoautomat' Synonyme für ‚Weltraumkapsel' bis ‚Heimtrainer' sind!"
Lorbas schweigt kurz, dann sagt er: „Quatsch!" legt entschlossen den Gang ein und nimmt die Fahrt wieder auf.
Man fährt schweigend von der Burgstraße auf die Knipsel Hauptstraße.
Aber dann ist Lorbas wohl doch einiges durch den Kopf gegangen: „Und das alles, weil **Sie, Marrá von Flausen-Tulpenscheitel,** Knipsel Castle ausgeschlagen haben?!"
„Das kann man so sagen – Sie müßten sich für das Mißratene in der Entwicklung dieses kleinen Lebenskreises auch bei *mir* beschweren!"
„Dann verhindern Sie es jetzt doch noch, daß es so weit kommt, wie Sie es gerade für möglich gehalten haben!"
„Ja, deshalb lasse ich mir gerade einiges durch den Kopf gehen!"

Glück gehabt:
Knipsel ist nicht der Nabel der Welt!

„Was genau ist da passiert?"
Zwei Tage später sitzen Marrá und Lorbas beim Frühstück, das sich seit neuestem etwas später, etwas ausführlicher und etwas gediegener gestaltet, als das, was Lorbas sonst lustlos allein vermümmelt hat.
„Ich les' mal vor, was hier im ‚Knipsler Schnipsel' steht …" antwortet er Marrá auf ihre Frage über den Küchentisch und sucht schon die entsprechende Rubrik. Nicht schwer zu finden, denn das Thema bewegt so scheint's die Nation …

„'…kam es gestern in der Frühe sogar zu einer kurzen Schießerei, als ein Sondereinsatzkommando das

‚ANREKU', das Vorzeige-Museum unserer Hauptstadt stürmte.
Anwohner hatten verdächtige Beobachtungen gemacht und man vermutete zuerst, dass ein Kunstraub der zum Teil als unbezahlbar geltenden Werke des 19. und 20. Jahrhunderts im Gange sei. Die alarmierte Einheit des Sondereinsatzkommandos war aber mehr als erschüttert, nachdem sie etwa zehn Personen überwältigen konnte, was sich ihnen für ein Anblick bot: der größte Teil der Kunstwerke war nicht etwa zum Abtransport bereit gemacht worden, sondern mit Farben, Säure und Messern zerstört worden.
Museumsdirektor Donez Grauvoigt mußte nach dem ersten Begutachten des Schadens von Notfallhelfern noch vor Ort betreut werden und stand bis zum Redaktionsschluss für eine Stellungnahme nicht zur Verfügung.
Sicher ist, dass diesem Akt der Zerstörung kein beliebiger Vandalismus zugrunde liegt, sondern eine Gruppe, die sich ‚Abendländischer Kulturverschnitt' nennt, dafür verantwortlich ist. Wie aus den Aussagen der Festgenommenen hervorgeht, setzt diese Gruppe nicht auf den international zunehmenden radikalen Terrorismus, der sich in Attentaten auf menschliche Zielscheiben richtet, sondern darauf, die ‚dekadenten Auswüchse schändlicher Lebensweisen zu regulieren'. Für Fahnder und Geheimdienstexperten soll diese Gruppe und ihr Auftreten völlig neu sein.
‚Wir sind natürlich froh, dass keine Menschen zu Schaden gekommen sind, sehen aber mit Schrecken, wie unsere kulturellen Werte auf barbarische Weise attackiert werden und es steht zu vermuten, dass diese Art von Terrorismus sich zunehmend auch der Gewalt bedienen wird.' So heißt es aus unterrichteten Kreisen.
Die Festgenommenen schweigen seit der kurzen Offenbarung ihrer Motive. Sie sind aber nach Angaben des Staatsschutzes international organisiert, da in den sozialen Netzwerken eine Bekenner- und Unterstützerbotschaft aufgetaucht ist. Die sieben

Männer und drei Frauen kommen unter anderem aus Makronarien, Zyballia und Pieselwesien.

Das Museum ‚ANREKU' – eigentlich ‚Museum für anregende Kunst' – hat sich in den letzten Jahren zunehmend auch in Fachkreisen und vor allem bei Touristen wegen seiner originellen zeitgenössischen Werke einen guten Namen erworben. Ist es doch eine Mischung aus Werken, die noch der klassischen Ästhetik verbunden sind, mit neueren, eher provokanten Kunstinstallationen.

So sahen nicht nur Touristen darin einen Anziehungspunkt bei einem Hauptstadtbesuch. Das ‚ANREKU' hatte sich bisher auch als Museum für die ganze Familie bewährt, weil eigentlich jede Generation Anregungen fand, über die man als ‚heimisches Kunstplateau', wie es ein Kritiker einmal nannte, bei einem gemeinsamen Besuch gut über die eigene Kultur ins Gespräch kommen konnte. Das ‚ANREKU' war bisher unkapriziös bodenständig und hatte sicher außer ein paar Aktzeichnungen nichts im Repertoire, was für kulturell oder religiös anders ausgerichtete Menschen verletzend sein könnte.

‚Aber auch darüber sollten wir uns nun Gedanken machen, wie leichtfertig wir mit unserer Art von Kunst, Kultur und Humor umgehen und wen alles wir damit demütigen!' Das sagte in einer ersten Stellungnahme Nikta Pritz, die gerade als Leiterin in das neu geschaffene ‚Amt zur Vorbeugung gegen Kulturelle Zumutungen für Ausländer und Menschen mit Migrationshintergrund' – kurz (oder doch eher lang): ‚AVoKuZuAuMi' eingesetzt wurde. Sie sieht in dem Vorfall im ‚ANREKU' ‚...einen Hilfeschrei aus der Verletzung von kulturell Andersorientierten durch penetrante Ansässige, den wir gründlich analysieren müssen, um solcherlei Provokationen demnächst zu vermeiden und unser verhärtetes Scheuklappendenken wieder frei zu bekommen für die Werteskala wirklich sensibler Menschen.' ...

Ach, ja ...?" Lorbas unterbricht sein Vorlesen, weil er sich die letzten Sätze und was sie vielleicht für ihn

persönlich bedeuten könnten, erst einmal selbst vergegenwärtigen muß. „Da haben wir aber in Knipsel Glück, daß wir nicht der Nabel der Welt sind ..." setzt er dann versonnen hinzu.
„Ich fürchte, lieber Lorbas, das reicht nicht zum Glückhaben, wenn man von den einen als lästiger Appendix angesehen wird und die anderen einen als Leber benutzen, die man mit allerlei Fremdstoffen zumüllen kann, so daß sie mit dem Entgiften schon ziemlich überfordert ist ... Prost!" Marrá nimmt einen Schluck aus ihrem Sektglas.

Königinbesuch

„Die ‚Knipsel-Krönchen' stehen bereit? Saft, Sekt, Wein, Wasser ausreichend da? Wir wissen nicht, wie viele sie mitbringt!" Ein angespannter Pettar Lascher rüttelt auch noch an den Streben des VIP-Baldachin-Zelts – das zweite Zelt aus dem Doppelpack nach dem Herbstfest – weswegen er den Sonderpreis vom Verleih bekommen hat. Alles andere hat er auch zusammengeliehen: ein Profi-Catering hält etwas größere Imbisse bereit in einem separaten, improvisierten Stand – die Küche von Knipsel Castle will Lascher aus naheliegenden Gründen nicht benutzen. Deshalb ist auch das ‚Knipsler Krönchen' eigens für heute von einem Gourmet-Patisseur kreiert worden: leichter Blätterteig vorsichtshalber in süßer **und** in herzhafter Ausführung – auch da weiß man ja nie, was den wichtigen Leuten am besten mundet ...
Heute will Pettar auf alle widerborstigen Eventualitäten vorbereitet sein. Und weil er alles Unbotmäßige ausschließen will, hält er sich so gut es geht, von der Flüchtlingstruppe in der Burg fern – **die** spucken ihm nicht noch einmal in die Suppe! Er hat also ein Business-Catering organisiert und nicht etwa einheimische Häppchen aus der ‚Schwarte' geordert. Außerdem steht heute – da hat aber auch die Landesregierung ihre Fäden gespannt – ein Security-Service zur Verfügung, der das Zelt bewacht, die

Zufahrt zum Schloß, den Vorplatz und natürlich nachher die Königin Gertrulde von Ferhökerlande! Einige Extra-Bodyguards sind nur für die erwartete Königin zuständig ... – Also die dürfen im Fall eines Falles: schnurz, ob Entführung, Attentat oder einfach nur Bürgerschreckaktion – da dürfen die dann nur die Königin retten! – So einen kleinen Gemeindeangestellten wie ihn, den Pettar Lascher, dürfen sie in seinem Unglück dann gar nicht beachten – Schon gemein! – denkt sich Pettar.

Aber es dauert noch! Die Königin wird erst in etwa einer Stunde erwartet – zur schönsten Kaffeezeit. Portus Tüpfelhund nimmt sie in Kullerstadt entgegen ... – also dort übergibt die Landesregierung die Monarchin quasi ihrem privaten Wunschprogramm – wobei man da auch nicht sagen kann ‚Ätschibätschi, ist nicht unsere Baustelle!' falls was schiefgeht – also die muß immer bewacht werden und diese dumme Situation mit den Flüchtlingen hier auf Hohenknipselstein macht die Sache nicht legerer ...

Zwar haben Pettar und Tüpfelhund noch mit der Frau von Flausen-Tulpenscheitel abgesprochen, wie es laufen soll und was sie vorbereitet hat – die Frau hat echt gut vorgearbeitet, für ihr Alter – muß Pettar anerkennen, aber seit dieser mißglückten Herbstfest-Einladung sind die Flüchtlinge und vor allem diese ‚Betreuerin' irgendwie ... verstockt. Der ohnehin spärliche Kontakt ist ganz versiegt, auch die Pfarrerin Glausack kann oder will da nichts mehr ausrichten. Also um diese lästige Flüchtlingsangelegenheit wird man sich gleich nach dem Besuch der Königin kümmern müssen, dies vorher noch irgendwie zu regeln, hätte beide Seiten nur noch mehr angespannt und was die Adlige und der schrullige Zacke über die Zustände in der Burg berichtet haben, hörte sich nicht nach einer schnellen Lösung an. Pettar überlegt auch schon die ganze Zeit, wie er selbst sich diesem Problemlösungsprozeß entziehen kann – denn natürlich wird sein Tüpfelhund das wieder an ihn delegieren ... – Aber heute erst einmal die Königin abfertigen! – So muß wohl der klassische Schwiegermutterbesuch sein ...

„Frau von Flausen-Tulpen..." Pettar versucht immer die ‚Flausen' laut zu sprechen, dann kann er sich hinten durch den ‚Tulpenscheitel' hindurchnuscheln – da wäre diese stückelige amerikanische Variante, nur die Anfangsbuchstaben zu zischen, echt praktischer: ‚J.R.', ‚JFK', ‚L.A.' ... also ‚MFT'?! – Wir sind in Knipsel, da läuft das anders ... O.K.!

„Herr Lascher, was gibt's?" Marrá ist neben Pettar aufgetaucht. „Sollen wir es noch einmal durchgehen, wie es laufen soll?"

„Ja, wäre mir angenehm, wir wollen auf alle Eventualitäten vorbereitet sein ... Herr Tüpfelhund und ich ..." nicht daß die coole ‚MFT' nur ihn allein für hasenfüßig hält ...

„Man kann nicht auf alles vorbereitet sein und es entspannt die Lage, wenn man da etwas locker läßt, Herr Lascher! – Früher nannte man das Gottvertrauen!"

„Äh, ja, aber Gott muß Knipsel sicher erst mal woogeln, bevor er ein paar Bite Vertrauen senden kann ..." lächelt Pettar. Mit der Frau kann man ganz nett scherzen, das hat er in den letzten Tagen mitbekommen.

„Wenn Sie Vertrauen nicht in sich haben, nutzt Gottes PIN-Code auch nichts!" kontert Marrá lächelnd.

Pettar muß lachen wie ein Junge – die Durchlaucht durchleuchtet alles!

Marrá lächelt und schaut dann auf ihren Spickzettel: „Also, vergleichen Sie's mit Ihren Notizen:
- Königin Gertrulde kommt hier auf dem Vorplatz an
- Herr Tüpfelhund begleitet sie
- erst hält er eine kurze Begrüßung
- dann sagt die Königin ein paar Worte
- anschließend gehen die Königin, Herr Tüpfelhund, Sie, Herr Zacke und ich durch die kleine Ausstellung im Vorraum der Burg ...

... nur wir paar Figuren, weil es sonst doch zu voll wird mit den ausgestellten Möbeln ...

- dafür ist eine halbe Stunde eingeplant ...
... es wird aber länger dauern, weil die Königin ein paar schöne Stücke finden wird ..."
„Kann man das nicht abkürzen? Nicht daß wir da von Hölzchen zu Stöckchen kommen!"
„Einen gewissen Spielraum müssen Sie auch dem Gast lassen. Die Königin kommt ja extra hierher, um mal etwas, was sie ganz persönlich interessiert und liebt, zu genießen – da sollte man an dieser Stelle nicht auf einem Quicki bestehen!"
Pettar glaubt nicht richtig zu hören, aber Marrá verzieht keine Miene.
„Also gut! Sie sehen aber zu, daß es im Rahmen bleibt mit der Amore zu den Möbeln!" bittet er seine Ansprechpartnerin.
„Ja, das bekomme ich hin, einige Hintergrundinformationen kann ich ihr auch noch beim Sekt-Empfang geben ...
- ... der sich gleich an die Möbelbesichtigung anschließt
- Herr Tüpfelhund sagt noch ein ‚Prosit!' und
- dann wird eine knappe halbe Stunde gesmalltalkt, einige handverlesene Knipsler gesellen sich dazu: Pfarrer, Pfarrerin, einige ortsansässige Geschäftsleute, wie Bauer Harfe, Frau Grundlos, Herr Watsche, der ‚Schwartenwirt' ..."
„... der nicht," fällt Pettar jetzt ein „... weil, der ist sauer, wir haben die Häppchen nicht bei ihm bestellt, die waren ja sozusagen im VIP-Zelt-Gebinde mit drin. Bauer Harfe wird vielleicht auch nicht kommen ... er wollte einen Weinkarton überreichen – geht aber nicht so kurzfristig, sagt die Security, könnte Gift und/oder Bombe drin sein! – Also der ist auch eingeschnappt, aber seine Frau ist ein Königin-Fan – auch ohne überreichtes Gebinde – also die wird kommen!"
„Ich finde es ungeschickt, alle Dorfbewohner so auszuschließen, man hätte ja einen kleinen Knipsel-Präsentkorb mit Wein und Leckereien vorher zusammenstellen können – Knipsel besteht ja nicht nur aus einer Burg mit paar Möbeln drin ..."

„Zu kurzfristig, sagt die Security ..." Pettars Stimme geht ins Wispern „... sie haben hier noch nicht mal alle geheimdienstlich durchleuchten können!"

„Na, Sie und mich sicher schon ..." weiß Marrá.

„Ja, klar, aber *wir* haben auch eine offizielle Verpflichtung, also da werden sicher nicht *wir* faule Eier schmeißen oder schlimmeres ... aber was weiß man von der Vergangenheit derer, die hier wohnen?! – Herr Zacke, auf dem Sie ja bestanden haben, als so etwas wie Ihren ‚persönlichen Assistenten' – also der war Verleger früher ..." Pettar senkt nochmals die Stimme.

„... und – hat er eine Anleitung zur Züchtung fauler Eier veröffentlicht?" wispert Marrá wie aufgeschreckt zurück.

„Nein," erwidert Pettar nun wieder lächelnd und in normaler Lautstärke „'Die Salbe geht aus – Könige in Europa auf verlorenem Posten' dieses Buch hat er verlegt, eine Satire, in Hardcover, erschienen 19..!"

„Sie wissen schon, daß man zur Salbung von Königs nicht einfach Erkältungssalbe auf den Brustwickel schmiert ..." muß Marrá jetzt wirklich lachen.

„Was dann?" Pettar scheint nun doch überrascht.

„Also jedenfalls hat es sich gezeigt," fährt Marrá fort „daß die Stimmenmehrheit eines Volkes an die Wirkung von ‚durch Gott gesalbt' nicht heranreicht – zumindest vor Einführung der konstitutionellen Monarchie – und Sie sehen ja: Frau Harfe kommt auch ohne ihren Mann, nur um die Königin zu sehen ... – und dazu hätte man noch mehr Menschen im Dorf die Gelegenheit geben sollen!"

„Nicht mit dieser angespannten Flüchtlingslage, die *uns* hier noch ins Haus steht!" erwidert Pettar jetzt wieder etwas gestreßt.

„Also so weit wie es gekommen ist, stehen wir *denen* jetzt ins Haus – nicht sie uns!" gibt Marrá zu bedenken.

„Es ist aber nicht *deren* Haus ..." erwidert Pettar.

„Also stehen wir *denen* in *unser* Haus? – Sollte man es so sagen ...?" Marrá muß lachen über Pettars angestrengtes Nachdenken. „Glauben sie mal, Herr

Lascher, ich bin auch nicht glücklich mit der Situation, aber die fatalen Beschlüsse lagen viel früher und ich habe die Sache auch mitvermurkst. Um es jetzt wieder aufzudröseln, bis man an eine Kreuzung zurückfindet, wo eine Norne bereit ist, den Schicksalsfaden anders zu knüppern, braucht es etwas Geduld, Zeit und Engagement. Aber wer weiß, vielleicht hilft das heutige Geschehen schon etwas ...
– Warten wir mal ab! – Wir waren noch bei unserem Timeplaner ..."
„Ja, gehen wir's mal zuende durch ..." Pettar orientiert sich auf seinem Zette. „Bei mir geht's hier weiter ...
- nach einer guten Stunde Anwesenheit packt Herr Tüpfelhund seinen Gast wieder ins Auto und in Vierecktal wartet die übrige Entourage der Königin und übernimmt sie samt der Verantwortung ..."
„... und Knipsel ist wieder der Ort, den Gott erst woogeln muß ..." ergänzt Marrá verschmitzt.
„Genau, dann haben wir alle Feierabend!" Pettar wäre am liebsten schon im Zeitbeschleuniger dahin unterwegs.
„Es müßte doch gut über die Bühne gehen!" überlegt Marrá.
„Und die Asylanten," fragt Pettar „planen die etwas? – Die konnte nämlich niemand aus Akten heraus überprüfen ..."
„Es sind genug wachsame Menschen hier. Die Ausstellung der Möbel tangiert nicht die Fläche, die sich diese Menschen zum Wohnen hergerichtet haben. Ich war eben noch einmal in der Vorhalle, dort wo wir die paar speziellen Möbel drapiert haben. Die Tür zum langen Ausstellungsgang mit den nun bewohnten Zimmern, die schon recht verwohnt sind, diese Tür haben wir neulich schon geschlossen – sie geht allerdings nicht abzuschließen, aber ich wollte sie auch nicht mit einem Möbelstück verrammeln – das sähe ja doch recht unsouverän aus!"
„Wenn es helfen würde, daß wir einen ruhigen Nachmittag haben ..."

„Ich glaube nicht, daß das nötig sein wird ... – ich hoffe es zumindest!" –

„Ich habe schon ein herzhaftes ‚Knipsel-Krönchen' vernascht!" Lorbas Zacke, leckt sich noch zwei Finger, während er sich zu den beiden Zeit- und Krisen-Tüftlern hinzugesellt. „Schmeckt prima! Ich werde mir auch noch ein süßes schnappen!"

„Vorsicht, Lorbas, die Security hat Sie schon wegen ganz anderer Delikte auf dem Kieker!" Marrá muß lachen und auch Pettar Lascher schmunzelt.

„'Knipsel-Krönchen: herzhaft und süß gesalbt!" lacht der junge Mann.

Fünfter Teil

WUNDERSAM

Programm königlich durchziehen   **231**

**Prost! – Schlückchen,
die im Hals steckenbleiben**   **237**

Wie wird's wohl weitergehen?   **244**

Nachschneiden   **245**

Programm königlich durchziehen

„Wir freuen uns, so eine Rarität wie Sie, Königliche Hoheit, hier auf Knipsel Ca... – also auf Burg Hohenknipselstein begrüßen zu dürfen! Hier wo es nicht nur Rari- sondern auch Antiquitäten gibt, sind Sie uns herzlich willkommen und gut aufgehoben ..."
Portus Tüpfelhund reißt seine Begeisterung mit.
Pettar, Marrá und Lorbas, die zusammen vor dem VIP-Zelt stehen und nun der etwas zweideutigen Begrüßung lauschen, schauen sich kurz süffisant lächelnd an.
„Wir müßten einfach öfter Royale begrüßen, dann hätte er mehr Übung ..." raunt Pettar zum verwunderten Lorbas.

Die Königin, im Alter auch schon satt über Sechzig, wie man aus der Presse weiß, kam vor einigen Minuten pünktlich an und hat ein wirklich schickes Kostüm in frischen Herbstfarben für diesen Besuch gewählt. Der weite Rock schwingt wie eine Glocke, wenn sich die königliche Dame mit Schwung umschaut ... und das tut sie immer wieder voller Interesse und guter Laune. Sie hat beim Heraufkommen – mit erstaunlich festem Schritt – über die bröcklige Treppe, die man so schnell nun auch nicht mehr mit einem roten oder überhaupt einem Teppich auslegen konnte, allen sie Erwartenden herzlich zugewinkt und auch Fremde mit einem lächelnden Nicken wie alte Bekannte begrüßt. Auf Marrá ging sie aber gleich zu und die beiden guten Freundinnen gaben sich beim Umarmen Bussi rechts, Bussi links.
Tüpfelhund kam wie ein begeisterter Welpe auf der Treppe hinterhergetüpfelt. Man sieht, diese schöne Aufgabe, eine Königin herumführen zu dürfen, holt das Beste aus diesem Mann heraus und was an Übung fehlt, macht Begeisterung für die Aufgabe wett. Allerdings, so scheint es, lebt nicht nur Tüpfelhund auf. Neben der üblichen königlichen Begleitung ist auch noch ein Grüppchen von drei oder vier

politischen Vertreter aus der Hauptstadt angereist, unter Leitung einer sehr jungen Dame ... – Überraschend eigentlich, da es so nicht geplant schien, weil Knipsel doch sowieso nur so'n Schnipsel ist und der Besuch der Königin einen kleinen, privaten Rahmen haben sollte.

Nun aber läuft erst einmal der offiziellste Teil des Besuchs: Tüpfelhunds Begrüßung und anschließend ein paar Dankesworte von Königin Gertrulde von Ferhökerlande.
Im Moment ist die Königin aber wohl die einzige, die – so unbefangen wie sie lächelt – die Tüpfelhundsche Begrüßung überhaupt nicht seltsam findet, sondern darüber äußerst erfreut ist.
Vielleicht liegt das auch daran, daß sie und Marrá noch vor zwei Tagen telefoniert haben und Marrá ihr über einige ‚Umstände' hier in Knipsel schon berichtet hat ...
Tüpfelhund ist durch mit seiner Rede, denn alle spenden wohlwollenden Applaus, den der begeisterte Gemeinderatsvorsitzende in vollen Zügen genießt, so wie er sich immer wieder andeutungsweise verbeugend, den Platz am Mikrophon gar nicht mehr freimachen will ...
Nun tritt die Königin aber doch an das Gestell mit dem Mikrophon, das man knapp vor dem schicken weißen VIP-Zelt aufgestellt hat. Die Zahl der Anwesenden hat sich nun doch mit den Offiziellen, den handverlesenen Knipslern und den Organisatoren auf etwa vierzig Leute geläppert.
Allgemein weiß man, daß die Königin die Gastsprache etwas beherrscht. Wohl weil in ihrem Stammbaum immer wieder aus diesem Land in die höchsten Kreise von Ferhökerlande dazugeheiratet wurde und weil sich das in den überwiegenden Fällen bewährt hat, hat man auch die eingeheiratete Sprache gepflegt.
So beginnt Gertrulde nur mit leichtem Akzent aber sonst für alle hier Heimischen sehr gut verständlich zu sprechen: „Sehr geehrte Gastgeber der **Landes**- und **Gemeinde**ebene! – Man hat mich informiert, das dies

in einer Republik wie der Ihren fast eine royale Unterscheidung ist ..." und schon hat sie mit dieser nett gemeinten Bedachtsamkeit diejenigen auf ihrer Seite, die sich sowieso freuen, daß sie zu Besuch gekommen ist, aber auch die strengen Skeptiker des Royalen müssen schmunzeln.

„... schon die bis jetzt in Ihrem schönen Land verbrachte Zeit habe ich sehr genossen, nicht nur wegen der leckeren Wildschweinterrine gestern zum Abendbankett!" – Wer sagt's denn ... Gertrulde ist sympathisch ...

„Sie haben ja eine wirklich bemerkenswerte Freundin ..." flüstert der beeindruckte Lorbas Marrá zu.

„Wir nehmen uns da beide nichts ..." lächelt Marrá zurück, dann aber ernster „... es ist mir ein wenig zu ruhig, Herr Zacke, ich schaue mal in der Eingangshalle, ob alles paßt ..."

„Machen sie sich Sorgen? Soll ich mitkommen?" Lorbas ist gleich wieder ernüchtert.

„Daß sich die Asylanten so gar nicht blicken lassen, macht mir Unbehagen. Kommen Sie, wir stehen ja hier im äußeren Kreis, da können wir uns unauffällig verdrücken und kurz in der Halle nach dem Rechten schauen." Dabei dreht sich Marrá elegant beiseite und schlägt den kurzen Weg hinüber zum Burgtor ein, der in die von ihr mit Möbeln dekorierte Vorhalle führt. Lorbas folgt ihr neugierig und merkt schon an ihrem forschen Schritt, daß sie eine große Unruhe hat.

Am Eingang steht ein junger, athletischer Security-Mann, Trops mit Vornamen, dem sich Marrá vorhin schon vorgestellt hat.

„Alles so wie es sein soll?" fragt sie in für sie untypischer Verkürzung.

„Alles ruhig!" verkündet der Mann. Er strahlt, so breitbeinig, mit ruhig gefalteten Händen, wie er dasteht und der Rede von Gertrulde lauscht, absolute Souveränität aus.

„Hat sich noch niemand von den Asylanten blicken lassen?" erkundigt sich Marrá mit gekräuselter Stirn.

„Niemand!" der Wachmann schüttelt den Kopf.

„Hm ..." Marrá ist noch nicht zufrieden.

„Nur die Dame von der Flüchtlingsorganisation, die hat auf die Kommoden und die Tische kleine, pieselwesische Folkloredeckchen dekoriert ... ‚Sieht netter aus ...' – fand sie ..." sagt der Security-Riese und lächelt über den hübschen Einfall.
Marrá nicht: „Will ich sehen!" sagt sie in ungewohnt forschem Ton. "Welche Deckchen hat sie wo hingelegt? Zeigen Sie es mir!"
Der Wachmann ist sich keines Versäumnisses bewußt, dreht sich aber um und betritt die möblierte Eingangshalle. Den kleinen Rundweg, den Marrá vorgesehen hat, schreitet der junge Mann ab und deutet hier und da immer wieder auf Tische und Kommoden, auf denen tatsächlich kleine Zierdeckchen liegen. Handgemachtes mit exotischen Mustern, wie man es als Tourist aus verschiedenen Märkten in fremden Ländern kennt, so sieht es aus.
„Sieht doch nett aus, nicht so kahl ..." Security-Boy Trops will eines der Deckchen zum Beweis seiner Behauptung anheben, um es Marrá zu zeigen.
„Lassen Sie's liegen!" kommt ihm Marrá mit einer strikten Anweisung zuvor. Damit nähert sie sich selbst dem großen Tisch mit der neuen kleinen Deckendekoration, die absolut harmlos aussieht. Marrá beugt sich bedächtig vor, um genauer schauen zu können.
„Was ist denn los?" fragt Lorbas und will schon ordentlich Initiative zeigend ein anderes Deckchen anlangen.
„Finger weg, Lorbas!" befiehlt nun Marrá unwidersprüchlich.
„Explodiert es ...?" Lorbas lacht und der Wachmann muß auch grinsen.
Marrá richtet sich aus ihrer gebeugten Stellung etwas auf: „Kommen sie her, vorsichtig – ohne zu atmen!"
„Gift?!" Lorbas fällt von seiner Unbekümmertheit stante pede gleich in höchste Panik.
„Sehen Sie die leichte Puderschicht auf dem Deckchen?" Marrá zeigt gezielt aber vorsichtig auf mehrere Stellen des Zierdeckchens, an denen man

wirklich einen leichten Hauch Pulver erkennen kann, der von weiter weg gar nicht aufgefallen wäre.
Lorbas und Trops beugen sich vorsichtig zu Marrá.
„Hm ..." Lorbas' ausgehauchte Erkenntnis zusammen mit seinem eifrigen Nicken läßt eine kleine Wolke von dem betrachteten Staub aufwirbeln.
Marrá zieht sofort ihr Gesicht zurück und macht einen stummen Ausdruck: ‚Was habe ich eben gesagt ...', so daß Lorbas und der junge Mann ebenfalls zurückschrecken.
„Sie haben doch Handschuhe zu Ihrer schicken Uniform!" wendet sich Marrá nun an den Personen- und Objektschützer. Ohne eine Antwort abzuwarten, fährt sie schon fort: „Trops, nehmen Sie sich einen Eimer, Karton, irgend etwas, was man zudeckeln kann und dann schmeißen Sie mit behandschuhten Händen den Folklorescheiß vorsichtig hinein, Deckel drauf. Danach wischen Sie mit einem feuchten Tuch – die Handschuhe haben Sie dabei immer noch an – vorsichtig, ohne was aufzuwirbeln – über die Stellen, wo die Dinger gelegen haben. Danach streifen Sie Ihre Handschuhe ab und tun sie mit in den Eimer – wieder Deckel drauf und außer Reichweite deponieren – aber so daß nicht wer Unbedachtes denkt ‚Was für schicke Deckchen ...' und die wieder mit großer Geste rausfischt!"
„Aber meine schönen Lederhandschuhe ..., wenn das Gift ist ..., ich muß Ersatzpaare immer selbst bezahlen ..."
Marrá blickt mit einem verzweifelten Ausdruck erst zu Lorbas und dann zum jungen Bodyguard: „Ich spendiere Ihnen höchstpersönlich zwei neue Paare, wenn wir hier durch sind ... – Haben Sie alles andere aber verstanden?"
„Ja, doch ... eigentlich müßte ich ja erst Oberst Prudel fragen – er leitet doch den Einsatz ...! – Vielleicht brauchen wir auch das Kampfmittelräumkommando – vorher auch Gasmasken ...!" Trops meint das jetzt ganz ernst.
„Dann hätten Sie aber jetzt schon die volle Portion abbekommen!" läßt Marrá wieder alle Überlegungen

des Mannes durcheinander purzeln. „Denken sie doch daran: die ungute Spenderin der Deckchen hatte auch keine Gasmaske auf ... – wäre Ihnen doch sonst sicher aufgefallen!"
Der junge Wachmann ist nun schon ein wenig empfindlich, erst jetzt fallen ihm allerlei Vorschriften ein, die eigentlich zu befolgen wären in so einem Fall: „Ich glaube auch, *Sie* dürfen das gar nicht anordnen! Wenn da Gefahr besteht, muß Oberst Prudel ..." dann fällt ihm noch etwas ein: „Gasmaske hatte sie nicht auf ... aber die Haushaltsgummihandschuhe waren schon etwas übertrieben für die paar Deckchen ..."
„Ich glaube es besteht keine Gefahr ... sehen Sie doch: nichts passiert ... nur bißchen Staub!" meldet sich jetzt Lorbas zu Wort, den Marrá über ihre Diskussion mit Trops völlig vergessen hat ...
„Lorbas, lassen Sie das sein!" Marrá ist nun wirklich entsetzt, als Lorbas unbemerkt mit den Händen über die Decke mit dem Pulver gestrichen ist und sich mehr verteilend als abwischend, seine Patschen reibt, die er dabei auch noch lustig in der Luft herumwedelt.
Marrá – da bewährt sich alte Schule – zieht schnell ihr Stofftaschentuch aus der Kostümtasche, geht zu einer der Blumenvasen, die auf einem Tisch ohne Deckchen steht. Sie nimmt ohne Umstände den mittelgroßen Strauß heraus, legt ihn daneben und tunkt ihr Taschentuch so weit es auf die Schnelle geht, in das Wasser des Gefäßes, zieht es dann heraus und steht schon wieder vor Lorbas. Mit spitzem Finger reicht sie ihm das Tuch.
Lorbas ist ganz blaß geworden, unsicher, ob sein Einsatz eben zu mutig war ... – wollte er doch nur Marrá endlich einmal als Haudegen beeindrucken.
„Hier! Wischen Sie vorsichtig Ihre Hände ab und dann draußen gleich noch unter dem Wasserhahn drüben am Gebüsch waschen!"
„Mal ist es giftig, mal wieder nicht, was denn nun?!" entsetzt sich Trops. „Jetzt hören Sie aber mal auf, hier Kommandos zu pfeffern!"

„Pfeffern ...!" Marrá wendet sich wieder an Trops. „Nun müßten Sie eigentlich auch mal kapiert haben, was ..."
„Juckpulver!" schreit Lorbas, als müßte man nun doch den Kampfmittelräumdienst holen, denn diese Erkenntnis ist ihm nicht durch clevere Kombination gekommen, sondern liegt ihm mittlerweile erfahrbar auf der Hand!

Prost! –
Schlückchen, die im Hals stecken bleiben

Wir haben Glück, daß nach Gertruldes Ansprache auch noch ein Kultureller der Landesebene das Wort ergriffen hat und es gar nicht mehr loslassen will. Deshalb bleibt auch die Juckpulver-Beseitigungsaktion, die nun widerspruchslos von Trops ausgeführt wird, für alle vorn am VIP-Zelt unbemerkt.
Marrá ist derweil wieder dort hingeeilt, um ihre königliche Freundin für die Führung durch die Vorhalle in Empfang zu nehmen. Alle anderen Offiziellen bleiben draußen im Bereich des Zelts, sonst würde die Vorhalle überfüllt sein – auch haben die wenigsten Interesse an den arrangierten Möbelstücken. Das Wetter scheint sich gut zu halten, ab und zu schauen sogar kleine Sonnenstrahlen durch die Wölkchen, so daß die ersten Gäste von Servicekräften mit etwas zu Trinken versorgt werden und es hier im Freien genießen. Die Häppchen werden aber erst gereicht, wenn Gertrulde mit der Besichtigung durch ist.
So kann Marrá – in kleinem Kreis – ihre Freundin kurz instruieren, doch bitte nichts anzufassen. Vor allem nicht die Stellen zu berühren, wo die hübschen Deckchen lagen ..., na, alles, was man als Oberfläche eben gern mal mit den Fingern prüfen würde – worauf Ria sicher spekuliert hat mit ihrer Aktion.
Auch kann man vermuten, daß es in Pieselwesien eine viel bessere Juckpulver-Produktion gibt als hierzulande. Nicht deshalb, weil man sich dort

bösartiger als hierzulande gegenseitig damit ärgern will, sondern einfach weil Pieselwesien dafür bekannt ist, einen enormen Pflanzenreichtum zu haben und diesen auch zu nutzen. – Es könnte natürlich sein, daß das Mitmischen bei internationalen Unruhen vielleicht doch die Qualität von Pieselwesischem Juckpulver gesteigert hat ... – Aber diese Überlegungen müssen uns jetzt nicht jucken ... –
Königin Gertrulde ist jedenfalls begeistert und kann sich ein paar Mal nur schwer zurückhalten die Möbel anzufassen.
Sie ist schnell mit Marrá im Gespräch, wieso Hohenknipselstein mit diesem zeitgeschichtlichen Reichtum nicht besser genutzt wird.
„Eine lange Geschichte, viel blöde Verkettungen und auch meine eigene Nachlässigkeit ..." erklärt ihr Marrá.
„Da solltest Du aber versuchen, einige Weichen anders zu stellen, meine Liebe! Kann ich Dir dabei behilflich sein?"
„Laß mich mal sehen, wie ich es einfädeln kann, dann komme ich gern auf Dich zurück!"

Mich beruhigt diese Unterhaltung sehr, zeigt sie doch, daß noch einiges möglich wäre, um aus der derzeitigen Verwunschenheit – nicht nur meiner eigenen, sondern der aller Knipsler – heraus zu kommen! Vielleicht kann man sogar heute noch einiges bewegen ...

„Herr Tüpfelhund, Sie haben ja vorhin schon so ausführlich und nett gesprochen, vielleicht lassen Sie mich dann, als offizielles Geleit aus der Hauptstadt das Buffet eröffnen – auch weil man sich dort noch bei Ihnen als dem Verantwortlichen für diese Möglichkeit des royalen Besuchs in Knipsel bedanken möchte ... – auch wegen der speziellen Umstände ..."
Die junge Politikerin aus der Hauptstadt lächelt bei ihren Worten, die sie Tüpfelhund charmant zuhaucht, während sie an ihrem stillen Mineralwasser nippt.

Weil alles so schön läuft – und vor allem wegen der Sektwirkung – Portus ist beim dritten Gläschen – schaut er bei ‚Umständen' erst einmal irritiert auf den Bauch der jungen Frau im sportlich-eleganten Hosenanzug, die aus der Hauptstadtregierung extra nach Knipsel angereist ist, um hier als Vertreterin des Landes anwesend zu sein. Doch kann er bei der Frau keine ‚Umstände' erkennen ...
„Tja, wenn Sie meinen, dann machen Sie mal ..." sagt Tüpfelhund also jovial als der ältere, der dem Nachwuchs gern eine Chance zum Profilieren gibt.
Pettar Lascher, der daneben steht, sieht das nicht so entspannt: warum will diese Ehrgeiz-Ziege dem Tüpfel die Buffet-Eröffnung abnehmen?
Pettar weiß aber auch noch nicht, woher der Wind weht ..., der jetzt tatsächlich auch etwas auffrischt ... wird doch nicht noch regnen ...?! – Woher kenne ich die Tussi, denkt sich Lascher, denn irgendwo, da ist er sicher, hat er den Namen Nikta Pritz schon gehört – aber wo war das?

Es bleibt nicht viel Zeit für Überlegungen, denn alle Augen richten sich nun auf Königin Gertrulde, die aus der Vorhalle der Burg zurück ist und sich noch lebhaft mit Marrá im Austausch über die eben begutachteten Möbelstücke befindet. Dabei juckt die beiden weder das Pulver aus dem geplanten ‚Attentat' noch der Wunsch der am und im VIP-Zelt Zurückgebliebenen, sich nun endlich auf die vorbereiteten Häppchenplatten stürzen zu dürfen.
Noch bevor jemand anders Häppchen oder Initiative ergreifen kann, tritt also Nikta Pritz mit dem abgeluchsten Rederecht ans Mikrophon.
„Meine Damen und Herren, wie ich sehe, ist unser königlicher Gast von der Besichtigung seines Luxus-Steckenpferdchens zurück, so daß ich als Vertreterin der Landesregierung, Sie gleich einladen kann, sich der bereitgestellten kulinarischen Köstlichkeiten zu widmen. – ‚Einladen' ist ein gutes Stichwort, denn ich habe Ihnen noch eine wunderbare Neuigkeit zu übermitteln, die von den zuständigen Stellen gestern

– gerade rechtzeitig sozusagen frisch zu diesem schönen Anlaß – beschlossen wurde. Auf mein Anraten als Leiterin des AVoKuZuAuMi laden wir demnächst nicht mehr vordringlich royale Besucher auf Burg Hohenknipselstein ein, sondern vor allem die, die es wirklich nötig haben, weil sie nicht nur ein paar Möbel **begutachten** wollen, sondern darin **wohnen** wollen. Meine Damen und Herren, ich darf Ihnen als ersten den Beschluß verkünden, daß Burg Hohenknipselstein demnächst eine Aufnahmestätte für etwa hundert Flüchtlinge und Asylanten wird!" –
Nikta Pritz, die amtlich und vordergründig für die ‚Vorbeugung gegen Kulturelle Zumutungen für Ausländer und Menschen mit Migrationshintergrund' zuständig ist, macht nach dieser Ankündigung eine effektvolle Pause, aber noch schnallt's niemand so recht, was Niktas Ankündigung bedeutet!
Also fährt die AVoKuZuAuMi-Leiterin voller Stolz fort: „Und so bitten wir auch ganz herzlich, daß die Menschen, die sich bereits selbst hier eine Zuflucht geschaffen haben – die aber heute stillschweigend sich hinter diese Mauern zurückgezogen haben – niemand von Ihnen, meine Herrschaften, hat sie bisher eingeladen – das diese Menschen jetzt mit uns zusammen tafeln mögen. Und so rufe ich: Liebe Pieselwesische Gäste, ab jetzt seid **Ihr** die Könige an unserer Tafel und in diesem alten Kasten von Burg, den wir Euch aus Mangel an besseren Wohnungen vorerst zum Bleiben anbieten möchten!"
Noch immer kann es niemand so recht begreifen, obwohl ...
... Pettar jetzt einfällt, wer die Ziege ist ...
... Marrá und Gertrulde es nun doch juckt darauf gepfeffert zu antworten ...
... Portus Tüpfelhund ahnt, daß er sein Rederecht für ein Linsengericht veräußert hat ...
... alle Knipsler irgendwie glauben sich verhört zu haben oder so einfältig wie Knipsler eben sind, die erlösenden Pointen neuester Witze nicht begriffen zu haben ...

So sind alle Knipsler platt geflasht und wie gelähmt – Knipsel bisher schon schön ruhig, ist für eine Ewigkeit so scheint es totenstill!
Aber nun bricht doch noch ein großes Gejohle und Hurra los!
Überirdisch! – So erscheint es den bedripsten Knisplern zuerst. Dann merken sie aber, daß es von oben über den Burgturm auf sie herunterbrandet: es sind die Pieselwesier, die dort stehen und jubeln!
Noch keinem der unten Verdutzten geht die Frage auf, warum die Flüchtlinge so punktgenau jubeln können ... – doch eigentlich kaum zu glauben, daß sie die Ausführungen der AVoKuZuAuMi-Leiterin so schnell in ihrer Bedeutung gerafft haben könnten. Selbst ihre ‚Klartext'-Ria hätte die Umwandlung von Knipsel Castle in ein Asylantenheim nicht so schnell gecheckt.
Aber immer mehr Infos verbreiten sich selbst bis nach Knipsel durch Schnattern, Zwitschern und Whistleblowen...
Noch immer sind unsere Knipsler erstarrt!
Nikta Pritz aber winkt wild den johlenden Flüchtlingen auf den Zinnen zu, mit der Hand die einladende Geste zum Herunterkommen machend. Das aber scheinen die da oben völlig falsch zu verstehen, denn statt daß sie selbst herunterkommen, schlagen plötzlich mit lautem Platschen heruntergeworfene Dinge auf dem Burgvorplatz auf. Einige der offiziellen Gäste bekommen etwas davon ab und können nun eruieren, daß es sich um Eier, Tomaten und anderes Gemüse handelt ... –
Am Grad der stinkenden ‚Frische' kann man ablesen, daß das keine Morgengabe für das Häppchenbuffet sein soll, sondern Triumph und Schadenfreude, vielleicht sogar ... Rache?! – Also jedenfalls die Art unsensibler Ausdruck, zu dem Menschen oft neigen, wenn sie etwas zornig erobert haben, von dem sie ahnen, daß es ihnen weder zusteht noch Glück bringen wird ...

So ist es denn Zeit, doch noch einzugreifen, als die mit Matschgemüse Getroffenen sich die guten Anziehsachen reibend, etwas weiter von der Burg wegflüchten, um aus dem Wurffeld der Asylanten herauszukommen – waren es neulich Knallfrösche, sind es heute so etwas wie feuchte Stinkbomben ...
Bei der Menge, die herunterkommt, kann man aber ahnen, daß Rias gesunde Ernährungsvorschläge mehr als einmal durch Fastfood torpediert wurden.
Der Spuk dauert real vom Ende der Ansprache bis zum Aufschlagen der letzten faulen Tomate vielleicht drei Minuten. –
‚Gefühlt' – so heißt's ja immer im Wetterbericht – gefühlt, waren es aber sicher Stunden, bis sich die Knipsler irgendwie berappeln und wenigstens den Nebenstehenden anschauen, ob der das auch für einen blöden Traum hält ...
Blasses Lila paßt am besten: Anzug, Hut und Feder ... das läßt immer noch Spielraum für den letzten der letzten Versuche ...
„Meine Damen und Herren – Mensch Knipsler" so trete nun *ich* für die meisten wie aus dem Nichts an das Mikrophon „geht's Euch langsam auf: Ihr habt's vermurkst! – Aber so was von vermurkst! – Also was wundert Ihr Euch?! – Euren Ort, der Euch doch Heimat sein sollte, laßt Ihr zu einem Anhängsel und zum Spielball von ambitionierteren Städten werden. Ihr habt eine Kirche, Ihr habt eine Burg – was bedeuten die Euch? – Die eine wird Staffage für's Herbstfest, die andere, schon längst vernachlässigte Lästigkeit – Knipsel Castle – das Ihr Euch hättet einrichten können, ist Euch gleichgültig! Ein ‚verschlafenes' Städtchen zu sein, ist keine Rechtfertigung und allein den Tourismus anzukurbeln wäre auch nur liebloses Kapitalschlagen aus dem, was Euch selbst nicht begeistert. – Glaubt Ihr, die Dinge merken das nicht? Wenn Ihr sie nicht wollt und vernachlässigt, dann ziehen sie im Übermaß genau diejenigen an, die sie vernutzen, weil die hier falsch Ankommenden alles Vorgefundene in ihrer eigenen Art vertun und verbrauchen – das bringt Mensch und

Ort kein Glück und Erlösung schon gar nicht! – Was glaubt Ihr, warum ich – der Geist von Knipsel Castle – immer noch hier herumwandeln muß? – Nur deshalb, weil Ihr es erst habt schleifen lassen und nun fast ganz verbockt habt!
Verantwortung für das zu übernehmen, was man hat, reicht nicht – man muß es auch lieben ... so sehr lieben, daß man das Schloßgespenst endlich mal erlöst! – Statt dessen muß ich ja Euch erlösen – von Eurer Gleichgültigkeit! Also nehmt das, was die, die hier falsch am Platz sind, meinen Euch überbraten zu können, als letzte Warnung, Euch in guter Manier und friedlich auf das zu besinnen, daran Gefallen zu finden und vor allem zu lieben, was Ihr habt und seid. – Und Ihr werdet's nicht glauben – und die auf den Zinnen da oben werden es schon gar nicht begreifen: wenn Ihr das wiederentdeckt und lieben lernt, was Euch gegeben ist, helft Ihr auch noch denen, die orientierungslos sind, Ihre Wurzeln wieder dort zu finden, wo sie sie verloren haben!"
Ich habe Glück ... – na, ja auch ein bißchen nachgeholfen – es platzt ein Platzregen herunter, der sich gewaschen hat – und der alle erst einmal unter dem VIP-Zelt oder in der Burgvorhalle Schutz suchen läßt. Andere rennen aber auch gleich bis zum Parkplatz und setzen sich in ihr Auto. Das sind auch diejenigen, denen klar ist: groß gefeiert wird hier heute eh nicht mehr!
Über mich – das Gespenst von Knipsel Castle – den fremden Mann, ganz in Lila, mit dem unmodernen Anzug und dem großen Hut mit Feder, der diese seltsame Ansprache gehalten hat – wo der hergekommen und dann wieder verschwunden ist, darüber kommen alle erst später ins Besinnen ...

Wie wird's wohl weitergehen?

Marrá hat's kapiert und in der Hand, sie geht in zähe Verhandlungen, um Knipsel Castle im heutigen – nämlich bürokratischen – Kampf zurückzuerobern ... nicht **gegen** die Dauerresidenz von Asylanten, sondern **für** das Ursprüngliche in Knipsel, was – zugegeben – lange vernachlässigt wurde.
Klar, wen spannt Marrá mit ein? – Lorbas!
Denn sie sagt: "Wer ist denn hier der Knipsler?" – „Schon gut ..." antwortet Lorbas und beide lassen Ihrer Liebe für Knipsel Castle freien Lauf. Sie können dafür auch Pettar Lascher gewinnen – sogar den manchmal knurrenden Tüpfelhund, der sehr sauer ist, daß er sich das Rederecht derart hat abluchsen lassen ...
Und die bisherigen ‚Gäste' auf Knipsel Castle?
Die sind so überraschend wie sie gekommen sind, zwei Tage nach dem Fest der faulen Tomaten wieder weg, nachdem sie ein paar schlaflose Nächte verbracht haben, in denen sehr viel lila Unruhe herrschte – aber ich fand es mit ihnen eben auch nicht mehr gemütlich ...
Zurück bleibt als letzter Gruß der abgezogenen enttäuschten Pieselwesier und der ‚Klartext-Asylanten'-Organisatorin Ria, ein weit sichtbares Spruchband, über drei Fenster von Burg Hohenknipselstein gespannt, auf dem steht:

‚KNIPST KNIPSEL AUS!'

Nikta und Ria hatten dann noch eine recht grundsätzliche Unterhaltung, in der Nikta das Tomatenwerfen von den Zinnen als für ihre Arbeit ‚oberkontraproduktiv' darstellte, weshalb auch Rias Teamleiter bei ‚Klartext' ‚Abzug' befahl – also es lag nicht nur an mir, dem lila Schloßgespenst!
Kafi, Clip und die anderen sind nun weitergezogen, sich umzuschauen, wo es noch Menschen gibt, die ihren Ort nicht lieben und nicht pflegen.

In Vierecktal konnte ein kurzer Aufmarsch pöbelnder Randalierer von rechts im Zusammentreffen mit denen von links aufgelöst werden. Das will sich niemand in Kuller, Knipsel und Viereck antun: immer diese Rotte um sich zu haben! – Die wirklichen Probleme sind, wie wir gesehen haben, zu diffizil, als daß man sie mit Faust und Vorstellungszwang lösen könnte – allerdings eben auch nicht mit Einquartierungen ...

Nachschneiden

So sitzt denn Lorbas einige Zeit später wieder bei ‚Haar-Klein' – es geht nicht anders: es muß nachgeschnitten werden ... – in jeder Hinsicht!
Drüben in der Fönecke sitzen die schon bekannten Damen, schauen unter Tuscheln ab und zu hinüber – Lorbas' Auftritt vom letzten Mal hat man noch nicht vergessen.
„Sanna waschen! Kann sonst ich nicht schneid!" ruft Arib in die Ecke zum Fönen und Dauerwellen hinüber, während er unruhig auf dem Rollhöckerchen sitzend mit seinen Händen durch Lorbas' Haare fährt und wie zum Aufwärmen verschmitzt lächelnd mit der Haarschere ins Leere schnippt. „Wir heute wuscheln mal mit Special durch – Haare mehr voll danach!"
Bei diesen Worten nickt Arib zuversichtlich und mit rechter Kennermiene zu Lorbas' Bild an der Spiegelwand. Und Lorbas wird gleich wieder mulmig!
Arib stößt sich ein bißchen mit dem Höckerchen ab und schreit dann nach hinten „Sanna! – Mach los!"
Sanna erscheint mit vom Färbemittel ‚Black Beauty' verschmierten Handschuhhänden und fragt genervt: "Was denn los?"
„Mußt ma waschen, Schatzi!" beschert ihr Arib und zeigt auf Lorbas' Kopf.
„Seh' ich aus, als wenn ich jetzt waschen könnte?"
„Du soll waschen ... mir geht auf Hände!" erklärt ihr Arib.

„Ich denk' Du hast drüben im Piesel-Staat einen Friseursalon gehabt? Da hast du auch Köpfe waschen müssen!" Sanna ist in Eile, sie will zurück zum Färben, damit nicht wieder eine Dame zu lange Diskussionen in Rappenschwarz gefärbt ausbaden muß.
„Chef wäscht nicht selbst – Untergestellte waschen!"
„**An**gestellte!" verbessert ihn Sanna mechanisch.
„Gritti hat heute frei und ich färbe ..." erklärt Sanna ihrem neu mitmischenden Geschäftspartner noch deutlicher und kann sich dann nicht verkneifen zu zischen „... und selbst mit sauberen Händen bin *nicht ich* bei *Dir* angestellt!"
Arib springt voll Wut vom Rollhöckerchen, seine Schere macht einen unvermuteten Schnipp und ... – Was 'n wirklich blöder Gag!
Aber man hat's schon geahnt – es erwischt wieder Lorbas gerade frisch nachgewachsene Stirnlocke!
Beide, Sanna und Arib, sind immerhin einen Moment aus ihrem Streit genommen, auch die Damen in der anderen Ecke lugen nun interessiert auf die nächste Entwicklung der Situation hinüber.
Aber Lorbas hat dieses Mal einen Riesenvorteil: er ist heute noch nicht mit so vielen Pelerinen und Handtüchern zugewickelt wie letztes Mal!
So kann er sich viel schneller befreien um aus dem Laden zu stürmen – und dieses Mal bezahlt er nicht!
Arib und Sanna temperamenten gegenseitig verbal auf sich ein, nachdem Lorbas hinaus gestürmt ist.
Daraufhin kommen die Damen in der Dauerwellecke nun auch munter ins Diskutieren: Wieviel soll man sich von zornigen Kunden bieten lassen ...?! – Und wie gemein und zickig so eine wie Sanna Klein die Chefin raushängen läßt gegen diesen armen, geflüchteten Mann, der so ein witziger Unterhalter ist! – So ein witziger Unterhalter, daß man ihn, bitte, bloß nicht in einen Sprachkurs schicken möge – der ganze Charme wäre ja dahin ...! – Also wie kann Sanna den so zur Schnecke machen ...?! – Wo sie doch lieber froh sein sollte, selbst seine Schnecke zu sein ...

Also Veränderung im allgemeinen – und Integration im besonderen – fangen ja im Kleinen an, aber da immerhin legen einige Knipseler Damen, so überaltert sie auch sein mögen für ihre Verhältnisse, geknirpselt und geschnipselt, gut vor! –
Weiter so und alles Gute!

NACHWORT

**Man muß nicht gegen andere sein –
man muß nur das Eigene lieben!**

Wer sich aber die Liebe zum Eigenen vermiesen läßt – seine Burg vernachlässigt, alle Pracht einstampft – nur um den Groll derer zu besänftigen, die ihr eigenes Dasein nicht gefunden haben und zornig umherirren, um neue Hüllen zu suchen, dem wird sein Weggeschmissenes teuer angeboten werden, aber er wird es noch nicht einmal als sein eigenes Verlorenes erkennen!
Vielmehr steht man anderen am besten bei, wenn man liebevoll im Eigenen beheimatet ist!